AF208750

Michael Levy

Med Andan i Halsen

"Vilken bracka som helst kan vinna ett spel, men det krävs en gentleman för att förlora!" (så det så!) (Louis de Geer 1929)

Till: Mette och Hugo

Omslag, foto och design: Hugo Flygare

© Michael Levy 2017
Förlag: BoD – Books on Demand, Stockholm, Sverige
Tryck: BoD – Books on Demand, Norderstedt, Tyskland
ISBN: 978-91-7699-626-3

MED ANDAN I HALSEN

"Lukta på den här!" Det var så man sa när var man sju år och förbannad på nån. Och så stack man fram sin knutna näve under den andres näsa. Hotfullt! Och det var just så jag ville göra, många år senare, om jag bara visste mot vem? Eller vad? Den store skaparen? Hans verk? Eller vadå? För det fattar ni ju att man inte kallar en bok för Andan i halsen om man inte är jävligt stressad. Hotad till livet. Som jag var. Utan att veta av vad.

Det är ingen överdrift att säga, att jag inte stod ut längre.

Men vad hade jag för val? Annat än att försöka ta reda på vad det handlade om? Och det gjorde jag ju också, nästan hela tiden. Men vad hjälpte det? Hör själva!

**

Det var en tidig lördag morgon. En vacker höstdag med hög klar luft, där solen strålade från en blå himmel, utan att värma.

Inne i city var livet redan i full gång. Likadant den här lördan som alla andra. Veckans stora konsumtionsdag var inne. Runt Sergels Torg, på Hötorget och Drottninggatan trängde sig folk fram mellan demonstranter, musikanter och aktivister av alla slag. Folk som viftade med Vietnambulletinen, Chilebulletinen och Alternativ stad. Som skramlade med insamlingsbössor. Var prydda med FNL-knappar. Med skägg, i palestinasjalar och näbbstövlar. Velour, manchester och kinakragar. Till ljudet av inkaflöjter, tamburiner och bongotrummor. Parollen som flög över samhället var att "alla kan!" Här fanns det solidaritet. Det var trångt, färgglatt och livfullt.

Bland stånden på Hötorget luktade det gott av blommor, frukt och grönt. Utanför Åhléns spred alla smygparkerare sina giftiga avgaser.

Nedför Hamngatan, förbi NK, behövde man själv inte stå för promenerandet. Det var bara att slappna av och driva med, att viljelöst låta sig forslas av den myllrande massan. Att försöka sig på ett snabbare tempo krävde en hel del skicklighet. Det visste jag av erfarenhet. Ett slags slalomteknik.

Ja, det var en fin höstlördag i Stockholm. Då jag vid elvatiden vaknade upp i min lilla etta, tre trappor över den trånga sunkiga bakgården på Linnégatan på Östermalm.

En mörk kvart på 34 kvadrat, där solen bara letade sig in en gång om året. På midsommarafton (sommarsol-ståndet!), då spretar en vilsen solstråle in genom fönstrets djupa nisch, och lyser upp en smal strimma av det slitna parkettgolvet. Besöket varar nån minut. Norrläge.

Och den här lördagen var lägenheten lika dunkel som vanligt. Först när jag kisade upp mot husfasaden mittemot blev jag varse väderläget. Ett flödande solsken på gathusets smutsgula puts, där nedfallna flagor här och var blottade det bakomliggande tegelstensverket. Värden var helt okänslig för förfallet inåt gården. Mot gatan

6

däremot var fasaden stilmässigt grårappad, med en imponerande murgröna ända upp till femte våningen.

Jag sneglade motvilligt mot solskenet med en obehaglig känsla av att vädret (liksom) krävde något av mig! Ja, det här var en sån dag när man inte vill gå upp. När inget väntar. Annat än en lång räcka ödsliga timmar, då man inte riktigt vet vad (fan) man ska ta sig till. Utom alla dom där jobbiga sakerna som man skjutit upp, förstås. Allt det man *borde* göra, nu när det plötsligt fanns så *väldigt* gott om tid.

Dom dagarna är dom värsta.

Dom har jag gott om.

Och om sanningen ska fram så hade jag faktiskt vaknat till redan vid nio första gången. Men "nio var ju ingenting". Jag slöt ögonen igen, pallrade upp en sval del av kudden under huvudet och somnade om. Försökte, i alla fall. Och drev in i det där halvt medvetna tillståndet då man sugs in och ut ur dröm och verklighet, utan möjlighet att gripa in. Tills man slutligen vaknar på riktigt, alldeles utpumpad. Lurad på den svala, djupa, vilsamma sömnen.

Vid elva insåg jag det lönlösa. Hopplöst vaken. Till denna lördag. Och jag visste vad som väntade. Men gjorde (som vanligt) allt för att inte *tänka* på det.

Men att jag vaknat redan klockan nio kan inte enbart skyllas på den bilburne jävul som då varvade upp sin lilla ärtiga "hundkoja" nere på gården. Säkert nån från det mer burgna gathuset, som efter några handtryckningar (med lite sedlar i?) fått värdens tillstånd att sprida ekande oljud och avgaser där på dygnets alla timmar. Och som nu med ideliga upp- och nedvarvningar (som *aldrig* tycktes ta slut!) förpassade sitt lilla fordon baklänges ut genom den råtthålsliknande garageinfarten. Nej då, det berodde absolut inte enbart på honom (eller henne?). Jag var ett

7

lätt offer denna tidiga morgon, efter en hel natts lätt och orolig sömn.

Och bakom den gårdagens brustna illusioner. En fest. Hos Hasse i Vasastan. Teater-Hasse. En stor sån. Han gillade såna. Med bedövande musik. Massor av folk. Hoprullade mattor utmed vardagsrumsväggarna. Hektiskt karnevalsdansande mitt på golvet, som en enda gungande, hoppande organism. Svettigt pustande i den slitna röda manchestersoffan. Med en vit plastmugg strävt rödtjut, och en nytänd gul Bond mellan fingrarna. Att snacka med henne bredvid ger man fan i. Det kräver för mycket i den bedövande musiken. För hon är ändå inte den rätta, den där som man låter sin energi flöda över.

Istället ger man sig ut på strövtåg bland alla dom dunkelt upplysta rummen i lägenheten där Hasse kollektivbor med sin tjej Maggan, och gitarr-Benke och hans Bettan. Hasse - teatergruppens musikaliske clown - är en rödlätt, småknubbig och fräknig Povel Ramelkopia (fast med hår). På golven i sovrummen vrids en massa obekanta ansikten mot en när man gläntar på dörren, där nån kämpar med gitarren och Hoola Bandoolas låtskatt: "Vem kan man lita på", "Keops pyramid", "Bläckfisken", "Titanic" - och andra med stämmorna. Det är nästan andaktsfullt. Medan andra dörrar i sexrummaren visar sig låsta. Från insidan? Kanske. Eller så har Hasse låst i förväg för att spara delar av möblemanget från detta sjöslag.

I köket letar nån efter käk. Och där sitter Torra vid köks-bordet som en maoistisk guru och ser svårare ut än nånsin, omgiven av nåra långhåriga 'lärjungar', eller presumtiva stalinister. Tillsammans bryter dom inte brödet utan simmar runt i grumliga diskussioner bland brödsmulor, svettiga ostkanter och vinpölar. En geggighetens läbbiga tribunal.

"Det är bara å skjuta'rom."

"Ja, Lenin visste vad han ville!"

"Lenin?"

"Nä Trotskij!

"Just det, och Mao, och nu måste alla kapitalister bort, för att det ska bli rätt!"

"Pang!"

Torra har paus i raggandet. Han har redan varit borta från partyt en sväng med tjej "nummer ett" (som sen aldrig återkom). Inte så att han tar livet av dom, men kanske ändå inte så långt ifrån. Med sina utfästelser om kärlek och heta känslor. Snart är det dags för kvällens andra vända, med "nummer två". Brudar är hans problem. Han måste ha – alla! Och alla står så gärna (lätt rodnande) till tjänst i hans oemotståndliga kö. Hur konstigt kan det inte va? Det som andra skryter med, försöker Torra att mörka. Han lider (säger han så där Marlon Brandoskt svårmodigt, att ett koppel omhänder-tagande "vårdarinnor" genast kommer smattrande åt hans håll.) Det har han anförtrott mig. Jag, som han av nån underlig anledning, påstår är hans bästa vän. Och även jag känner mig smickrad av det. Hur bär han sig åt?

När jag nu visar mig där i köket spricker han upp i sitt vanliga halvplågade leende och makar fram en plats.

"Tompa!! Sätt dig för fan."

"Tjena! Hinner inte!" hasplar jag snabbt ur mig för att inte fastna i hans garn. Och ännu värre, lärjungarnas. Vem fan bryr sig? Om Baader Meinhof, Svarta september och Röda november? Vad man än säger så är dom här läskiga snubbarna alltid beredda med sina bazookas, "va sa'ru, sa'ru?".

"Va?"

"Sa'ru låt dom leva?"

"Ja…nä…eh.."

"Just det!"

Och så den obligatoriska frågan från bordsmötet:

"Eh, du har inte lite vin kvar, va?"

Klockan närmar sig midnatt och allt fler pavor börjar klirra tomt.

"Tyvärr." Blir det korta svaret, från en som fortfarande har en halv smygflarra kvar gömd bakom en blomkruka ute i "danspalatset", där Hasse snart ska spränga in 10-minutersversionen av "Måste vägen till Curaco gynga så" mellan alla Stevie Wonderlåter. Då sliter han av sig skjortan och får med sig hela banangänget (*sina* lärjungar) i en improviserad calypsolångdans med papegojtjut och aptjatter… som aldrig verkar ha nåt slut. Hans paradnummer!

Och det har hänt att jag också deltagit, om jag kommit i form.

Det har jag inte nu. Konstaterar jag när jag tar min tillflykt till muggen. Den där lilla trånga gästskiten med spolkedja från taket, sprucket vitt kakel och två olika vridkranar för varmt och kallt vatten. Vem är geniet bakom den konstruktionen? Hett ur den ena och iskallt ur den andra - var ska man ha händerna? Filosoferar jag pissande, stödd med ena handen mot kaklet. Innan jag vänder mig om och får en chock vid anblicken i spegeln. För i den där skumma gulaktiga belysningen får jag för mig att nån släppt in ett spöke (kanske hade jag inte nåt vin kvar ändå därute). Jag kniper ihop ögonen och spärrar sen snabbt upp dom igen! Jo då, det *ser* ut som jag själv. Lite grann i alla fall. Blek, rödögd, fetsvettig. Inramat av långa blonda testar och fjuniga polisonger (eller hur man nu ska beskriva dom). För helvete, allt det där som sett så magnetiskt ut för bara några timmar sen när man lämnat

10

*hem*spegeln! Lagt ut från tillvarons livboj. För att ta sig igenom stan till Hasse. Över äventyrets hav. Som en gång Columbus. Alla trodde att han skulle trilla av från jordens kant där borta nånstans där havet tog slut, men *han* visste att där - låg Indien! Och jag hoppades (inte på Indien) utan på NÅN. För jag behövde nån nu. Nu! När Maria var borta. För alltid! Som hon sagt. Med obehagligt eftertryck. Och som jag gjorde allt för att värja mig emot:

"Maria! För fan! Jag ångrar mig. Allt. Jag ska ändra mig. Förlåt."

Hon tittade på mig, inte kallt, bara som från ett annat land.

"Så där sa du förra gången också. Och gången innan dess. Hur dum tror du egentligen att jag är?"

Hon tog tag i väskan med sina grejer och jag kände paniken galoppera.

"Inte alls. Älskling! Tvärtom. Det är ju därför jag valt dig."

Nu var hon ute i hallen.

"Jag har ett eget liv att tänka på."

För mitt inre såg jag hur jag liksom plötsligt trängde mig förbi och blockerade dörren med utspärrade armar.

"Just det! Det är ju det du HAR."

Hon föste mig milt åt sidan.

"Lycka till Tom. Jag har träffat en annan."

"En annan? Det är inte sant!"

Så - behovet var desperat. Av nån. En vacker *kvinna*. För att bevisa att jag var nåt. En man! Att räkna med.

Ja, det hade alltså varit en sån fest dit jag fortfarande går med förhoppningar. Om att hitta nån. Eller snarare, att *bli* hittad. Som den initiativlöse individ jag ändå är. Nåt slags självinsikt måste man ändå ha. Medan Torra (min bäste polare ju!) försvinner med den ena efter den

11

andra. Innan han måste återvända hem till fru och barn. "Fängelset", som han kallar det. Förbannad för att frun visat intresse för en annan. "Bob, heter han," spottar Torra ur sig till mig. "För fan Tompa en sån där fjölig jävel som har en båt på strandvägskajen! Som han aldrig åker med. Bara reparerar och har små parties på. Sånt som tjejerna faller för."

Hm? Suger jag i mig av Don Juan-kunskaperna. Kanske nåt man kan få användning för i framtiden. För om det är nån som kan *allt* om det här, så är det ju Torra. Där jag nu hamnat ensam längs ena väggen med vinmuggen i handen, medan Hasse å hans calypsoboys kränger sig runt karnevalsgolvet med djungelns alla exotiska tjut och gurglande läten. I förhoppning om att nån till hälften Brigitte Bardot till hälften Juliette Greco (som Torra ännu inte drivit klorna i) ska smyga in sina heta bröst i min famn och viska "att hon inte klarar det här längre, om inte *jag* genast tar henne därifrån, från detta falska skådespel, till det ÄKTA livet, om hon inte från och med nu får ha mig helt för sig själv…"

När formen inte infunnit sig efter en flaska blecksträvt Tinto är saken helt klar. Jag drattar ut över kanten. Och där finns inget Indien. Där jag hänger i livets halmstrå, som åskådare, oförmögen att företa mig nåt. Utan chans att ta mig in i händelsernas centrum. För att där bli den galjonsfigur kring vilken hela karnevalen snurrar. Och jag kan höra ännu ett bombnedslag vid Torras sida viska:

"Åh, vem är det där?"

"T-o-m-p-a", ser jag Torras läppar forma mitt namn i hennes öra, "min bästa polare". Och i samma ögonblick (eller just innan) hon höll på att bli hans senaste erövring, slingrar hon sig ur hans grepp...tar sikte på mig med hypnotiskt ormblick och närmar sig sen med vampigt svängande höfter.

Javisst, överallt finns bara beundrare och vänner! Som man går till mötes. Skrattande. Med brett utslagna armar. Och blottat bröst.

Ändå stannar jag kvar. Till siste man. Då det bara är jag och Hasse och hans sega sambo murvel-Maggan kvar, som förvisso redan lagt sig, men ändå. Liksom sopis-Bettan. Medan hennes depressive gitarr-Benke tyvärr aldrig verkar vilja gå och lägga sig, utan börjar snacka om självmord. Ja, ni fattar själva, då ALLT hopp är ute. Då sitter jag där och har börjat röka av Hasses vita Blend, för att han inte har hunnit röka så mycket, uppe på golvet som han varit, bara nån enstaka brajja, i dom korta pauserna. Och först när det bleka gryningsljuset börjar fylla upp det forna slagfältet lämnar jag stället på ostadiga ben tillsammans med nåra andra skumma eftersläntrare som krupit fram ur vrårna.

Nere på trottoaren nickar man morsning och stretar så ensam hemåt. Med självkänslan så tårögt utsipprad att den väl aldrig går att samla ihop igen. Man är ingen hjälte.

Om man ser nån nattbuss är det alltid när den just lämnar hållplatsen. Står den kvar betyder det bara att den ska åt andra hållet. Sånt vet jag! Varför går jag aldrig tidigare? I sällskap med nån riktigt ärtig böna. Inte den rätta. Ingen livskamrat. Utan bara ett rejält och villigt bombnedslag. Som Torra.

***

På morgon efter satt alltså hela festen kvar inne i huvudet (och på axlarna, och i magen) och gjorde ont.

Med ett utdraget "åååh" vältrade jag mig ur min spikasäng. Bred för *minst* två personer. Det nya

13

sängmåttet 120 cm hade gjort entré hos "den moderna funkissvensken". Samma mått som dom franska "grand lit"! Och – bara för att undvika missförstånd - spikasäng betydde alls inte spikmatta för yogis, som man lätt tror. Nej det var Ikeas senaste succé som kunden själv enkelt snickrade ihop med hjälp av några spikar och obehandlade spånplattor. Nästan gratis och inget onödigt tjafs. Ihop med brädlapparna bara. På med en polyetermadrass, så kunde det ljuva livet börja.

Ute på muggen var det dags igen. Jag fattade tag i handfatet (för att inte ramla omkull). Och i spegeln beskådade jag ett koppel krackelerade anletsdrag, som rimligtvis borde bära nåt slags släktskap med gårdagskvällens. Men det magnetiska som kvällen innan förvandlats till spöke, påminde nu mest om ett lik. Benvit hud. Fuktiga ögonhålor. Röda vitor. Och som "stöd" därunder, två svullna mörka påsar. Det sägs att personligheten sitter i blicken. Jag kände hur hjärtat stannade upp. Och jag drog tungt efter andan. Samtidigt som fingrarna hårdnade om porslinet. Och innan jag visste ordet av flödade hela tankekedjan igång, om ANDNINGEN, livets sköra tråd - syret. Som hela tiden måste ner till lågan. Lågan? Ja, ugnen, förbränningen, det som allt handlar om, omsättningen: kolhydraternas, proteinernas, spårämnenas, vitaminernas... ...omvandling med hjälp av syre...till energi, uppbyggnad och tillväxt – förutsättningen för hela livet, existensen. Herregud! Och när tankarna nu hunnit så långt var det kört. För när jag nu åter drog tungt efter andan - då var det plötsligt som om allt låste sig. Jag visste det! Det var som att tigga om stryk. Inget kom ner, och sen inte heller upp. Fast det var ju inte så konstigt, för det fanns ju inget därnere, väl, det var ju därför jag försökte dra ner nytt. Och om det var tomt där nere, och inte gick att fylla... vad betydde det?

Det gungade till. En avgrund öppnade sig under mig. Svart och klibbig, som ett rymdens svarta (obegripliga!) hål. Men då i samma ögonblick, tack gode gud, var det som om nånting (också det obegripligt) lösgjorde sig och lämnade plats för ett djupt befriande andetag. Medan ögonen fuktades av tacksamhet.

Men jag visste ju att "en fjäder gör ingen hel höna". Som om det skulle räcka med ett schysst andetag. Snart måste jag ju andas igen. Och igen. Hela tiden. Vad skulle annars hjärtat ta sig till med blodet... och hjärnan...? För att bara nämna nåt. Och när man väl börjat tänka fylls maskineriet som av grus. Det börjar hacka. Och när det väl börjat slits mekanismerna... och det börjar hacka än värre...gnissla, skrika...tills...

Jag skyndade mig ut i köket. Skakade bildligt talat på mig som en hund som just kommit upp ur vattnet. För att rädda vad som räddas kunde.

Och där var jag nu plötsligt i det pyttelilla köket. Ett sunkigt kyffe där man inte kunde sitta och äta (knappt ens vända sig), men ändå med dörr och fönster, spis, diskho och kran! Och i ett försök att snabbt få rätsida på min ihåliga kropp inledde jag ett pillande och plockande med frukosten. Här fanns eventuellt den nyckel som kunde få dagen att ta en annan vändning? Riktigt förstklassigt bränsle. Som syret sen kunde göra underverk med. Jag skruvade på spisvredet och satte tändstickan mot den pysande gasen.

Den ena nyttigheten efter den andra bars sen ut till det lilla brunbetsade slagbordet i rummet, inget krut fick sparas. Tills jag slutligen pyste ner på pinnstolen och började peeeta i mig:
- fyra hårda "Leksands extra brungräddade" (*fibrer! Och rejält tuggmotstånd för att motverka alzheimers*)
- med ost på (*kalk!*)

15

- en tallrik yoghurt (*mjölksyrebakterier, och andra skumma nyttigheter från Kaukasus, typ*)
- med müsli (*mer fibrer, vitaminer, spårämnen!*)
- en kopp pepparmintsté (*lugnande*)
- med honung i (*uppiggande!*)
- och - ett glas brusande C-vitamin (*mot – allt!!*)

Jag kände allt blanda sig därnere. Och börja rotera. Runt…. Utan att jag längre kunde göra något åt det. Hela programmet: förtvätt, tvätt, sköljning… centrifug! En och annan kväljning, men ändå för svaga för en riktig uppstötning.

Och ute sken alltså solen. Och kastade en *reflex* på det slitna parkettgolvet.

På skrivbordet i andra änden tornade mitt arbete upp sig, och stack mig i ögonen. Dom där röda och fuktiga. Jag livnärde mig på att översätta utklippta artiklar från tyska, franska, danska och brittiska veckoblaskor för den slippriga svenska varianten "Bli Lycklig". Otroliga stories, som det var meningen att man skulle tro på. Det var där jag kom in i bilden. Att sätta lite snits på skiten. Att göra det otroliga äckligt verkligt. Hade arbetsuppgiften hamnat i rätta händer? Jag bara frågar.

Och bredvid högen med "klipp" stod telefonen, som jag i ett infall målat röd, signalröd. Det var bara det att sprejfärgen tog slut efter halva, och den färg, som tyvärr, nu satt där hade redan börjat flagna! Och inte heller gav den nåt livstecken ifrån sig. Ingen, ingen i hela Stockholm, hela Sverige, världen… ville mig nåt just nu. Kanske inte ens tänkte på mig.

Fast, å andra sidan – måste medges - tänkte ju inte heller jag på nån nu.

Eller, om bara nån, helt oväntat, bara kunde höra av sig. Nån gång. Bekräfta att jag fanns. Bara inte… och jag

16

gick igenom en massa tänkbara alternativ och insåg snart att det var skönast om den förblev tyst. Kanske borde jag rent av dra ur jacket?

För alla jag ville skulle ringa, dom skulle ju absolut INTE ringa. Som:

Jag hör signalen ljuda... och lyfter röd-svart-fläckiga leopardluren.

"Hej ....", hörs en mjuk röst i andra änden, innan jag hunnit svara.

"... he-ej?" säger jag undrande.

"Jag heter Katrin." kommer det direkt utan att man behöver fråga.

Katrin? Far det febrilt genom huvudet.

"Du vet inte vem jag är."

"Inte?"

"Jag såg dig igår."

"Jaså...?"

"Eller rättare sagt, *du* såg mig."

Vad menar hon?

"På Hötorget."

Jag förblir tyst.

"Ja, du vände dig om och tittade efter mig... länge."

Åh, herregud, NU – minns jag - HON!

"Jaså... gjorde jag?"

"Jag skulle vilja träffa dig."

"Va?"

"I kväll!"

Eller:

RING... ring... Och man hinner knappt mer än svara i den lyfta luren, så hörs en vuxen mansröst fråga:

"Tom Björk?"

"Ja-a?"

"Jo, jag heter Sture Brombonniestedt... (nånting). Jag har försökt nå dig i veckan. Men du verkar väldigt upptagen, svår att få tag på."

"Nja, jag..."

"Du, jag vill bara säga, vi tar din grej. Jävligt fin sak. Du har inte fler i samma stil? Det skulle ju kunna bli en följetong, eller snarare novellsamling...eller essäsamling.

"Ääähh..."

"... och vi är beredda att betala, ska jag säga, re*jält.*"

"Visst, eh, ja, jag..."

Vad säger ni själva, sån uppmuntran behöver man ju ibland! Att nån tar ett initiativ. Jag själv var bara så trött. Så bara inte morsans middagar, syrran och hennes Ove, Torras raggarbarer, Håkans ändlösa promenader eller Berits avbitna naglar, bara inte det.

Och blicken var tillbaka på högen med bearbetningar. Som naturligtvis måste göras. Snarast. Lämning på tisdag och allt det där krafset (vi kommer till det senare, tyvärr).

Men - samtidigt var ju vädret *väldigt* vackert. Och borde liksom utnyttjas, fick jag in en flyktens tåspets i pliktspringan. Och alltså, malde det trögt vidare inuti den stenkross som var mitt huvud, skulle det säkert gå snabbare bakom skrivmaskinen om jag *först* vädrade ut mig och piskade liv i (om man så vill)...liket. Företog nån utomhusaktivitet, kort sagt.

Pang! Så trycktes jag upp mellan dom båda sköldarna. Vädret och plikten. Känslan och förnuftet. Och det var som om luften gick ur. Och där blev jag sen sittandes på min *lejon*gula pinnstol (borde kanske målas om i nån mer mesig färg). Timme efter timme. Knäppandes på min gitarr. Skjutandes hela beslutsamhetslasset framför mig.

Ett slags terapi, skulle man kunna säga.

Som jag kallade övning.

Flykt skulle förstås en psykolog etikettera det.
Men, nä-nä-nä! Jag hade gott om försvar. Både inför
(alla) mina psykologer, och mig själv. "Jag ÖVADE för
att bli musiker! Och det kräver TRÄNING. Och det är
viktigt, att träna. *Därför* satt jag där och *knäppte*, intalade
jag mig.
Det kunde väl åtminstone inte vara skadligt?
Lägg av! Röt en röst till inom mig. *Du ska ju för fan
inte bli nån musiker. Då måste man ju öva - på riktigt!
Hade du stuckit ut med en gång skulle du varit tillbaka
för länge sen! Och redan varit igång med arbetet, nästan
klar, som ju MÅSTE göras. Fatta' långsamt? Här bjuder
vädret på nåt av det bästa det har och då sitter du inne
och fjantar med gitarren. Hela dagen! Om du inte gör
nåt vettigt, så gör åtminstone nåt! Märker du inte hur
dina lungor väser? Och hur hjärtat slår trumvirvels-
protester av extraslag för extraslag! Hur degig får man
bli? Jag bara frågar?*
Jag drog åter ett tungt andetag. Eller snarare, försökte.
Hjärtat bultade till. Jag drog igen. Inget kom ner. Och
inte heller upp. Eller ut. Fan!!! Jag slog knytnäven mot
bröstet. Inget hände. Då hoppade jag upp från stolen.
Slängde gitarren i Laban-soffan, den låga skiten i
cigarrbrun manchester, som vuxna liksom *ramlade* ner i
och sen nästan aldrig kom upp ur. Och där - äntligen - när
jag böjde mig framåt (halvlila i ansiktet), fick jag ner ett
andetag. Hjärtat slog igen. Eller? Vad det nu var som
hände? Höll jag på att dö?
Nu var jag där på allvar. Infångad. Av allt det där som
jag ju visste lurade där. Precis som jag *jämt* visste "det".
Det som *alltid* satt där "vid min ratt". Och *styrde* mitt liv.
Vi talar om - Paniken! Skräcken. För...d-ö-d-e--n...
Och mot det fanns bara ett motgift! Som jag ju också
vetat hela dagen. Fan!! Och det var att gå *precis rakt*

19

emot sina känslor. Jag har full förståelse för om ni inte fattar någonting. Jag gör det knappt själv! För den som inte kan andas, och vars hjärta slår lite wild'n crazy, borde väl ändå lägga sig ner och vila? Säger sunda förnuftet.

Sunda förnuftet? Glöm det! Eller sluta läs.

För SPRINGA är ordet! Och det utan luft, utan syresatt blod. Utan lust, utan ork. Full fräs rätt in i helvetet. Med sikte på himlen! Så var det. Visst är livet vist inrättat. Det vill säga helt obegripligt och fullständigt knäppt. Jag fattar, som sagt, ingenting. *Ingen* verkar fatta nåt. Men det är så det funkar. Skit i dina känslor. Sluta tänka. Och gör precis tvärtemot det du vill. Då blir det bra!

Hjälp!

Det handlar alltså om **JOGGNING**. Att *kuta* i skogen, ifrån problemen. Så gott det nu går. I Guds fria natur. Mellan majestätiska trädstammar och genom snårig blandskog. Längs diken. Förbi gläntor och över ängar. Omväxlande på knastrigt grus och sviktande sågspån. Knäande uppför branter. Klafsande utför på andra sidan. Och så en satans spurt på den avslutande rakan! (där likbilen väntar! Nä nä nä - triumfvagnen!)

Jag talar helt enkelt om "en sund själ i en sund kropp". Om att landa. Få balans på psyket. Komma i form. Behöver jag säga mer?

Och jag tränade denna kropp. Desperat. Med det resultatet att jag mest kände mig sjuk och nere. Ändå!

Inte precis efteråt förstås (i triumfvagnen), men sen. För bumerangen kommer ju alltid tillbaka, om man kastar den rätt. Och det gjorde jag.

Ena stunden fri och (nästan) lycklig. Efter en (hyfsad) prestation. Andra sekunden jagad med ett dödligt vapen i hasorna. Beredd att ducka. Eller vräka mig ner på marken, vilket ögonblick som helst. Låta vapnet fräsa förbi, klippa några strån i nacken. Klara livet med hårsmånen. För att sen kasta mig upp igen och kuta åt andra hållet!

Okej, händerna i luften, jag erkänner. Jag är "hypokondriker" och "tvångsneurotiker". Snyggt etiketterad av experter. Ett strålande exemplar av den moderna välfärdsmänniskan som har tid och råd att hänge sig åt vartenda symtom som dyker upp. Men att jag är etiketterad innebär inte att jag ger läkarna och psykologerna *skulden* för det. Tvärtom, jag känner mer än väl själv hur illa det är ställt med mig. Jag *är* sjuk. På det ena eller andra sättet.

Jag klarar inte av ett vanligt, hederligt (?) arbete. *Instängd* hela dagar mellan fyra väggar. Jag *måste* gå på muggen före varje film. Annars känner jag genast hur blåsan fylls, så att jag inte fattar nåt av filmen, utan bara tänker på hur pinsamt det ska bli när jag tränger mig ut genom hela raden av uppslukade (plötsligt irriterade och störda) besökare. Därför ser jag också alltid till att jag får en plats ytterst (den sämsta, men va fan). Jag kan drabbas av yrsel i det läskiga myllret av människor på Åhléns, eller under jorden i en t-banevagn, med tio meter jord ovanför och bara ett råtthål att ta sig ut genom (vid ras och andra oplanerade avbrott, ja ni fattar). Jag får panik i instängda, slutna hissar, som rör sig ljudlöst utan att man känner det. Liksom i flygplan 10 000 meter ovanför marken! Ja, jag klarar inte ens av att andas lugnt och *normalt.* Jag klarar inte av mina lungor! Och hjärtat. Som lever sitt eget liv. Helt utanför min kontroll. Liksom porerna. Som öppnar och sluter sig på fel ställen. Jag fryser och svettas, i kors! För att inte tala om könsorganet! Nej, låt oss inte göra det.

21

Det är ju inte naturligt. Eller hur? Att leva sitt liv med kroppen som fiende. Kroppen som man ju *måste* ha med sig...tills man dör. Och lyssnar den inte till förnuftet, får man tyvärr tvinga den. Mitt recept: *"Tvinga kroppen tillbaka till naturen"*. Och det är där, som spåret kommer in i bilden.

Och man måste ju dessutom uträtta nåt, här i livet. Egentligen skit detsamma vad. PRESTERA är ordet jag söker. Bli en man bland samhällets andra män. En frustande hingst. Uppe på bakbenen. En vresig tjur, med rökpelare ur nosborrarna. Skrapande klövar mot marken. För man kan ju inte sitta på arslet hela dagarna tills ryggen kroknar och häcken sväller mot armstöden så att man får med sig stolen när man reser sig, innan man drabbas av den där slutliga yrselattacken, segnar ner, och hjärtat vispar sina sista svaga små trumvirvlar...

I alla fall min uppfattning. Väl ingrodd ända sen sandlådeåldern då man kröp runt där i sanden och byggde städer med fint upplogade vägar och dom läckra små "dinky toysen" i handen. Där man sen "brummade" sig runt mellan viktiga platser som brandstationen och polisstationen. Och sa "hej Kalle" varje gång man stötte ihop med nån annans dinky.

Ända tills den dag nån stack en fotboll i magen på en och sa "bra fångat! Hit med den igen!"

Tills den dag man fick sin första klocka och började springa 60 meter - på tid! Bara för att se hur snabbt man kom i mål. Och vem som kom först. För snabbast var helt enkelt bara bäst. Och jag *var* snabbast (alltså för *väldigt* länge sen) i trean när jag kom flyttandes från Småstad till Storstadsförorten och hamnade etta på Brittens lista (när jag slog klassrekordet på 60 meter). Först så himla glad (vad var det som hände? Etta hos Britten), sen skakis över att behöva prestera nåt annat. Som inte kunde mätas. Skulle vi prata? Kramas? Pussas?

Men sen blev det mer begripligt igen, då man kom med i alla lagen i fotboll och hockey, och hitåt, bakåt, framåt, passen för fan! Och blev medlem i sportklubben och togs om hand av en massa vuxna som ägnade sin fritid åt oss och kallades pojklagsledare. Där dom stod med tidtagarur och medaljer och skrek "järnet!" Och det gav man ju. Bosatte sig på Vallen. Hoppade uppåt och på längden, åt höger, åt vänster, sprang och sköt. "Bravo!" "Match nästa vecka!" "Kom igen nu då!" "Nytt rekord!"

Och snart gick varje veckopeng åt till Rekordmagasinet, All sport och Idrottsmagasinet, med alla tabeller och resultat, som man sög i sig tillsammans med sommarens stora glass-hit, Top hat! Den gigantiska glasstruten som nästan varade hur länge som helst. Men ändå tog slut alldeles för snabbt. Och man kunde varenda spelare i Allsvenskan utantill, och varenda OS-medaljör genom tiderna från Paris, Aten och Stockholm... till Rom, Tokyo och München. Och varenda tungvikts-champion i boxning genom historien, och alla deras matcher. För man satt ju vaken den där sommarnatten och hörde på Radio Luxemburgs knastriga krigsledningar hur Ingo däckade Floyd NIO gånger i tredje ronden på Yankie Stadium 1959. Innan domaren kom till sans och insåg att Floyd tydligen inte filmade.

Och man fick boxhandskar i födelsedagspresent bara några veckor senare. Och fixade turneringar på gräsplanen runt knuten. Där vi nitade till varann så att man gick runt med molande huvudvärk i veckor. Och var man vänner när man började, så var man alla gånger fiender när turneringen var slut. Då man i bästa fall stod där med handsken i luften som slutsegrare. Medan kompisarna låg som käglor i gräset, lömskt sneglande

23

under blodiga ögonbryn i väntan på revansch. Man var Champ! som alla bara väntade på att få slå på käften (som sluggern Jack Dempsey). Eller manövrera ut (som stilboxaren Gene Tunney). Men aldrig att man skulle ge sig. När jag inte var Ingo, var jag Rocky Marciano! Sluggern som tog så mycket stryk men ändå förblivit historiens ende obesegrade.

Och medan huvudvärken släppte. Lite grann. Ställde man upp höjdhoppsställningen som man slöjdat till sommaren dessförinnan på planen. När Rickard Dahl slog hela idrottsvärlden med häpnad genom att "lägga vantarna" på EM-guldet på Stadion i Stockholm 1958. När Stickan Pettersson, som egentligen skulle grejat det, bara tog bronset. Där stod man sen i tyst koncentration och skakade lätt ut spänningen ur fingrarna innan man närmade sig ribban på en och trettio. En och trettiofem. En och fyrti. Tills gräset på ansatsbanan blev gult...blev brunt...tills slutligen stråna helt försvann och den svarta jorden tittade fram under ivriga barfotafötter.

Fötter som däremellan sparkade boll i blå tyggympaskor. Så klart! För tänk efter, 1958...? Där fanns en hel parad idoler att ömsa skinn med. Vava, Didi, Pele, Garrincha....och Gren, Julle, Nacka och Kurre. Och hans mål mot västtyskarna i semifinalen: *först ner mot hörnflaggan, sen tråckla sig fram utmed kortlinjen där försvarsbjässarna föll som käglor, för att sen finta passning in till Gren som stod helt omarkerad vid straffpunkten, så att målvakten tjurrusade rätt ut för att täcka. Då lät Kurre (med sina nerkavlade strumpor) bara bollen rulla in vid närmsta (!) stolpen, i målet som plötsligt stod där helt övergivet.*

Helt jävla crazy. Och il professore Gren var skitförbannad. Han som ju skulle haft bollen, enligt alla konstens regler.

Sverige vann med 3-1 och nådde finalen mot brassarna. Och den 'vajande majskolven' Nacka sjöng "Vi hänger med". Och det gjorde han några få år till, tills han hittades ensam, nedsupen och död i mammans gamla etta på Katarina Bangata. Men det är ju en helt annan historia. När man inte såg matcherna på TV *var* man spelarna själva där på gräsplanen…runt knuten. När man närmade sig målet som i trance. Och drog på en sån där typisk Vava-rökare - med sträckt vrist. Och bollen for iväg som en projektil och formade nätmaskorna till en strut. Under publikens begeistrade jubel. Innan man fick springa iväg tretti meter bortom jackorna (målstolparna), för att hämta tillbaka "trasan". Men - man *var* Vava. Det rådde det inget tvivel om. Och Kalle Svensson, som låg som ett vertikalt streck i luften i ett fåfängt försök att rädda, kunde inte lastas.

Tills man kom upp i fjortonårsåldern, skaffa moppe och såg tjejerna göra entré…på planen…för att röra till det hela. Med sina superoxiderade frisyrer som sprött sockervadd, kolsvarta streck runt ögon och zinkpastavita läppar. Hjärtat började bulta. Och drömmarna fylldes av leenden, blinkningar och viftningar. Vivvi, Sussi, Gittan... Och världen skimrade för ens fötter… där man i vita basketdojjor och röda gympasockor (som alla skulle ha) ålade sig fram genom läroverkets korridorer så att tjejerna svimmade. Eller om det var man själv som gjorde det. En eldgaffel som höll på att gå av på mitten. Spänd som en pianotråd. En ton i falsett! Vad var man egentligen ute efter?

Att överleva!

Nu i alla fall. Där jag satt på pinnstolen vid matbordet. Och ska man överleva då måste man ju *prestera*. Och det är där spåret kommer in i bilden! Som en själva livets offerplats. Där jag dagligen nöter sågspånen, som -

ömsom överstepräst, ömsom slaktlamm. Och skall väl så göra tills den dag "Jag slutar springa". Som kaninerna i "Den stora flykten" - Hassel, Femman, Kronan - kallade det. Dom dör inte, dom "slutar springa".

Är jag kanin?

För det mesta snor jag runt rundan *dagligen* för att "hålla ekipaget" i schack. Kursen rak. Skruvarna åtdragna. Fett i nipplarna.

Men dom stora offerdagarna, dom riktiga botgörar-dagarna (varannan dag?) kör jag en "dubbel", eller "trippel". Ett, två, tre, varv i Lilljansskogen *kombinerat* med simning i GIH-badet. Jag betalar mina sex spänn i kassan, får i bästa fall en hytt (inte bara ett sketet skåp för ungdom eller studenter), byter om till min signalröda collegeträningsoverall med huva - och beger mig ut.

Den här lördan var en sån dag! Som krävde special-behandling. Det borde jag fattat med en gång. Men det var först när största delen av dagen försvunnit, när telefonen inte gett ett pip ifrån sig, när solen på grannfasaden var borta, när jag inte hade skrivit en enda artikel, utan bara sjungit igenom alla mina lösa låtblad från Dylan och Beatles till Cat Stevens och Paul Simon, som det inte längre fanns nån utväg. Andningen var tung, vilopulsen stadigt nära 90 och ansiktsfärgen blek.

Då, när malmklockorna slog halv fyra runt om i stadens alla kyrkor, tog jag mig nedför trapporna till gården och spände fast väskan med alla nyttighetskläderna på pakethållaren och cyklade iväg... på min gamla svartmålade Crescent. Som säkert varit en fin cykel för sådär en tjugo år sen. Och som fortfarande trots allt rullade. Svensk kvalitetsvara. Nåt vi kan här i landet. Man vet aldrig hur vintern blir. Hur missväxten kan kräva barkbröd. Då är det bra att ha ladorna fyllda, efter rejält Karl-Oskarsarbete. Tack SKF. För kullagren.

Den strålande solen hade nu också börjat sjunka bakom alla hustaken. Men det var fortfarande hyggligt ljust och fint, om än kallt. Jag frös. För en gångs skull på rätt ställe. Värmen kom ifatt mig först när jag låste min gamla skrothög utanför badet. Och briserade sen i ymnig svettning när jag ömsade kläder inne i hytten. Som när man prövar hela lagret av för tajta jeans på Mauritz. Åtsmitande över höft och lår, och sjömansvida vid vaderna. Där behövs den inte alls.

VARFÖR?

Som den tjusiga atlet jag (ändå) är masade jag mig sen värdigt ut ur badhuset, gav kassörskan en stel nick, och stod bara några ögonblick senare nere vid början av Klappjaktsvägen. Det är *inte* jag som döpt den. Den lilla vägen som leder rakt in i skogen mot själva spåret. Jag skrapade lätt med tårna i gruset, med samma skräck-känsla som innan man dyker ner i iskallt vatten. …. Är det verkligen så man ska leva sitt liv? Rätt in i dödens gap, med en lie svischande bakom sig. Jag gjorde några korta snabba steg "på stället". Tänjde armarna över huvudet. Drog ett prövande andetag. Inte för djupt, bara som check före take-off. Som ett slags kapten i cock-pit.

Gruset började knastra under fötterna. Och ett lätt joggande tog form. Jag var på väg. Mot bara-Gud-vet vad. Inne på mitt tjugoåttonde år. Allt hastigare mot det 30:e. Krisen! Och snart mogen för mitt första mansläger. Ut i skogen bara och hugga ved, grottvråla, grilla huggorm och snacka känslor med andra skäggfjuniga y-

27

kromosomare. För att i stort sett ifrågasätta allt hela uppväxten och samhället format en till.

Sjuttifem seniga kilon som nu knäade sig fram med samma känsla som hos en elchockad slaktgris. Jag som en gång haft skolrekordet på terrängbanan runt läroverket! Trots att jag sprang i stövlar, när alla andra hade gympaskor. Alla dessa vältränade kilon uppförde sig nu som om nåt gått i baklås. Gör något! Skrek dom. Och det gjorde jag ju. Jag presterade. Gav inte upp. Stretade emot. Och inte minst, följde jag alla mina läkares råd sen ett flertal EKG:n faktiskt (under mina otaliga sjukhusbesök) registrerat oregelbunden hjärtverksamhet. Där andras kurvor gick upp, gick mina ner! Och tvärtom. Innan det sa DUNK.

"Inget att bry sig om i ditt fall" sa dom sen jag testcyklat med elektroder över hela överkroppen. "Du har bara ett litet hjärta".

"Litet?"

"Ja, inte litet i sig, bara lite mindre i förhållande till din kroppsstorlek."

"Och?"

"Det är bättre än för stort. Bara lite mer irritabelt. Så lev som vanligt."

När det ju egentligen var det jag ville slippa. Det vanliga lättirritabla livet. Dom jagade dagarna och dom plötsliga nattliga uppvaknandena. Som från ingenstans, utan kontroll. Käpprätt upp i sängen. I kolmörkret. Gapande som en fisk. Uppspärrade ögon, utan blick. Snart kippandes runt i lägenheten i badande ljus. Skärskådande ansiktet ute i spegeln på muggen. Likblekt? Sen - nedpyst på lejonstolen vid slagbordet. Med gitarren i famn. Älsklingen, med dom kvinnliga formerna! Kan man sjunga utan luft? Skingra tankar?

28

Skaka in överlevnadsreflexerna på sina rätta platser? Snart uppe på fötter, stående. Inte med roterande höfter som Elvis the pelvis, utan mer stenstod som Roy "the Lonely" Orbison. Och hela tiden som den vaksammaste lägerkommendant. ALLT under uppsikt, för att kunna vräka mig ut i trappuppgången, på mitt sista andetag, och vråla på HJÄLP från grannarna. Så att jag inte blev liggandes i lägenheten i flera veckor för att ruttna bort som en gammal pensionär. En tanke som flera gånger drivit mig ut på Stockholms nattliga gator. Där jag andtrutet fångat en taxi, med orden "jag måste ha tag på en läkare, innan jag dör. Kör till akuten. Om vi hinner." Märkligt nog rivstartar inte chauffören, med mig hängandes i dörren. Utan fem minuter senare rullar vi makligt in på Serafimerlasarettets ambulansinfart. Min älskade chaufför och jag. Som jag, utan att tacka trycker några sedlar i handen på, innan jag snubblar in genom dörrarna.

Framme vid mottagningsluckan väser jag till sköterskan:

- Jag...kan inte.... andas. Medan jag trycker mina händer mot *ljumskarna*, vilket konstigt nog, då och då hjälper mig till en nypa syre. Och därmed ytterligare en kort frist i detta jordeliv.

- Har du ont där? Sköterskan nickar mot mitt underliv, inte alltför upphetsat, utan snarare neutralt.

Det är väl nåt dom får lära sig har jag räknat ut. Och ju högre utbildning, desto svalare tonfall. Ett vanligt litet biträde får man lätt stirrig i blicken, men inte en *sköterska* inte, som den här. Hennes fråga gällde ljumskarna.

- Nej, men jag har *lite* svårt att *andas*......, hinner jag nätt och jämt väsa igen, innan syreförlusten tvingar mig till ett nytt sånt där skumt ryck.

29

- … och svårt, lägger jag till – att *prata*. ...då jag håller på att *dö.*

Hon lägger huvudet lite på sned och betraktar mig.

- Det ska vi väl inte tro. Följ med här, säger hon och kommer ut ur båset, ler vänligt och börjar gå längs korridoren för att slutligen öppna dörren till ett undersökningsrum. Andnöd är trots allt inte att leka med (tolkar jag). Det *kan* gälla sekunder. Du (inte 'vi' den här gången) kan ligga ner här, fortsätter hon och visar på den grågröna britsen, med det alltför styva rivjärns-pappret på. Det där dom själva verkar älska så mycket att dom har det på rulle.

När jag säger att jag inte kan ligga ner, vet jag inte ens om hon hör det, där hon håller på att räta till pappret. Hon bara ber mig vänta där tills doktorn "snart kommer".

Svensk sjukvård! Bäst i världen. Det känns nästan som om jag skulle kunna överleva. Och jag viskar fram ett "tack". Ackompanjerat av ett plågat, men ack så tacksamt ansikte. Breddfyllt av heroiskt lidande.

Jag kör alltid den underdåniga, *förstående* stilen. Vad annat har jag att komma med? För vem trampar väl på en liggande? (Nästan alla, verkar det som, men ändå).

Dom måste fastna för en - som person. *Då* arbetar dom för en. Tror jag. Och stöter man på ska man göra det mjukt. Begåvat, insiktsfullt. Inga aggressiva utfall. Inga krav. Utan mer dom ledsna hundögonen, med djup ögonkontakt. För det fattar man ju, att dom inte kan göra allt, för alla, hela tiden. Och man prövar ett litet leende! Som för att säga: *Vad bryr jag mig. Det är ju egentligen inte mig det gäller. Själv står jag nästan ut med vad som helst. Jag har bara en kropp här, som håller på att dö! Det är den som behöver vård, rycker man på axlarna. Det är därför man känner sig så dålig, "om syster*

30

förstår", prövar man ännu ett hastigt leende. Mitt i skräcken och paniken!
Det är då jag tror att jag får dom på kroken. *Stackars kille, det är för såna här man anstränger sig lite extra. Om ändå alla var såna.*
Men det här är ju förstås inget man springer runt och tränar på. Man har det bara naturligt. Liksom paniken i strupen...när dörren glider igen med ett svagt sugande läte, och man börjar sitt rastlösa vankande av och an inne i rummet. Där det är så tyst, så ensamt. Om man står stilla är det nog bara hjärtats ensamma slag man hör. Och inte vill höra. Om det nu alls slår? När man styr sina försiktiga steg mot fönstret med dom sjaskiga persiennerna lite på sniskan, där ens avbild speglar sig mot den svarta bakgrunden. Så tillbaka in i rummet mot handfatet och spegeln, det kan bli en jäkla motion bara det. Ett kort uppehåll framför spegeln för en granskning av det sjuka ansiktet. En del av kroppen jag vid det här laget kan bättre "än min egen byxficka". Men det har ni ju redan förstått. Och det är färgen det gäller.

Är det lila? Jag böjer mig framåt och låter blicken minutiöst vandra över varenda liten por. Blekt är det avgjort. Men är inte läpparna blå? Jag är nu så nära att glaset nästan immas. Så där nära att man fattar hur ordspråket "inte se skogen för alla träden" uppkommit. Jag fuktar dom. Suger dom långt in i munnen. Låter tungspetsen gnugga dom mjuka. Sen plutar jag med dom som den värsta Brigitte Bardot och låter blicken återigen utföra den där läskigt närgångna granskningen. (Så här i efterhand bara glad över att ingen såg mig, och blotta tanken på övervakningskamera får huden att knottra sig, men såna tankar är jag av naturliga skäl inte i närheten av därinne på rummet). Där är det bara svårt att avgöra färgen. (*Oerhört* svårt). Ok, mörkröda. Men är det ändå

31

inte en dragning åt lila? Vinrött? Tjurblod? Omänsklig? Men ändå lite farlig, vild, fientlig och stark! Där jag står i det bitande kalla sjukhusljuset. Skulle inte också en apelsin se lila ut i *den* belysningen? Fan också.

Jag vänder mig om och går några steg fram mot fönstret och drar återigen efter en sådär tio liter luft, som jag, tack och lov, inte får ner. Men som gör mig kollapsfärdig. Jag skakar till som av frossbrytning. Tar ett snedsteg. Driver nävarna mot ljumskarna och - lyckas i ett av kropps-kontrollanten obevakat ögonblick, tricksa ner en strimma livshopp.

Halvböjd vänder jag tillbaka in i rummet, med en mun torr som efter en vandring genom halva Sahara. Och plötsligt tycks handfatet inramat av palmer och höftvrickande vattenkrusbärerskor. Hjälp! Öppnar jag munnen spricker skinnet. Jag *måste* ha vatten!

Jag släpar mig fram till oasen, som försvinner som genom ett trollslag och bara lämnar en sketen porslinsskål efter sig. Det är allt! Sista droppen faller med ett plingande ner i röret. Där jag står som en galen Kalle Anka med allt fler tokringar runt ögonen. HUR vrider man på vattnet - utan kranar att vrida på? Blicken rasslar iväg utmed rören, ner mot golvet, tillbaka upp igen, utåt väggarna och - DÄR? - en gummipropp - på väggen! Alarmknapp, eller? Försiktigt (som en inbrottstjuv) trycker jag in den med den hand jag frigjort från ljumsken. Och - utan förvarning - står jag i en FONTÄN!

Vattnet sprutar som skjutet ur en kanon ner i handfatet. Sällan har uttrycket 'allt eller inget' haft större giltighet. Ord som, mellan och lagom existerar inte i denna tunna ordbok. I den duschen går det inte att stå och vänta på att det pissljumma vattnet ska bli kallt. Snabbt dit med en vit plastmugg från behållaren på väggen, och med lite tur och tricksande och vickande lyckas jag till slut få lite

32

vätska att stanna kvar - på botten - som konstigt nog inte fläkts upp av trycket.

Nedstänkt för jag muggen till läpparna som fuktas livgivande av skitdropparna. Sen börjar jag passgången på nytt.

Var finns dom? (mina räddare) När kommer nån? (messias?) Tänk om jag stupar nu! Faller ihop. Bara ett tuppfjät från respiratorn. Närmare räddningen än så kan jag ju inte komma. Väl? Hur ofta dör folk på akuten? I drivor? Som dom mörkar, för att man ska fortsätta tro att Sverige har världens bästa sjukvård. Jag gläntar på dörren till korridoren. Inte ett ljud. Inte en människa. Vad ska jag göra? Jag klarar det inte längre. Och om jag inte vore så nära döden skulle jag brisera av ilska. Men nu är jag inte i den positionen. Luften räcker inte till för sånt. Och kommer dom att vårda mig om jag börjar skälla ut dom? Kanske bara få en spruta. Som McMurphy i Gökboet. Tvångströja? Jag tassar ner genom korridoren mot receptionen. Tomt.

Plötsligt rycker jag till av att nån slår i en dörr. Jag snurrar runt. Ett helt gäng i vita rockar (som pingviner) korsar korridoren in till ett annat rum. Och när dörren på andra sidan sluts uppstår genast samma vaccumtystnad igen. Jag retirerar snabbt till mitt krypin. Här gäller det att vara på plats och beredd.

Halva natten, eller om det bara är nån timme eller så (vad är tid egentligen?) är jag sen på detta sätt utlämnad åt mitt öde. Som om nån däruppe sitter och rycker nyckfullt i mina livstrådar.

Snälla? Kvider det inom mig när jag gör min hundrade helomvändning vid fönstret. Och vid handfatet har jag lärt mig bemästra vattenkanonen. Nu är vattnet källkallt. Om det fortsätter så här kommer det väl snart isbitar ur kranen. Men fortfarande har jag inte fått grepp om ansiktsfärgen… Då - dörren plötsligt öppnas! Jag håller på att snubbla till av det överrumplande ljudet. Finns det fler människor än jag här nu? Mitt i natten!

- Nu kommer doktorn snart, ler sköterskan som sticker in sitt söta lilla huvud genom springan. En annan sköterska. Nattsköterska, så klart. Dom måste ju lösa av varandra. Kan ju inte ha hur långa arbetspass som helst.

- Doktorn? Stammar jag (vad är det för nåt?).

- Vi är ledsna att du fått vänta, men doktorn har varit uppe på avdelningen

- Jag *förstååår*, ler jag. Mitt det där "beredd att stå ut med vad som helst"-leende. Så att dom anstränger sig det där extra. Eller om det är tvärtom, att såna som jag, den tåliga sorten, kan man vänta med. Hur länge som helst. "Den där trevliga, han verkar inte vara så illa däran. Vi tar dom där krävande typerna först, så att vi blir av med dom." Ja, ni fattar säkert. Jag tror att jag är en utdöende sort.

Utdöende?

Och hon ska just till att stänga dörren igen, då den skjuts upp mer kraftfullt - och en *kandidat* kliver in. Som en förpatrull till helige Papas ankomst. Jag är ju ändå att betrakta som ett krisfall. Andnöd och hjärtarytmi är ju inte att leka med. Det kan handla om sekunder! Därför är han redan här.

Denne välartade yngling i min (?) ålder presenterar sig och, ja, äntligen, nån som förstår och intresserar sig. Som vill lyssna och (kanske) kan rädda mig! Och jag drar hela min story mellan kippande andetag. Och han svarar:

-Ja..haa. Utdraget, eftertänksamt och vänligt, men egentligen outhärdligt långsamt för en som lever sekund för sekund. Tills han slutligen tycks vilja skrida till verket. Jag ombeds sätta mig på britsen där han vill att

34

jag ska skava baken på rivjärnspappret. Och ta av mig på överkroppen.

Med van hand fattar han tag runt min vänstra handled och letar fram pulsen. Det lägrar sig en tystnad. Tills han rätar på sig och säger det ord han tycks kunna bäst:

-Jahaaaa…(nu bara ännu mer utdraget)...haaaa. Varefter han ber mig andas djupt medan han plockar fram stetoskopet och börjar knacka på bröst och rygg. Medan jag 'gör allt' för att fylla lungorna ända ner till tarm-trakten.

- Det är bra, uppmuntrar han när jag försöker förklara att jag inte kan andas…överhuvudtaget. Att det liksom är det jag söker för.

- Andas så igen bara.

Det börjar svindla. Hör han inte vad jag säger?

- Och igen. Väldigt fint.

Ska jag dö av själva undersökningen?

Knack, knack.

- Och så en sista gång.

Sista?

Nu har det verkligen börjat svartna och hela hjärn-valvets småblixtar detonerar innanför pannbenet. Då rätar han på ryggen och markerar att jag kan sluta (andas). Och jag har naturligtvis redan räknat ut svaret. Varför har jag ens åkt hit? Kanske borde jag bli läkare själv.

Under tystnad plockar han i ordning sina redskap, och så:

-Jaaaaahaaaaaaaa......, nästan längre än mitt längsta andetag. Och tittar mig allvarsamt i ögonen, och fortsätter: En sak är i alla fall helt klar (ja ja ja, det vet jag väl, fram med det bara!), om nu det kan glädja dig (glädja?). Du håller i alla fall inte på att dö.

Jag spärrar upp blicken, på ett nästan läskigt sätt. Så att han tittar förbryllat på mig (vad är det här för snubbe?).

35

Medan mitt omdöme om honom redan är klart: jävla klåpare, sätta en praktikant på såna här livsviktiga fall.

- Nej, luft får du, insisterar han, som om han sagt nåt konstigt. Det såg jag förresten redan när jag kom in. Man har inte så där fin ansiktsfärg om man håller på att kvävas.

Och det har han hållit inne med hela den här tiden! Jävla sadist?

- Men inte tillräckligt, svarar jag från min yrsel. Man ska ju inte behöva kämpa så här som jag..., och mitt i meningen, lyckas jag återigen plötsligt få ner ett någotsånär-andetag.

- Nja..., svarar han, som från en annan värld, när han ställer sig bredbent framför mig och eftertänksamt tar sig om hakan. Jag kan riktigt se hur skivan med diagnoser och etiketter snurrar runt i kandidatens huvud, för att slutligen stanna mitt för ordet "ångestneuros".

Och därmed är vi ute på livets existentiella gungfly. Jag vet vad som väntar när jag gör mig redo för det vänliga insiktsfulla samtalet...blabla-bla....för det här är ju långt ifrån mitt första besök på akuten (som ni väl fattat). Jag kan gången. Vet exakt vad han...blablabla...kommer att säga....blabla...

- ...inte alltid så lätt att skilja på kroppen och själen..., mässar han. Samtidigt som han nu egentligen lämnar fältet för sin egen kompetens (och kommer in på min?). Men ändå varsamt för att få mig att fatta sambanden. Inga kalla chockbesked, typ: "Du är ju sjuk i huvet. Du FÅR ju luft, så andas på bara. Hej. Och tack. Där är dörren. Och kom ihåg, vi har inte råd med såna som du här." Fast det verkar läkare fatta, nu för tiden, att man inte rusar till akuten mitt i natten, bara för att man tycker att det är så jäkla kul. Party liksom!

Och allt det här lirkar han snabbt ur mig, att jag är en av sjukvårdens största belastningar, att min kropp scannats från fotblad till hjässa (fast där tar jag i, det är just det den INTE har, och att läkarvetenskapen ändå inte nått så långt att dom förstår MITT fall), och att jag träffat en uppsjö psykiatriker och pratat och fått piller och...

- ...för grunden är ju av psykisk natur...blablabla...fast det tar sig *kropps*liga uttryck. Man ska ju inte, som du så riktigt påpekade, behöva anstränga sig så för att andas.

- Just det, och då vill man ju inte sätta sig och snacka, då vill man bli undersökt!

- Nja, drar han lite på smilbanden (som att 'nu är vi där igen'). Jag förstår att det känns… hemskt, men….vill du att jag ska skriva ut ett recept så länge?

Och med uppbådande av all min rutin, svarar jag:

- Nej, tack.

För hur många såna där "lugnande" piller har inte redan passerat mina tarmkanaler, sugits upp av blodet, pillat på nervcentra, och satt sig i levern. Gjort mig trött och orkeslös. Fått mig att känna mig stämplad. Rent av sjuk. Med den effekten att ångesten tagit sig ett skutt av lycka, "här finns mycket mer att göra!"

Då fläktar det åter till från dörren, som skjuts upp med en tveklöshetens pondus, och GUD FADER själv (den RIKTIGA doktorn) kliver in i handlingen. Tar mig i hand, samtidigt som han med den andra "snyter" pappren ur kandidatens grepp. SÅ effektivt! Två grejer på en gång. Borde inte egentligen allt gå mycket fortare då...? Men det har man så klart redan räknat ut och därför skurit ner på personalen. Ögonen far snabbt över arken, och så blicken upp med ett litet leende.

- Hoppas det här lugnat ner dig lite, säger han.

- Jorå, harklar jag mig, med mössan i handen. Svag som man ändå är för expertutlåtanden. För stunden, och vad kan man begära, evigt liv?

- Kanske hjälper det lite att veta att du är helt frisk, ler doktorn snällt, igen.

Så – insiktsfullt. Men så är han ju också doktor.

Och jag ler tillbaka mot hela gänget, men mest doktorn så klart, högsta hönset, som den auktoritetsbundne smilfink jag ändå är. Och tar i handen, bara doktorn, och lommar sen iväg ut i storstadsnatten. Där allt är svart och rått. Och en och annan bil, mest upptagna taxibilar med släckta taklampor, forsar förbi. Och där säkert de allra flesta av stadens invånare redan ligger och sover sött i sina ombonade sängar. Klockan tre på natten.

Där ingen har en aning om vad jag just haft för mig. Inte ens att jag finns! På denna jord. Och att just jag alldeles nyss återbördats till livet. Till allas vår gemenskap.

En ensam ung man som i nattmörkret nu kurar ner huvudet mellan axlarna och banar sig väg fram längs trottoaren över bron från Stadshuset ner mot Tegel-backen, utmed kajen med dom vita Mälarbåtarna. För 62:an har slutat gå för länge sen. Och att ställa sig att vänta på 92:an ….ja, då kan jag lika gärna bädda åt mig där på trottoaren. Jävla SL! Åt helvete med kollektiv-trafiken (vilket dom verkar tycka själva också).

Det är bara att börja promenera hemåt. Till sin säng, med det uppvräkta täcket, och krypa ner igen, medveten om att man är "frisk". Så frisk att jag plötsligt känner begäret efter en rök. Jag, som för bara en kort stund sen nästan krävt att bli lagd i respirator, halar nu upp ett tilltufsat paket med röda Prince ur manchesterjacks-fickan. Knackar ut en på gående fot och sätter fyr på den med engångständaren. Medan jag fortsätter förbi Rosenbad och strömmarna ut i Saltsjön där alla sjöfåglarna fortfarande tycks vakna, eller står och trycker intill strandkanten i absolut stillhet. Med bara det ena pinnsmala benet nere i vattnet. Blundande? Utan att trilla omkull! Med det andra uppdraget nånstans därunder fjäderskruden. Mest är det annars gräsänder och sothöns som guppar runt. Men där finns också en häger som plötsligt brakar loss ur ett buskage på andra sidan vattnet och flaxar iväg på breda vingar.... Jag kastar ner min fimp i vattnet. Drar jackan om mig som den värsta Bob "don't look back" Dylan och tjurar vidare i den nattråa fukten. I morgon är det en ny dag. Då kommer jag vakna urlakad till nya plikter. Och nattens äventyr mest vara som en overklig mardröm.

***

"Frisk, frisk, frisk...", blinkade mantrat i skallen. Som en blandning av uppmuntran och katastroflarm. Där jag nu hunnit halvvägs bort på Klappjaktsvägen. Snart framme vid spången över det djupa diket där man viker av från vägen in på spåret. Fötterna, klamp, klamp, klamp... Ingen Walkman här inte. Hur ska man då kunna hålla koll? Den svala luften baddade kinderna. Toppluvan var neddragen över pannan. Vantarna fortfarande på händerna. Och för varje lite för kort andetag ökade känslan av syrebrist. Som om jag hela tiden fick liiite för lite. Som en konstant ökande skuld. Vad spelade det för roll hur frisk jag var, om lungorna ändå inte släppte ner tillräckligt med luft. Så, hur smart var egentligen det här? Att ge sig ut och springa. *När du kunde lagt dig och vilat. Eller åkt till nåt sjukhus!* Väste en röst inom mig.
Djävulens röst?

Jag ökade farten. Kanske borde jag skaffa en Walkman. Löpa till musik. *Dansa* fram. Ner över spången, och upp på andra sidan.

HÅL I HJÄRTAT...

Jag hade alltså genomgått den vanliga enkla formen av kroppsundersökning, akutmodellen. Vilken naturligtvis var helt otillförlitlig. Men innan dess hade min kropp granskats, nästan nere på cellnivå av allehanda experter. Och till slut avkunnades följande dom: *"Snart är själva undersökningarna nästan farligare för dig än vad vi eventuellt kan hitta!"*

Kort sagt: jag var kärnfrisk, men döende.

"Ja, själen väljer en massa underliga vägar", förklarade en läkare för mig, filosofiskt.

"Håll andan!", uppmanade en annan, lite hårdare typ, "så får du se att man inte kan dö på det sättet."

"Med det här intyget är du berättigad att teckna livförsäkring!" Log en tredje efter en veckas under-sökningar som avslutats med en hjärtkatetisering. Och det är inte nåt slags dessert, utan betyder att man för in spagettiliknande slangar (kateter) genom venerna till hjärtat, där man mäter trycket i förmak och kammare (låter som fastighetsbesiktning av ett slott), kollar att klaffarna sluter tätt och att det i övrigt inte finns några hål där. I hjärtat. Man trodde att jag hade ett hål!

Som sagt, nu talar vi tunga grejer.

- Det brusar, hade plötsligt en av alla mina akutläkare sagt efter den där vanliga genomgången med stetoskop mot bröst och rygg. Hon var den första som hört det! Enastående hörsel. Som hon satte i samband med mitt EKG som såg ut som om en hare skuttat hit och dit över pappret (en del läkare är alltså så jävligt smarta). Och, nu kommer det: eftersom jag dessutom knappt kunde andas, tyckte hon att det borde göras en UTREDNING.

Jag var inte nödbedd, om jag så säger.

Det var säkert ingenting antydde hon (jaså...?). Möjligen kunde det vara ett hål (!) som åstadkom bruset. Och då borde det sys ihop tyckte hon (ja, tack!). Ett ganska enkelt ingrepp med våra moderna metoder, som hon uttryckte det.

- Jaså...? harklade jag mig, så där föga övertygad som man är när folk ska in och rota i hjärtat på en. Och sy, med nål och tråd. Nu var det på riktigt. Revolverns patronhylsa var satt i snurr. I ett av hålen (kanske fler) satt ett skarpt skott.

Jag skickades hem och ombads att hålla mig anträffbar under sommaren, som just börjat spira av skira knoppar. För som vanligt fanns det ingen plats på sjukhuset. Bara om PULSEN gick upp över 100 utan anledning skulle jag ta en taxi till akuten. Och hur vet man det, om man inte *tar* pulsen? Hela tiden! En av mina sämre somrar sniglade igång, med fingret nästan som fastväxt mot insidan av handleden. Då det plötsligt, sen försommar-grönskan mognat till skördegult, ringde på min telefon. Ni vet den där leopardfläckiga.

Utan att tänka lösgjorde jag pekfingret från handleden och rusade fram.

Jodå, mycket riktigt, folk hade dött som flugor i sommarvärmen, så en vecka in i augusti såg det ut att finnas plats, om jag då fortfarande själv var vid liv förstås. Jag bokades in på avdelning 3, för intensiv-vårdspatienter.

41

"Tack!" Sa jag och la på luren - och så fingret på handleden igen.

Jag anlände två veckor senare med enkelt bagage (tandborste och Primalskriket av Arthur Janov, som lämplig litteratur) i min marinblå seglarsäck och fick en säng tilldelad bland människor som var närmast inventarier där. Det här var bara min första tripp. Som gäst i verkligheten, eller om man så vill, en tå in i dödens förrum.

En ung kille (bara några år äldre än jag!) rullade runt i rullstol med hela kroppen värkande och nästintill obrukbar av reumatism. Som en ung förtvinad martall.

En annan man i 30-årsåldern, Andersson nånting, hade fått sjukhussjukan efter en obetydlig fotoperation. Och nu var bölderna och febertopparna i hans fall extra svårbemästrade på grund av diabetes, som dessutom höll på att göra honom blind. Irisarna såg ut som krackelerad marmor. Kunde han överhuvudtaget se? Ändå var han avdelningens muntergök! Den som höll humöret uppe hos såväl patientspillrorna som personalen. Alltid pigg på ett skämt rörde han sig i salar och korridorer som om det var hans andra hem. Och det var det ju också (på sätt och vis). Alltmer på väg att bli hans första.

Och bredvid mig låg Johansson. En pensionerad vithårig folkskollärare från Småland. Som efter fem hjärtinfarkter hade ett i stort sett igenslammat, halvvärigt och obrukbart hjärta. Men nu låg han där och plirade belåtet bakom sina runda båglösa glasögon, och förklaringen var att läkarna ändå övervägde att sätta in en pacemaker, som han sa. Så att den där kraftlösa slamsan skulle kunna hålla nåt slags takt. Ja ja, jag vet att jag uttrycker mig brutalt, men jag är rädd att det kommer sanningen närmast. Men Johansson själv verkade alltså vara av en helt annan uppfattning, som om han nu var på

42

väg mot det eviga livet. Och jag stöttade honom, så gott jag kunde.

- Fantastiskt! Det blir ju som ett nytt hjärta!

Och han log fridfullt med huvudet snett vridet åt mitt håll.

Natten innan jag skulle rullas ner till "min" operationssal klockan sex på morgonen fick Johansson ytterligare två infarkter. Livsfarligt naturligtvis för honom, men heller inte utan fara för mig. Jag hade ju *mitt* hjärta att tänka på. Och "hålet".

Jag hade fått två starka insomningstabletter till sänggåendet av avdelningsläkaren, som med ett snett leende, förklarat att han inte ville ha några "spända vener att jobba med".

Jag svarade med ett leende som om jag svalt en citron.

Vid nio svalde jag pillren sen jag borstat tänderna och tassade sen försiktigt in genom den nedsläckta salen. Kröp ner mellan lakanen och efter två timmars vridande i ett slags vaket halvkoma försvann omvärlden...

*...tills jag drömde att någon liksom höll på att drunkna....som....skrek och fäktade...*och då plötsligt ryckte jag till av ett rosslande läte bara någon meter från min säng.

Jag spärrade upp ögonen. En lampa hade börjat blinka borta vid dörren och strax därefter tutade en siren.

Snart hördes springande steg utifrån korridoren. Dörren slogs upp och strax badade salen i bländande lysrörsbelysning. En sköterska ropade efter läkare.

Kort därefter kom läkaren nerifrån akutmottagningen. Nästan provocerande släntrande. Och väl framme vid sängen frågade han stillsamt "och hur står det till här då?", som om Johansson fått en sticka i fingret eller nåt.

Alltmedan Johansson kved som om någon vred om en kniv i bröstet på honom.

Kunde Johansson böja fingrarna? Nej, det kunde han inte. Då avslutade läkaren konversationen med att höja rösten och nästan militäriskt avfyra ordern:
- Nitroglycerin!

En timme senare låg salen återigen försänkt i tyst mörker. Johansson hade äntligen slumrat in. Bedövad och utpumpad. Och fram emot tre höll även jag på falla in i den eviga vilan. Då tog Johanssons andra runda för natten fart. Larmet gick. Salen tänds. Snabba röster. Rullande bord. Springande steg.

Försiktigt smög jag mig upp och förbi dom grönklädda marsmänniskorna med alla sina droppställningar, syrgastuber och kateter ut i korridoren där jag inväntade läkaren. Jag behövde fler bedövningstabletter. Om venerna nu nånsin mer skulle återfå sin forna mjukhet.

Efter lång tvekan gav läkaren mig en till, ungefär som om han jobbade på en drogklinik för heroinister. Kort sagt, här var vi ute på en existensens slaka lina.

Vid fyratiden somnade jag slutligen in. Ungefär som när Ingo knockades av Floyd i *returen* på Polo Grounds 1960, raklång på rygg med lätta ryckningar i fötterna.

Och när jag sen väcktes nån timme senare, vad man nu lägger in i begreppet "väckas", var det med känslan av att befinna sig på en annan planet. Och bara långsamt återvände medvetandet som om jag singlade ner mot jordytan i en jättelik fallskärm. Och när jag vred huvudet åt sidan verkade det som om Johansson i alla fall fortfarande var vid liv. Fick jag för mig. Det tycktes ligga nån i hans säng, utan lakan *över* huvudet. Jag rullades ut ur salen i mitt vakna koma, som nu höll på att bli mitt normaltillstånd. Och efter ytterligare några lugnande piller (!!!) låg jag sen helt kallt och tittade på en TV-

44

skärm hur man gick in och fixade i mitt hjärta. Nästan som en schysst sjukhusserie på TV!

Och när jag upplystes om att kateten passerade klaffen med "eventuellt några extraslag" var det som om en ärtbössa plötsligt brände av hundra skott i bröstet. Nåt *ruuusade*. Och bredvid mig mumlade en syster "...tio...tolv...tjugo...hundra..." (som en katolsk nunna med radband).

- Roligt med ett friskt hjärta, log doktorn sen när jag rullades ut.

- Onekligen, svarade jag matt.

Morgonen därpå släpptes jag ut. Fortfarande på skakiga ben.

Innan jag lämnade salen med seglarsäcken slängd över axeln tog jag avsked av Johansson. Som tycktes ha hämtat sig igen! Han log milt mot mig på sitt gammelmanssätt. Och upprepade (som om han inte fattade nånting), på sin r-lösa småländska, mantrat som skulle ge honom det där eviga livet:

- Ja, dom säje att dom ska sätta in en pejsmejke nu.

Jag log utan att riktigt veta vad jag skulle säga.

Så tog vi i hand.

- Det komme att gå bja fö dej, sa han, läraren med alla kunskaper, till ynglingen framför sig, eleven. Du haj hela livet fjamfö dej!

Orden dalade som en sagoaktig lyckofjäder ner genom den solupplysta salen.

Jag lovade mig själv i den stunden att hälsa på honom igen om en tid. Det som betyder så mycket i en sån situation. En fläkt från livet. Sånt man så lätt glömmer i den hektiska verkligheten. Och naturligtvis blev det så nu också. Efter en vecka var Johansson ett bleknat minne.

45

Efter två, fullständigt främmande. Jag skickade inte ens upp den där boken jag lovat honom.

Längst bort i korridoren gick jag ut på terrassen för att ta en rök. Fråga mig inte varför? För att jag var frisk nu, antar jag. Där satt Andersson som just varit och lämnat in tipset, som han skötte för hela avdelningens räkning. Jag berättade att jag var friskförklarad. Han svarade inte. Vi satt bara där i sensommarsolen och rökte bredvid varann. På andra sidan sjukhusparken skymtade bilarna som rullade förbi i det pulserande livet. Jag hade varit på besök i dödens väntrum. Sånt som inte hinns med i tunnelbanestressen. I rulltrapporna. Annonsplakat efter annonsplakat.

- Med det här intyget är du berättigad att teckna livförsäkring, klargjorde läkaren en vecka senare vid kontrollåterbesöket och överräckte ett undertecknat papper (som ett diplom!) där jag friskförklarades efter en "hjärtutredning".

Försäkringsbolag tecknar ju inga livförsäkringar med sjuka och döende. Bara bevisat kärnfriska. DÅ vill dom gärna att man börjar betala sin premie. För hur tråkigt det än är att folk dör, så gäller det til syvende och sist att göra stålar på det.

Det var länge sen jag mått så bra!

Så vad gör man då, när man får försäkra sitt liv? Kutar runt med hälsokvittot nonchalant dinglande mellan pek- och långfingret? Med ett litet retsamt leende mot evigheten?

Som om det gick - att försäkra!

När det är precis tvärtom.

- Så ut och luffa i skogen bara (luffa?), det är bra för såna som du! Rådde han mig med ett leende till avsked.

- Iväg med dig bara!

***

Och där var jag alltså nu. Efter EN KILOMETER på dom svampiga sågspånen, bitvis uppblandat med grovt singel. Med den svala höstluften mot ansiktet. Och huvudet svidande efter gårdagens svikna förhoppningar. Om någon. Som skulle kunna ta Marias plats. Med lätt stirrig blick och nåt hårt i mellangärdet som snördes åt till ett effektivt stopp för luften jag girigt försökte dra ner genom mina väsande lungor. Kanske borde jag teckna den där försäkringen nu snarast innan "diplomet" passerade bäst-före-datum? Samtidigt som jag igen (och igen) försökte kommunicera med det där dom kallar förnuftet: *Hur* kunde alltså det som ska försiggå automatiskt *kräva ansträngning*? Och *övervakning*?

Det är då jag hör Karins röst inombords. Karin är min senaste terapeut.

- Men det gör det ju inte, korrigerar hon.

- Jo, kontrar jag. Det är som om varje litet andetag är för litet, så att det ungefär var tionde gång krävs ett som är riktigt djupt och befriande. Och lyckas jag inte få ner luften då, kastar sig kvävningskänslan över mig.

Hon betraktar mig under tystnad.

Och får mina tankar att virvla vidare. Det här var inte det livet jag ville leva. Uppträngd i ett hörn av neurotiska hinder. Jag hade andra planer. Vyer! Som jag skulle förverkliga när den här skiten släppte. Då jävlar! Och det säger jag till henne. Men hon bara svarar på sitt vanliga blodlösa sätt:

- Hur ska det bli då, tror du?

Jag tittar på henne nästan med förakt. Det kan väl hon skita i! Hennes jobb är ju att få mig dit.

47

Det var så tankarna gick, medan den dalande solen strilade ner mellan dom höga tallstammarna, här och var uppbrutet av lövskogssly. Och jag försökte tänja på stegen för att hitta en mer energisnål stil. En mer sviktande. Som tyvärr snart krympte till en stolpig. Och så var det dags igen för det där ner-till-tarmarna-andetaget. Men jag kände ändå läkarnas uppmuntrande dunkar i ryggen och hoppades att jag skulle må bra av det. Efteråt. Att det skulle ge mig ännu en frist i detta jordeliv.

För det gällde ju egentligen bara att *tvinga* kroppen till det den värjde sig så panikartat emot. Att *trycka* ner den på rygg, och mot alla nervers intensiva motstånd få den att fungera på det sätt som Gud en gång avsett att hans skapelse ska fungera. "**Kontrafobi**" har jag läst att det kallas. Att aldrig låta fienden vinna. Aldrig ge efter för rädsla och oro. Livet som krig!

Jag ska försöka förklara.

UTLÄMNAD!

Vi förflyttar oss till en ödslig fjällby i norra Jämtland nära norska gränsen. Jag befinner mig där med Maria.

- Jag mår inte bra Maria, säger jag så lugnt jag kan under vår korta semestervecka där, i klustret av småstugor som heter Kolåsen. Kolåsen – kolgruvor – stenlungor – silikos - andnöd.....bara en liten lätt associationskedja, alltså.

- Jag förstår (hennes favorituttryck), svarar hon liggande i sängen med en Vecko- Revyn i högsta hugg som föregående gäster lämnat efter sig.

- Vadå "förstår"? Hörde du inte vad jag sa?

- Det är klart att jag gjorde. Hur mår du då? Säger hon och vänder blad.

- Varför ska just jag ha det så här?

Paniken håller på att övermanna mig. Och den främsta anledningen är naturligtvis dom milsvida avstånden till närmaste hjälp, dvs sjukhus. Kan det möjligen vara i Östersund? Oroshärden ligger hela tiden på lur. Som om det stramande mellangärdet trycker upp lungorna. Nånstans i höjd med bröstvårtorna tar det stopp. Då åker axlarna upp. Och när dom inte når högre vidgas bröstkorgen. Och skulderbladen blir nästan till små änglavingar. Om ni kan fånga bilden på era näthinnor så förstår ni att jag mådde lite småpyton.

- Jag tror att jag måste ut och åka lite.

- Ja, gör du det..., utan att ta blicken från tidningen.

"Må fan ta dig Maria!"

Nu var det här en procedur som upprepades varje kväll runt fem-tiden sådär, när vi kommit hem från dagsturen uppe på kalfjället (som om den inte var nog).

Som ett rött streck (min klarröda collegeträningsoverall) svischade jag runt det elupplysta 4-kilometersspåret, här kallad "Grötlunken". Och det säger kanske en del om dom jag forsade förbi, men var helt missvisande vad gällde mig, när jag slet mig runt "lunken" varv efter varv efter varv. Och klockade tider. Tre varv under timmen? Fick man väl va ganska nöjd med.

Totalt utpumpad, men lycklig, "faller jag igenom" dörren in på storstugegolvets lilla hallruta. Det grå trista linoleumgolvet med dom äckliga plasttrasmattorna på. (Vem hade hittat det här huset egentligen? I Kolåsen!

Vem vet ens att det finns?) Men ändå med ett salighetens smil på läpparna. Jag lever! Och, ännu bättre, med den här prestationsförmågan kan jag säkert räkna med att förbli vid liv ytterligare en tid. Ända tills nästa kväll, närmare bestämt. Men så kortsiktigt ser jag det inte då, där i lyckoruset.

Det hör egentligen inte till Marias vanor att sluka Vecko Revyn, men om nåt nummer kommer i hennes väg är hon genast där och suger i sig allt skvaller. Det retar naturligtvis mig. Jag som själv i och för sig slukar på ungefär samma sätt, men av *helt* andra skäl (vi kommer till det). Maria som i övrigt är en *stor*läsare av *allt.* Ett arv från pappan författaren, som i sin tur lever bakom neddragna gardiner, antingen skrivande, läsande *eller* bakfull. Ett hem där barnen under uppväxten tvingades smyga som möss. Så hon är van vid skumma typer. Och kanske tycker hon att hon hittat hem, när hon träffat mig. Nu plöjer hon hela kvinnovärldens tegelstensbiblar från Sylvia Plath, Doris Lessing, Marilyn French till Erica Jong och trendterapeuten Janov (så klart), uppblandat med en uppsjö okända såväl svenska som utländska författare. Allt, utom det jag föreslår! Hemingway, Salinger, Philip Roth, Joseph Heller och *klassiker,* som Dostojevskij!

- Det låter jätteintressant. Vad roligt att du tycker om dom.

Under tandgnissel kan jag se hennes *torn* av böcker vid huvudkudden, och min spartanska lilla pocket på andra sidan.

Men nu har vi som sagt semester. Ett sånt ord jag helst undviker, som den konstnärligt frie bohem jag är. Semestrar gör bara borgarna. Och reser på charter. Jag rynkar på näsan. Det är därför jag hamnar på såna här gudsförgätna ställen som Kolåsen. Vem byggde husen?

Och vilka är det som hyr? Bara vackon? Vi är helt enkelt bara på en liten "resa" hit, för att koppla av och ha det skönt. Nåt man heller egentligen aldrig kan i min värld, eftersom den kreative alltid är skapande. Det finns ingen uppdelning mellan arbete och fritid. Man arbetar jämt. Och är samtidigt alltid ledig, men heller aldrig ledig. Jag kastar en underluggblick mot Maria och gör därefter ett tappert försök att hålla blodtrycket på plats. Bara ett knappt hörbart stön undslipper mig.

- Vad roligt att du hade så fina tider, idag igen, säger Maria och sätter sig upp i den väggfasta sängen och lägger Vecko Revyn i knät. Hon ger mig ett uppskattande leende. Ett av dom där jag bara älskar henne för. Där det svarta håret ramar in ansiktet med dom höga kindkotorna och dom stora, aningen sneda ögonen. Så förödande vacker!

Vi hade känt varann ett år då och hon var fortfarande (i viss mån) mån om mig. Kanske för att hon (trots allt) också älskade mig. Vad visste jag. Det var inte sådana ord vi använde till varandra. Men hon hade ett leende, och - ett uppskattande skratt, som smälte bort alla tvivel. Även om hennes intresse för min kroppscirkus med hjärtvolterna och andsnörpen börjat mattas en aning. Bli lite tjatigt, kort sagt. Hon fick med tiden lite svårt att ta det ständiga upprepandet riktigt på allvar (varje gång). Så allvarsamt som hon tagit det den första tiden, då mina besvär varit nya för henne och hon fortfarande trodde att *hon* kunde göra något åt dom. Då kunde hon ligga och smeka mig till sömns i timmar. Tills jag slutligen somnade in som ett litet barn. Bort från världens ondska och alla spänningar.

Som en alkoholist hade jag till en början dolt mina problem för henne. Och, faktiskt mådde jag inte då en kort period riktigt bra. Tills den dag då allt plötsligt bara brast och jag handlöst kastades tillbaka in i min kamp på liv och död. Flämtande vräkte jag mig ur sängen. Döende. Krampaktig. Flåsande. Suckande, vandrade jag av och an genom lägenheten. Medan Maria förskräckt satt uppkrupen i ett hörn av sängen: "Vad kunde det vara?"

- Ja, jag fattar ingenting, men läkarna säger att jag är frisk.

- Gör dom verkligen det?

- Ja, faktiskt.

Hon var fortfarande mån om mig. Konstigt nog, kunde jag tycka. Men som den personliga individ hon var gick hon ofta sina egna vägar. I stället för dom jag pekade ut. Som till exempel när det gällde läsande av veckotidningar. Om hon *kände* för det.

- Kan du inte kasta det där skräpet? Försöker jag från mitt grodperspektiv. Jag visste ju vad jag talade om. Jag *jobbade* ju på en av dom. Frilans visserligen, men ändå (vi kommer dit). Det var ju rent av deras pengar (skulle man kunna säga) som bekostade vår resa. Vår semester!

- Hetsa inte upp dig nu älskling, ler Maria förföriskt från sängen. Du vet att jag tycker det är roligt att titta lite i dom ibland.

- Ibland! Och revolutionären tar tag i mig och en pamflett börjar ta form. "Man blir påverkad! På sikt. Det är bara det att du inte märker det. För du är redan så *indoktrinerad*. Det är därför du lockas av sån skit som... Britt Ekland och Rod Stewart och..."

Jag känner hur blodtrycket börjar stiga. Och plötsligt krocka med Grötlunken. Där mina genomsura kläder nu börjat kallna. Stelna. Liksom lederna. Så med en skakning på huvudet tar jag mig upp på fötter och hasar iväg till duschbåset.

Där jag sen låter mig översköljas av det ljuvligaste vattenflöde, sen jag väl fått in den rätta balansen mellan varmt och kallt, vill säga, vilket tar ungefär en kvart. Och medan skiten, såväl den kroppsliga som själsliga, sörplar ner i golvbrunnen erfar jag ett sting av avund mot Maria som är nöjd med en stilla dagsutflykt. Uppe på dom snövita vidderna, med en apelsin i bröstfickan på anoraken. I ett hav av gnistrande solsken, röse för röse, skidandes mot Tjusdalens fäbod. Maria som sen på kvällen kan njuta av en behaglig trötthet i armar och ben för att slutligen älskas till sömns i min väldiga famn och "bara existera" (ännu ett av hennes favorituttryck).

Medan jag börjat förtvivla över att det inte finns nånstans att gå ut till på kvällen (när jag börjat må bra). Inte ens en restaurang att avnjuta en välförtjänt middag på. Inte ens ett litet "gaststätte" att få sig en rejäl bärsa på. Vad är det här för jävla land jag hamnat i?

Då hör jag min mammas röst komma med det där resonemanget om att man *väljer* sina föräldrar (och därmed land så klart!). Ja, alltså det handlar om idén att alla själar är astralkroppar (ute i rymden?) innan dom får syn på några som "dom vill tota ihop" och sen ser till att dessa 'får arslet ur vagnen', om man så säger. Och det är ju också ett jäkla bra sätt att frånta sig själv allt ansvar för dom barn man sätter till världen. Och det skulle vi kunna resonera många sidor kring, men det får vänta. Här vill jag bara ha sagt att mamma minsann *har* tagit sitt ansvar, övergiven som hon blev av min skithög till pappa, med oss två små barn. (Honom ska jag försöka undvika så mycket som möjligt i den här berättelsen, och det ska ni vara glada för. Även om han sannolikt är en viktig del, och själva undvikandet antyder nog det i ännu högre grad. Men den glädjen ska vi inte ge honom, för han skulle naturligtvis bli smickrad över att få vara med,

53

vilken skit som än skrivs om honom.) Så det är inte det, att hon inte tagit sitt ansvar, utan mer hur hon förklarar mitt val av just detta stendöda, ogästvänliga, iskalla, tillbommade, hämmade, snåla (är det mig själv jag beskriver) ...land att framhärda mina dagar i. Va? Mamma!

Ni får ursäkta, men hela det här resonemanget måste med för att göra historien mer fullständig och kanske mer begriplig. Så:

- Det kan jag inte svara på, svarar hon från det patiensbord där hon tillbringade i stort sett all ledig tid under min uppväxt, när hon inte var på arbetet, uppe i affären och handlade, lagade mat eller diskade. Barrikaderad bakom kortlekarna släppte hon då och då ifrån sig dom här brottstyckena visdom. Framsprungna ur hennes egna erfarenheter tillsammans med alla livsfilosofiska böcker hon läst.

- Det visar sig väl nån gång...i nån högre tillvaro, fortsätter hon, som antroposofins fader Rudolf Steiner beskriver det. Ungefär som ett slags buddhistisk själavandring, där man utvecklar sig existens för existens upp mot det fullkomliga, slutgiltiga utslocknandet.

- Det är så mycket vi inte begriper här nere på jorden, avslutar hon.

Och det känns som om just dom där sista orden slagit rejäl rot i mig. Hur hon egentligen ägnat hela sitt liv åt att grubbla över "hur allt kunde bli som det blev". Över alla val hon fattat och tillfälligheter som kommit i hennes väg, "som det väl ändå måste finnas nån mening med". Medan jag och min syster, inte fattade nånting. Av den historia där stora brottstycken var utelämnade, och andra romantiserade till ett för barn (och mamma själv) obegripligt mischmasch.

Halleluja mamma!

Hon är inte direkt religiös, snarare sökare med en dragning åt religionsfilosofi, antroposofi, yoga, buddism... i jakten på existentiella svar. Och frågan är: Har jag övertagit detta livstrauma? Låt oss vänta med spekulationerna, det visar sig (kanske?) i en högre existens.

- Du ska se, fortsätter hon, att du behövde den här tillvaron för att "täppa till nån lucka" (hon använder inte just dom orden, men ändå) för att sen kunna klättra vidare mot den fullkomliga existensen.

Åh, herregud! Hur hade jag kunnat välja denna galning till morsa? Och då ska vi som sagt inte snacka om min farsa. Tack! Det valet står skrivet i stjärnorna. Där han i och för sig gärna vill se sig själv. Och eftersom han aldrig var nånstans där han borde varit, så kunde han ju lika gärna vara där. Så dyrkad (mammas ord) att jag aldrig ens skulle kunna snudda marken där han gått (min slutsats). Musikalisk, humoristisk, underhållande och - matematisk!

- När han kom in i ett rum vändes all uppmärksamhet mot honom, SÅN var han, berättar hon drömskt från patiensbordet (medan jag knyter näven i fickan och lovar att mitt liv aldrig ska bli som hennes).

Och frågan är, var han ens min pappa? Det visade sig att mamma rört till det alldeles förfärligt för sig. Borde kanske gått om nån existens?

Här stannar vi upp och drar efter andan. I alla fall ni som kan. Ett djupt, skönt, befriande andetag.

Och så är vi tillbaka i stugan i Kolåsen. I det norra tillknäppta Sverige. Där jag nu befann mig "för att täppa till nån lucka". För att sen studsa upp från existenssvikten mot dom högre sfärerna.

- Det står här i tidningen en artikel om MANSrollen och PRESTATIONSångest, ropar Maria ut till mig, där jag fortfarande står kvar och torkar mig efter duschen. Drar den torra frottéhandduken skönt masserande över benen. För att sen raka mig, för att sen smörja mig, stänka på några droppar rakvatten, ständigt med kollen i den där spegeln som hela tiden hotar att imma igen. Jag riggar upp mig! Håller på att bli en ny människa Tommy "the amazing" Björk! Tjoff. Ta till vara på lite av allt det som den starka solen, den svaga vinden och friska luften bjudit på under dagen. Vad bryr jag mig om "mansrollen". Nåt så vansinnigt söndersmulat. Står det inget om männens kvinnoroller? Eller kvinnornas mansroller? Eller ...uppriktigt sagt är jag så utless på allt det där krafset, om dom hemska männen som förstört allt, och dom underbara kvinnorna som bara föder och göder *allt.* Kan dom aldrig komma med nåt nytt? Upphetsande. Om männens utplåning? Kvinnans aggressivitet.

- Va? Ropar jag tillbaka.

- Du borde verkligen läsa det här. Det passar precis in på dig!

Orden följs av ett förtjust fnitter. Hur kul kan det va? Maria slutar aldrig att intressera sig för våra roller. Männens och kvinnornas. Slukar allt i den vägen, inte minst biblarna, ja ni vet, "Kvinnorummet", "Femte sanningen", "Glaskupan", "Rädd att flyga" (jättebra, tyckte också jag, som ju *är* rädd att flyga). Och slukar gör hon alltså på rygg. Behagfullt i sängen. Hon lever ta mig fan i sängen. Och är alltså totalt okänslig för mina övertalningsförsök att få ut henne på nåt *vettigt*. Till exempel en runda i GIH-spåret. Hon borde ha mycket hämta där. Med sin perfekta löparfysiomi. Lång, slank, elegant.

- Jag blir bara så trött... älskling.

Och jag slår handen för pannan.

Men nu handlar det ju om mansrollen, och...

- JASÅ tycker du det, ropar jag tillbaka med ett snett leende, högt utåt storstugan. För att sekunden efter följa efter med hela kroppen i ett lätt fjädrande (naket!) danssteg ut ur mitt lilla fukthål med den glada handduken ledigt slängd över axeln. Bara på flyktigt besök för att fiska upp ett par torra kalsonger. Och nåt på fötterna. För att sen hasta tillbaka till det nu *något* kyliga duschrummet.

- Men Tommy! Det är ju som om hela artikeln baserar sig på dig. *Du* lider ju av prestationsångest.

- Vad sa du att det hette för nåt? Ler jag dunkelt mot spegeln.

- P..R..E..S..T..A..T..I..O...., börjar hon bokstavera så fint att bilder från ettan och snälla fröken flimrar förbi min pannlob.

- Tack, tack! Det räcker! Jag hör precis vad du säger, ropar jag hejdande och ler sådär lite lagom överlägset just som jag slutgiltigt träder ut i storstugan. För nu är jag klar. Och redo för middag. Klockan närmar sig halv åtta. Och bredbent mitt på golvet i långkallingar och batik-t-shirt låter jag blicken panorera runt rummet bara för att konstatera med min mest klagande och uppgivna röst:

- Men Maria! Kunde du ändå inte satt på potatisen? Det är väl inte för mycket begärt, va? När du ändå bara legat där på sängen och... Medan jag i alla fall... *gjort* nåt.

- Men jag visste ju inte när du skulle vara färdig, ler hon. Hur lång tid dina rundor skulle ta... idag.

Efter en kort tystnad brister vi båda ut i skratt.

Sen sätter vi igång! Maria tar tag i potatisarna, och jag i Föllinge-kängorna och fiskarsmörjet, bättre än björnfett, enligt kännarna i skidboden.

En halvtimme senare har vi tänt levande ljus (så att man slipper se så mycket av plasttrasmattorna, sängöverkasten och gardinerna) och intar stämningsfullt våra stekta biffar med tomatsallad och kokt potatis. Och till det en flaska mustigt rödvin. För det har vi ju ändå med oss (hajjar ni väl). Man måste ju trots allt existera. Även som renlevnadsmänniska.

Och klockan blir halv nio och ute är det mörkt och kallt. Snön knarrar under fötterna när vi går ut för att dra in lite ren fjälluft i lungorna. Och på hela himlavalvet gnistrar det av miljoner stjärnor. Och månen lyser upp kala vita fjäll och mörk skog med sitt intensiva sken. Det är bara ett välutrustat, toppmodernt sjukhus som gör bilden ofullständig.

Men så tänker jag ju inte just då, på kvällen. När vi står där med armarna om varandra och ett vinglas i handen.

Och när vi sen återvänder hem efter en veckas fjällvistelse gör jag det med en känsla av att ha vunnit! Det har varit en kamp, men jag har ändå gjort det! Semestrat i Kolåsen!

En riktig **kontrafobi,** om man så säger.

***

TVÅ KILOMETER. Ös på! Sätt den ena foten framför den andra, och sen tvärtom. Innan den första landat på marken. Det är det som ÄR löpning. Man får inte ha båda fötterna i marken samtidigt (då är det gång). Men gärna båda i luften samtidigt.

Jag hade alltså vikt av från Klappjaktsvägen ner till vänster på spången över dikesravinen, och följt spåret på andra sidan in bland skogen av små lövträd. Och dom uttänjda stegen hade alltså stumnat. Men med tankarna piskade jag på åt andra hållet. Öööka steglängden igen. I

58

alla fall snart när det åter sluttar lite nedför. Ge inte upp, krokna inte redan nu, tvärtom - trumma upp takten. Och så upp med axlarna, och ner med huvudet emellan, så att halsen nästan försvinner. Såja, låt sen dom vinkeljärnsräta armarna (90 grader vid armbågarna) svänga i takt med löpsteget. Ja! Just så! Liksom plåga dig fram. Kisa med ögonen. Bli inte förtvivlad om överkroppen kränger lite. Det *ska* den göra. Tänk bara på att hålla mage och höfter på plats. Så dääär ja.

Visst låter det inte klokt. Men jag talar faktiskt om den vinnande stilen. Jag talar om ”*lokomotivet* från Tjeckoslovakien”, Emil Zatopek. Den omöjlige, som vann *allt* från 5000 meter till maraton i början av 50-talet. Ett nummer av All Sport var inget riktigt nummer utan *minst* en bild på Emil när han plågade sig fram på kolstybben. Tunnhårigt gubbig. Såg ut som 50, var kanske 28 (som jag!). Med ansiktet förvridet till oigenkännlighet. Minst en raka före närmaste konkurrent när han sprängde målsnöret.

Jag kopierar den. Stilen alltså. Ibland. När jag är säker på att ingen ser mig. Det gör att jag slipper håll. Tror jag.

Om ni tycker att det låter ansträngt kan jag bara bekräfta, att det är det. Inget som går av sig självt. Fast vad gör det? Och man slipper som sagt håll. Om man har tur. Och inte överdriver! Det bör man aldrig göra. Men inte heller mesa ihop. ”*Lagom*” är ordet jag söker. Ett ord som bara lär finnas i det svenska språket. Kan det möjligen ge några associationer?

”LAGOM …och ALLT… under KONTROLL ”.

Aldrig överskrida gränsen. Inte tro att man kan mer än man kan, överskrida sin kapacitet, tjurrusa uppför branter och plötsligt hinnas upp av syreskulden på krönet! Få en råspark i solarplexus. Kippande efter andan vika sig dubbel. Knäa på sågspånen. Dra efter luft som inte finns.

59

Så, släpp *inte* kontrollen. Bli stilren. Passa in. Klä dig rätt. Uppför dig.

Och mer hinner jag inte tänka förrän jag plötsligt är jag tillbaka i den där tomma läroverkskorridoren när jag var sexton år, gick i första ring och kom för sent till dagens första lektion.

Fy, fan vad jag skämdes. När jag stod där ensam beredd att knacka. Klädd i min nya, dyra bruna fiskbens-mönstrade tweedkavaj med hög knäppning, fyra stycken *täckta* knappar, uppvikta ärmuppslag och axelklaffar. Kort sagt en sån kavaj som alla drömt om – ett halvår tidigare. Nu höll den på att bli *hopplöst* ute.

Jag hade köpt den en vecka tidigare i sällskap med mamma på NK.

Mycket trevlig kavaj hade mamma tyckt och plockat ner den från galgen.

Jag ryckte till. Hur mycket hade jag inte drömt om en sån förut.. Men nu? Jag blev osäker.

- Prova, föreslog mamma.

Dyr var den också. Skulle jag verkligen kunna få nåt sånt? Vi som annars aldrig hade råd med nåt. Satt snyggt gjorde den också. Jag vred och vände mig framför spegeln. Men så dyr!

Men mamma sa bara plötsligt "vi har nog råd". Hade hon fått hjärnblödning?

Det var som om verkligheten gungade till. Jag föll.

Så fort jag handlar med mamma kommer jag hem med dom konstigaste plagg. Som jag ångrar genast innanför hemdörren, då man är tillbaka i sin välbekanta trygga miljö. Med ljus och speglar som man är van vid. Det var man *inte* på NK där såna som jag förde en ojämn kamp mot eleganta, världsvana expediter i kostym och keratzinkammade frisyrer...som lät (tillät) en att prova exklusiva plagg. "Jag tar det", stammade jag alltid direkt

60

hur det än satt, om jag lurats in i provfällan. Bara för att komma därifrån. Rödflammig och svettig.

En gång fick mamma mig att köpa en sjömansskjorta med sån där krage som hänger ner på ryggen (som Kalle Anka har) samt en kritvit polo att ha under.

Vansinnigt snyggt, tyckte mamma.

Och medan jag stod där med den i handen slöt en expedit omärkligt upp med orden:

- Mycket trevlig. Vi säljer för närvarande väldigt många av dom.

Därmed var det klippt! Jag betalade köpet med egna pengar som jag arbetat ihop under mitt första sommarjobb. Jag var tretton år. Det kommer alltid att svida. Den där jävla ankskruden kunde jag sen bara inte sätta på mig, när jag väl var hemma och såg hur skitfjantigt det såg ut.

Nej, kläder ska man handla med polare som vet vad som "gäller".

Så, redan när jag kom hem till den egna hallspegeln ångrade jag köpet av fiskbenskavajen. Men vågade inget säga. Vad skulle mamma säga, när hon nu för en gångs skull gett sin son nåt så riktigt fint? Och kanske.... var den inte helt fel ändå. Även om alla andra slutat använda sina. Jag menar den var ju snygg. Om den bara blev lite sliten. Så att det såg ut som om jag köpt den för ett år sen, när den legat på innelistans topp. Och att jag nu tog på mig den mer som en "säker gammal trasa"... som jag hade hängande där hemma. Som ett bevis på hur rätt jag ändå legat i trendfasen. Samtidigt som man ju inte behöver ta samma ansvar för gamla kläder. Dom behöver inte vara så snygga och sitta så bra. Medan ett nytt plagg bara ska va skitsnyggt! Och rätt!

Så vad skulle jag nu göra med kavajen? Låta den försvinna i historiens glömska i garderoben, eller se till att den blev lite sliten? Valet föll på det senare. Men

61

varför slita den i offentlighetens ljus? Ångern kastade sig över mig i samma ögonblick som jag skulle knacka på klassrumsdörren, eftersom jag kom för sent. Och det gjorde jag ju för att jag vridit och vänt mig framför hallspegeln hemma i minst en halvtimme, riden av kvalen. Nu skulle det ju stå skriande klart "hur fel jag var". Hela min image skulle rasa.

Men där stod jag i alla fall nu med knogarna på väg mot dörren för en knackning. Fortfarande med alternativen blinkande för mitt inre. Skulle jag hellre skolka? Rusa hem och byta? Strunta i första lektionen? Strunta i hela dan...

I samma stund landade knogarna på dörren. Och det fanns egentligen ingen möjlighet att vända. Jag öppnade hastigt dörren och försökte snabbt och omärkligt slinka ner till min plats. Tyvärr längst bak i hörnet. En fördel i nästan alla andra sammanhang utom just nu. Det hjälpte föga att jag försökte göra mig så liten som möjligt, jag var ändå för lång (och "manlig och stilig" som vår halvkåta gamla svensklärarinna yttrade sig om sin gullegris – mig!).

Det är då det händer! Just som jag tror att jag klarat mig och bara har att glida ner bakom min bänk och hänga av mig "skiten" på stolsryggen (och sen elda upp den på rasten). En av tjejerna utbrister helt spontant (vissa tjejer kan alltså vara så *mördande* spontana):

- Vilken skitsnygg kavaj!

I och för sig väldigt avslöjande för i vilken otakt hon hamnat med modet. Men det verkade hon inte fatta, eller så struntade hon i det. Hon var en av klassens snygga och kaxiga. Korpsvart hår, knivskarp lugg, mascarastreck ut mot tinningarna och zinkpastavita läppar. Men vad hjälpte det. När jag överrumplad ryckte till i hela min tonårsgängliga lekamen. Som av en elektrisk stöt. Och allas blickar vändes mot mig. Och - kavajen!

Jag vände ett illrött ansikte mot klassrummet – och log! Då skulle man behövt lite KONTROLL. En snärtig replik. Ett ledigt rörelseschema.

Inte bara stå där som ett stopptecken. Kortsluten med mungiporna vid örsnibbarna. Och fuktfläckarna växande under armhålorna. Till slut lossnade frysningen (thank heavens) och jag kunde sjunka ner på stolen som en slagen hund.

Så, lite SÄKERHET var vad som fattades.

För har man *kontroll,* så har man *säkerhet.* Och har man *säkerhet* så är man *trygg.* Och är man *trygg* är man *inte rädd*.

Jag är skiträdd! För allt. *Trots* mitt ständiga kontrollerande.

Då gäller det att *alltid* ha "livets" brandsegel i ordning.

Naturligtvis inte helt lätt när det *inte finns* nåt skyddsnät!

Men jag gör mitt bästa. Jag låtsas (gör vi inte alla det?). Och *tänker* - att man måste vara försiktig. Att man egentligen aldrig kan vara *nog* försiktig!

Men så kan man ju inte leva. Eller hur? Det är ju nästan som att vara död. Det är då jag planerar in "semestern" på nån fjälltopp i dom jämtländska utmarkerna. Som ingen nånsin hört talas om. Kolåsen! Och reser dit utan bil! Med charterbuss. Till Järpen, dit man kommer klockan fem på morronen och får vänta *utomhus* i mörkret och iskylan tills vänthallen vid järnvägsstationen öppnar klockan sju (bara två timmar senare!). Innan sen postbussen kommer klockan nio... tio... nångång. Dom tar inte så hårt på tiderna däruppe. Lantfolket. Som vi stressade huvudstadsbor. Och det är med postbussen man sen ska skaka rakt ut i vildmarken. Mil efter mil... Efter

63

mil... Där byarna ligger allt glesare. Om man nu ens kan kalla dom byar. Tills det till slut bara finns skog och fjäll runtomkring en. Och bussen bara fortsätter... Ytterligare en timme! Och då är man fan ta mej nästan uppe vid norska gränsen. Ni vet där Karl XII:s alla karoliner dog en smällkall vinter hembärandes på "Kalles" kista. Frös ihjäl ute i vildmarken! Dom borde ha tänkt sig för.

Och i den andan utlämnar jag mig sen alltså helt åt naturens makter. Där jag sitter i stugan. Och biter naglar. Och ångrar. Och *tvingar* åt sidan. Under hela "semestern".

Så KONTRAFOBI är alltså det ord vi blir alltmer bekanta med. Den *omvända* fobin. Där man aldrig får fly eller undvika sina rädslor. Utan tvärtom, alltid måste utmana och besegra dom!

Svårt att fatta? Vi borrar djupare. Går från "grundkurs 1" till "2", den om "uppföljning och påbyggnad", om man så säger.

Så här: det är en fobi att gripas av ångest över att sitta instängd i en stuga i jämtlandsfjällen. Om man då vet hur man kommer att reagera, men *ändå* åker dit, rent av känner att man *måste*, just därför - då blir det en kontrafobi.

Liksom det är en fobi om man är rädd för åka buss. Att t ex sitta *instängd* i en charterbuss genom halva Sverige (på väg mot Kolåsen, dessutom!). Detta fast varken buss eller resa i sig utgör något reellt hot (för en som är besiktigad från hårrötter till tånaglar), vilket man oavbrutet intalar sig. Medan svetten tränger fram i pannan och man funderar på hur man ska kunna ta sig därifrån. Snabbast möjligt! Man vill bara fly. Nånstans. Frågan är bara vart? Där bussen rusar fram i mörkret längs svenska landsvägar med släckta läslampor, och djupa granskogar åt alla håll. Bara här och var ligger en

64

enslig stuga insprängd i en skogsglänta eller ute i hörnet av nån mager åkerlapp. Och när bussen drar förbi ligger husen försänkta i mörker sen flera timmar. Det är sen natt.

Där finns ingen hjälp att få. (Mot vad?) Här hjälper det inte att be chauffören att stanna bussen för att få kliva av. "Jag vill inte fortsätta längre, tack." För att sen bli lämnad ensam vid vägkanten mitt i skogen. Medan bussens röda baklykta blir allt mindre och helt försvinner några hundra meter bort i en sväng.

Jag lugnar ner mig när vi närmar oss städer som Sundsvall. Där finns dom stora länssjukhusen. Ska jag ta chansen och hoppa av där? Men vad kommer då att hända? Med bagaget, stugan vi hyrt, med Maria? Och vidare: Kan jag bli inlagd på sjukhuset? Ska Maria sova på hotell? Åker vi hem igen i morgon? Struntar i stugan. Om jag lever då, vill säga.

Jag sneglar mot Maria som sitter med slutna ögon och vilar huvudet mot gardinen vid fönstret. Och just då får jag ner ett sånt där befriande andetag! Jag förstår att jag måste skärpa mig, det är bara så. Vad är det värsta som kan hända? Att jag dör så klart. Då får det bli så. Jag *ska* klara det här! (Yes! Kom igen!)

Bara för att känna hur beslutsamhetsfasaden börjar spricka så fort vi rullar ut ur staden och gatubelysningen glesnar. För att nån mil senare helt rämna när första skylten "Östersund 175" blir synlig. Vad fan har jag gett mig in på? Hur kunde jag va en sån idiot att inte hoppa av, när jag hade chansen! Nu när vi åter är ute i dom djupa svarta skogarna. Och man bara skulle göra sig jävligt impopulär genom att rusa upp ur sätet och kräva att: "Vi måste vända! Jag håller på att dö!"

Där har vi kontrafobin i ett nötskal! Minsta oro *måste* konfronteras. Varje skräck utmanas. Livet blir ett enda långt korståg.

***

TRE KILOMETER. Andedräkten stod som en rökpelare från den halvöppna munnen. Den sögs in som sval höstluft, för att nästan omgående återvända ut som ett ångande moln. Hjärtat var igång med sina pistongslag. Fötterna klampade på det svampiga halvfuktiga underlaget. Jag hade nu definitivt växlat om till en lufsande stil, med betydligt längre, men tyngre steg. Borta var alla försök till svikt. (Möjligen hjärtsvikt då). Nu gällde det att försöka hushålla med energin, när stigen långsamt började svänga åt vänster och en lätt utförslöpa strax efter övergick i ett uppförslut. Jag vet vad jag pratar om. Känner varje millimeter av banan. Kan ta den med förbundna ögon om så skulle vara. Ingen orientering med karta och kompass precis. Så jag släppte loss och försökte hamstra lite levande kraft till uppförsbacken.

Ibland tänker jag på mig själv som Don Quixote, han som red runt halva Spanien och slogs mot väderkvarnar. Som om dom var fienden!
Men vad är det då mer konkret jag måste utmana?

DÖDEN

Lika bra att ta det värsta först. Slutet. Försvinnandet. Den oundvikliga avgrunden för hela vår existens. Ett

66

ämne man helst bör undvika i vårt samhälle. Och jag gör verkligen mitt bästa för att inte tänka på den. (Även om det inte verkar så).

DÅ blir jag rädd för att vara sjuk, och går ständigt omkring med ett batteri symtom som alla pekar i samma riktning – cancer. Och vart det leder behöver vi inte prata om. *Det* försöker jag att inte tänka på.

Att sätta sig i ett flera ton tungt långt stålrör (flygplan) och låta sig föras upp i ingenting (luften) till *tio tusen* meter över havet. Och titta ner över klotet som en kartbok. När då motorn hackar till, eller vad det plötsligt är som låter så skumt, vitnar knogarna runt armstödet. Accelererar vi eller tuggar vi fågelkroppar? Pang! Explosion? Jag vill inte singla ner härifrån. Därför flyger jag så klart inte.

Men vill heller inte befinna mig för långt *under* marken. I en tunnel, under för lång tid. Som när t ex ett tunnelbanetåg stoppar, och bara står där, medan minuterna börjar ticka. Vad är det då som händer? Tänk om allt där uppe bara rasar ner över en. Hur kan dom som byggde tunneln veta att allt verkligen sitter fast där det ska. Ska man kanske ändå inte bända upp dörrarna och börja gå längs spåret?

Allt sånt tänker jag på, ibland. Men tankarna får inte vandra hur fritt som helst.

Inte?... Höjer nåt svart och oförklarligt undrande på ögonbrynen. Och man känner ett klibbigt nät av obehagliga tankar kastas ut över sig... en kall klar höstkväll. Det är den årliga höstdepressionen som kopplar sitt fuktiga grepp. Under myriader av ljusprickar på det outgrundligt svarta valvet. Man är fjorton år och på väg hem från kompisen. Plötsligt inte mer än en liten ynklig molekyl i det hela. Världsalltet.

Allt som till vardags är så viktigt, vad man ska ha för kläder för att se läcker ut under dan, varför Sussie inte längre tittar åt ens håll, om man ska tvätta håret, vad man ska hitta på nästa lördag – bleknar plötsligt... till ingenting.

Det spelar ingen roll om man lever eller är död. Livet är knappt mer än en blinkning, omgivet av ALLTet... Om några år eller dar, timmar, minuter (vad är egentligen tid?) ligger man ändå där i mullen utan att känna hur maskarna tar sig in genom kistan, in i kroppen, som snart förmultnar, vänds, vrids, genomborras till mylla dit rottrådar tränger ner och får näring, som stiger upp genom stammar, ut i grenar, till löv och blommor!

Men det är ju bara en bild förstås. Idag bränns ju nästan alla till aska. Som om det skulle göra det så mycket roligare? Innan man hälls i en urna och ställs i en kista, eller strös i en lund. Som lite puder. Nästan ingenting när vattnet ångat bort. För vi är ju liksom inte mer än gurkor, i stort sett bara vatten. Som går runt och tycker att allt är så himla viktigt. "Här dansar herr Gurka". När allt egentligen bara är "världsligt" som Karlsson på taket säger så fort han är taskig mot lillebror.

Det är då man vill börja tro på Rudolf Steiner och hans själavandring. Hur varje existens leder vidare till nästa, tills man slutligen når Buddhas nirvana och förångas till...."ingenting". Sååå skönt, hävdar Buddha.

Många har försökt trösta mig med "att när man är död så vet man ju ändå inget om det". Då är det värre för dom som lever kvar, med sorgen.

Det kallar dom tröst.

Ungefär som när Woody Allen slogs av att *allt* en (vacker?) dag kommer att gå under. Ta slut. Solen slockna. Svarta hål sluka. Gravitationen dra tillbaka hela universum till ursprungsatomen före Big Bang. Vadå ursprungsatomen? Och sen kanske det smäller på nytt. Fräscht liksom. Då sa man till Woody (skrattande!) att det behövde ju han inte oroa sig över. Det var ju miljoner år kvar dit.

Än sen!! tycker både Woody och jag. Bara tanken!

Och den svindlande evighetstanken? Att allt bara fortsätter, utan slut... När nåt måste ju ändå måste finnas på andra sidan, visst? Rent logiskt. Fast vadå logiskt? Är våra hjärnor felkonstruerade? Idag talar man om universum som ett enda långt andetag. Big Bang uuut..., å sen aaaallllt tillbaka igen, miljarder år senare. Nån jätte som andas? Varför inte? Gud?

Det är en teori. En annan är ju annars att allt bara accelererar utåt och bortåt och glesnar och kallnar...

Vad vet man? Vikingarna var ju en gång rädda för att segla ut över kanten och falla ner... lite bortanför horisonten. Det *skrattar* vi åt idag.

Så allt man egentligen vet är att livet hänger i en skör tråd. Och det är över den avgrunden vi gör våra dagliga piruetter - på jobbet, i t-banan och på dansgolvet. Och då kunde man kanske kosta på sig lite mer hisnande konster, när man ändå är här. Vad har man att välja på?

Jag minns min morfar, för honom har jag träffat. Den där gamla gubbtjuven, alkisen och erotomanen. Som snackade sån grötig skånska att det var omöjligt att fatta vad han sa. Som lärde alla sina döttrar att dansa schottis och snoa. Både folkskygg, humoristisk och flirtig. Allt på samma gång. Komplicerad typ. Släktens skamfläck (om man bortser från min pappa). Som jobbat (och fuskat) sig upp ur fattigsverige med dom "där två tomma händerna". Från bagarlärling till bagarmästare, egenföretagare och ivrig medlem i Högerpartiet. Han som varje lördag söp sig gråtmilt anklagande, sen han naglat fast mormor i fåtöljen och börjat tröska hela sin tragiska bakgrund.

Vilket svårt liv hade han inte haft. Och – fortfarande hade. Hur fattig hade han inte varit (att mormor varit ännu fattigare berördes aldrig). Ingen som älskade honom. Hur mycket hade han inte sköta. Allt ansvar.

I själva verket var det mest mormor som skötte ruljansen och morfar egentligen inte mycket mer än räknade dagskassan vid dagens slut. Fram till dess stod han på vardagarna bakom gardinen i lägenheten och sneglade ner över sitt stora bageri och rökte Troja. Ett slags skumma cigaretter med lätt turkisk cigarraktig doft. Vad hade han gjort för ont?

Alltmedan dom skrämda barnen sneglade in genom dörrspringan.

Men hur det än var slutade allt i skratt! Hur det nu var möjligt? "Dom hade samma slags humor", förklarade mamma. Och sen avslutades kvällen (som alltid) med högljutt knarrande från sängkammarsängen. Och barnaskaran bara ökade. Från tjugo års ålder till fyrtio var mormor konstant havande, födande, ammande, arbetande i ett evigt kretslopp. När klimakteriet infann sig tyckte hon att det var en gåva från Gud.

Och morfars pappa har jag hört talas om och sett ett fotografi av. En gammal tomtegubbe som blev nästan 100 år. Det var då han fotograferades som Hörbys äldste invånare! Med vitt skägg ner till bröstet och toppluva.

Men hans far i sin tur.

Och så ännu en far....

För att inte tala om alla mödrar!

Det spelar ju ingen roll om man skulle veta deras namn. Deras liv är ändå borta och försvunna. Ingen känner dom mer. Och naturligtvis har dom ingen aning om att dom idag har gett upphov till en sån snubbe som jag!

Så – är det odödligheten man vill åt? Att leva i evighet?

Nej, tack! Det vore ett "öde grymmare än döden".

70

Så vad fan är det då man vill? Under den där stjärn-gnistrande oktoberhimlen. Med gruset knastrande under fötterna. Och det vaga prasslet av höstlöv. Så vackert. Och nedstämt melankoliskt... på väg mot depressionen... och passiviteten. Vart tog lusten vägen? Vad spelar nånting för roll... överhuvudtaget?

Ett sjukligt tillstånd alltså. Som hotar *själva livet*. Hela samhället, vår civilisation, vår kultur. För vad skulle hända om ALLA bara satte sig ner och inte fann nån mening med nåt? Vem skulle då se till att vi fick mat? Och tak över huvudet? Ja, vem skulle bygga hus och sy kläder? Och vem skulle bygga bilar och göra tandkräm? Glass, snask, sprit och cigaretter? Och armsprej? Och *reklamen* för armsprej??? På affisch efter affisch längs tunnelbanerulltrapporna. Om stora fula fläckar under armhålorna, som sprider sig (som cancer?), för att inte tala om lukten. Sånt måste några hitta på!

Därför måste vi *lära* oss hur viktigt det är att *allt* hålls i gång. Att hjulen snurrar. Och att alla jobbar, skit detsamma med vad. Har en mening med sina liv! Nånstans att gå till på dagarna. Nåt att göra. Några att träffa, att snacka med. Inte hamna utanför. Förlora i värde och identitet. Utan göra rätt för sig. Och inte ligga till last.

Och om man då fortfarande inte finner nån mening (so help you God) får man skapa sina egna, privata 'motbilder'.

När jag var i tioårsåldern hade jag mycket tydliga sådana. Lika självklara som oförklarliga. När jag lagt mig i sängen på kvällen och bett "Gud som haver..." och dödsångesten kom krypande. Över den lilla parveln som låg där under täcket alldeles klarvaken i det becksvarta sovrummet där snart onaturliga skuggor lösgjorde sig... och började förflytta sig i rummet… DÅ hjälpte det om

71

jag började tänka på Dan Waern! Och hur jäkla bra han var på att springa 1500 meter. Tvåa i EM -58. Fyra OS -60. Jag låg där och *såg* honom springa, steg för steg, kurva, raka, ta position, varv för varv, klockringningen före sista varvet, sista kurvan, ut i ytterspår, släppa på spurten, sida vid sida, tänja steget, fram med bröstet, känna målsnöret spännas... och brista. Armarna i luften. Så hääärligt! Och avslappnande. Med ett lätt leende på läpparna... gled jag uttröttad in i drömmens rike, där loppet i bästa fall rullades upp på nytt...

Senare har det framkommit att Dan Waern var spiritist. Som Jan Fridegård. Morfars favoritförfattare. Men... låt oss inte grubbla över det.

Om Waern (mot alla odds) inte skulle hjälpa, fanns ytterligare medel att ta till. Som när läkarna skriver ut hela floran av antibiotika mot mer eller mindre resistenta bakterier. Nämligen Kalle Anka!

Jag älskade Kalle. I dom serierna fanns odödligheten. Kalle fanns alltid. Och såg likadan ut, från nummer till nummer, liksom Knatte, Fnatte och Tjatte, och farbror Joakim, och Kajsa och Alexander Lukas.... ja, hela familjen av glada ankor. Det fanns ingen utveckling. Allt stod stilla. Och bara väntade på en, vecka ut och vecka in. Skugglöst och färgglatt. En uppsjö av nya roliga upptåg och äventyr.

Allt skulle ständigt bestå. Ja, Kalle skulle aldrig gifta sig med Kajsa. Men heller inte skaffa sig nån annan, nån älskarinna eller fästmö, som Klara Kluck eller... Nej, aldrig!

Och det skulle bli alldeles för otrevligt om farbror Joakim plötsligt bara dog i ett nummer, av hjärtattack. Vilket annars vore helt rimligt, med tanke på hans koleriska temperament, som säkert dolde ett alldeles för

72

högt blodtryck! För att inte tala om hans risiga kost och paranoida läggning.

Och tänk, vilken förstämning som skulle förlama Ankeborg om Kalle fick *cancer*. Som kanske varade i flera år. Tuff behandling. Operation. Strålning. Tappa fjädrarna. Sen bra. Som det verkade. Tills det började dyka upp metastaser. Och Tjatte blev så ledsen att han tog livet av sig!

SÅNT var det inte tal om i Kalle Anka!

Om tryggheten fanns nånstans, så var det i Ankeborg. Det kunde man lugnt lita på. Och somna in till... och drömma om. Kvack, kvack. kvazzzz....

Men sen vaknade man ju förstås igen till verkligheten. Och det var inte Ankeborg.

***

Jag hade nu avverkat mina TRE första KILOMETER (snart fyra) när spåret åter letade sig uppåt. Den levande kraften var ett minne blott. Om ens det. Jag närmade mig slingans första *riktiga* uppförsbacke. Fick börja ta i nu, på riktigt. Använda lårmusklerna. Skjuta ifrån med tårna och främre delen av fotbladen. Och andningen övergick alltmer i ett ljudligt flås. Nästan bara ut-ut-ut... Jag började kränga med överkroppen. Det kan tyckas normalt, men inne i mig blinkade skräcken för syreskulden. Vad skulle inte kunna hända om jag fortsatte så här, om jag nu på riktigt levde över mina tillgångar, förbrukade mer än jag hade? Det ska man ju aldrig göra! Utan hålla igen, planera, gardera, anpassa. Blicken tappade framförhållning och började sloka. Fokus nu bara nån meter framför fötterna. Skulle jag sakta av och börja gå, i stället?

Än sen, jag är inte klar med DÖDEN. Ingen idé att försöka smita.

Jag hade alltså avverkat ett antal (100?) besök på akutmottagningar, katetiserat hjärtat, träffat ett flertal psykiatriker, men ännu inte Lunds studentpsykiatriker. Där jag nu hamnade under dom år jag läste medicin, psykologi, teologi och filosofi där. Nja, inte riktigt. Men hade gärna gjort. Eller snarare, behövt. Nu hade jag sen ryggen röntgats där på universitetssjukhuset och en serie behandlingar hos sjukgymnast inletts, slussats vidare till just studentpsykiatrikern. Jag visste inte om jag skulle ta det som en lugnande gång, eller som ett alarmerande tecken på att mitt "fall" måste angripas från i stort sett alla håll. Ju fortare, desto bättre. Och där sitter vi nu, och hon säger:

- Dödsångest? tillbakalutad i sin lyssnarfåtölj.

- Just det, svarar jag och fortsätter (med det ni redan vet, men det gjorde ju inte hon), ...jag tror alltid att jag har nån dödlig sjukdom. Och därför alltid måste springa till läkare och kontrollera mig. Det gäller ju att vara ute i tid. Om man ska ha nån chans – mot cancern. För jag vill inte dö. Inte nu.

- Jaså? Säger hon, som om jag sagt nåt jävligt märkligt. Så att hon måste skärpa sig som fan för att hänga med i mina trassliga hjärnvindlingar.

- Ja? Blir *min* häpna reaktion hängande i luften... medan hon bara sitter där tyst... som om hon väntar på att jag ska fortsätta... tills jag inte står ut med tystnaden längre, "vad fan är det med henne?"

- Så vad gör man då åt en sån som jag som är så fruktansvärt rädd för att dö? Jag ser henne stint i ögonen och går rakt på sak för att få svar.

Hon tar sig runt hakan och granskar mig, där jag nu i min tur börjat skruva på mig. Vart ska jag ta vägen? Hon

74

är en äldre kraftig kvinna i svårbestämbar ålder, kanske trettiofem. Som säkert själv brottats med en rad komplex under sin uppväxt. Men det är väl å andra sidan grunden för hela den kåren.

- Jag tror inte det, säger hon plötsligt, då jag nästan gett upp hoppet om att nånsin få höra hennes röst igen.

-Va? Utbrister jag och får en rynka mellan ögonbrynen.

-Att det är dödsångest.

Jag fattar ingenting. Och glömmer helt bort hur viktigt det är att andas.

- Vad är det då?

En ny granskande tystnad tar vid, men så plötsligt:

- Jag skulle kalla det *livs*-ångest.

Pang!

Ögonen som tefat, hakan med en duns mot bröstet. Bara så där. Upp och ner med allt. Och så dit med en *ny* etikett – livsångest.

Först några dagar senare hade orden landat, och jag drog ungefär följande slutsats: Dör gör man och evig är tiden (om den nu alltså ens finns? Men den frågan skjuter vi på). Det kan man ändå inte göra nåt åt. Möjligen kan man leva så mycket som möjligt, när man lever. Och det var just det hon inte verkade tycka att jag gjorde.

Jag ökade min träningsdos!

Och försökte mig på att se *allting* från motsatt håll. Ungefär som när man var liten och lekte tvärtemotleken och sa ja, när man menade nej – och tvärtom. Det var jävligt kul. Tyckte man då. Och mamma spädde på med rådet att man ska vara optimistisk även om man känner sig pessimistisk, positiv även när man är negativ:

- Säg att du mår bra även om du inte gör det. Folk vill inte höra att man mår dåligt. Öste hon på ur sin fatabur, som ju alltså var till bredden fylld av skuldkänslor och förskönanden.

- Men om nu nån frågar hur man mår, och man inte...
- Då ska man säga att man mår bra. Det bara är så. Det är mer som en hälsning än en fråga.

Och det är väl möjligt - men - är det bra? Att ljuga. För att andra inte vill höra sanningen. Samtidigt som jag hade mammas mantra från hela min uppväxt ringande i öronen, att: *"ingenting är så farligt att man inte kan säga som det är."*

Så hur ska hon nu ha det? Sanning eller lögn?

Vi förflyttar oss till mammas vardagsrum på söder i Stockholm. Det är söndag och mamma har som vanligt numer, när vi flyttat hemifrån, Eva och jag, bjudit hem oss på söndagsmiddag. Eva är min präktiga, lyckade storasyster, som går på Sopis och snart är färdig socionom. Hon kommer gärna, och helst (som nu) med sin sambo Ove, som pluggar juridik. Jag ler ett snett leende inombords. Juridikum, vem fan vill sätta sin fot där? Skjorta, kostym och slips! Tja, Ove verkar vilja i alla fall. Och Eva tycks inte ha nåt direkt emot det. Men han ser lagom road ut när jag dyker upp. I mina slitna jeans som fransat sig nere vid ökenkängorna, min egenhändigt färgade batik-t-shirt och lång, randig fiskartröja från Impo. Där jag handlar det mesta av mina kläder. Och själv sitter jag också snart lite på nålar. Vad gör jag egentligen här? Länge har jag försökt undvika dom här middagarna. Men idag gav jag efter och kom. Passade på att ta med mig en kasse tvättkläder också. Det är ungefär den kontakt vi har numer. Mamma och jag. Och nu skar det sig nästan direkt, när hon frågade "hur jag mådde" och jag svarade "risigt". Och sen jag suttit tyst en stund hasplade jag ur mig frågan om "hur det egentligen var när jag var liten". Det var nåt jag börjat intressera mig för efter mina första sejourer hos terapeuter.

Då kommer mammas reaktion som en kalldusch från ingenstans.

- Tänk på att jag snart är sexti. (Hon var 52). Jag har levt mitt liv och...

Jag rycker till.

- Va...?

- ...gjort så gott jag har kunnat... och så bara klagar du jämt.

- Klagar? Det gör jag väl inte. Du frågade ju hur jag mådde och då försökte jag bara svara som det är.

- Du bara *an*klagar jämt.

Jag rätar mig upp i stolen, och känner hur samtalet hotar att helt spåra ur.

- Det gör jag väl *verkligen* inte.

- Jo, du låter faktiskt väldigt anklagande, lägger sig Eva i, som sitter bredvid mamma på andra sidan bordet. Nu när vi alla har samlats för att ha det lite trevligt. Och när nu Ove är med..."och allt". Och därmed är också dom med i samtalet. I alla fall Eva. Och mamma brister i gråt!! Det kommer så plötsligt och otäckt. Tårar rinner nedför kinderna. Allt stannar upp. Vad ska vi göra nu? Riktigt läskigt faktiskt, eftersom jag i princip aldrig sett henne gråta tidigare, hon som alltid varit så stark, och *positiv*.

Så vad kan man mer göra än att tänka tanken att det är hon som haft ansvaret för mig hela uppväxten. Men det är klart, att då kanske hon måst tvinga sig till att vara positiv.

Men att sen tvinga *mig* till det! Bara för att hon själv inte orkar med sanningen. Så, hur vill hon nu ha det?

- Säg att du mår bra, kommer ett kraxande läte mellan snörvlingarna. Där mamma nu kämpar febrilt med att hålla tillbaka sina verkliga känslor, för att sen fortsätta som vanligt med att "må bara bra".

Då passar jag på att göra en liten trevare:

- Hur mår du själv då, mamma? Egentligen?

Det uppstår ännu en paus, som slutligen bryts av ett skumt läte.

- Bra, snyftar hon. Bara inte du kommer hit jämt och ställer en massa frågor. Vad är det du vill egentligen? Vad är det jag ska svara?

Och jag vill plötsligt (nästan) resa mig upp och gå fram och krama om henne. "Såja, så farligt är det väl ändå inte, mamma."

Men det är naturligtvis otänkbart. Så beter vi oss bara inte i vår familj. Jag är till och med född sån, enligt mamma. "Du hade sån distans redan som baby", brukar hon le mot mig, "som en liten greve, det var något magnifikt över det." Och visst är det konstigt hur såna ord ändå kan få det att röra sig i bröstet.

Men i vår familj av lugna vulkaner kramas vi inte. Och särskilt inte jag. Familjens manliga överhuvud! Späkt, härdad och hårdtränad efter tidens ideal. Dan Waern och Emil Zatopek. Som sen överflyglades av Humphrey Bogart och Ernest Hemingway. Hårda privatdetektiver och storviltsjägare. Cigaretten i mungipan. Och en whisky i handen. För en "faderslös" pojke ska det inte daltas för mycket med. Då vet man aldrig var det slutar. Så vi sitter stilla på våra platser, utan att riktigt veta vad vi ska säga.

Och under tystnaden, inför Evas anklagande blick och Oves generade skruvande, börjar nu mamma samla ihop smulorna av sin positiva person. Och tar ny sats:

- Jag förstår inte varför du jämt ska komma hit och anklaga mig?

Och nu förstår jag att det var just *kopplingen* mellan hälsningsfrasen "jag mår inte bra" och den påföljande frågan "hur var det egentligen när jag var liten?" som var kärnan i rättegången. En kniv rakt in i hennes sjuka

78

samvete, och besvikelsen över att livet blivit som det nu blivit. Att "paradiset i Köpenhamn" gulnat till ett smärtsamt minne vid patiensbordet. Där hon nu lappat ihop allt till "sitt öde". Hur hon av oförklarliga anledningar lotsats fram på sin "konstiga" livsbana.

Allt det går plötsligt upp för mig.

- Mamma, börjar jag åter lite lugnt och behärskat för att få ner (eller upp) det här skitsnacket på en mer värdig nivå. Jag anklagar inte, det är ju *du* som anklagar mig... för att anklaga dig... hela tiden.

Och jag är tvungen att skratta till lite åt det absurda i situationen, ett skratt ingen av de övriga verkar känna behov av att delta i. Så jag fortsätter:

- Det är väl inte så underligt att *jag* undrar över mitt ursprung, när *du själv* ägnat halva ditt liv åt det?

Jag tittar mig frågande runt det halvätna middagsbordet. Med fläskfilégryta, hasselbackspotatis och gurka i ättikslag. Där maten tycks övergiven som mitt under ett bombanfall. Ove sitter och låtsas som om han inte alls hör till. Medan Eva har kopplat på "om-blickar-kunde-döda"-blicken. Och mamma snyter sig, som det verkar, slutgiltigt i servetten.

Jag ger upp. Hissar vit flagg.

- Men låt oss för guds skull sluta med det här ankdammsskvalpet nu! Varför har vi det inte bara lite trevligt, va?

- Och det ska komma från dig? väser Eva.

- Jag fattade bara inte att lite *ärlighet* skulle vara *så* uppskakande. Kom igen nu! Upp med hakorna!

Återigen är det bara jag som skrattar.

- Schmajl!

- Lägg av!

- Omelett!

Mamma börjar plocka planlöst med besticken. Eva är på väg att skjuta ut stolen för att hjälpa till.

- Ove, nu skulle det sitta fint med lite kaffe? Skjuter jag in och lutar mig bakåt på stolen. Hur har du det egentligen på Juridikum nu för tiden? Berätta lite!

Juridikum, som sagt, vid den här tiden det lägsta på statusstegen vad gällde utbildningar. Borgarnas egen stela slipsparnass. Själv har jag just börjat på det säckiga manchesterparadiset "röda peddan", för dom "medvetna" revolutionärerna. Så klart.

- Huuhm..., harklar sig Ove, i sin trevliga pikéskjorta, som inför en inlaga i rätten. Fattas bara att han ska resa sig upp också. Ja, det är väl inte så mycket att säga direkt...

- Inte?? Ögonbrynen åker upp mot hårfästet.

- Tom! lägger sig Eva i. Ove berättar om han har lust.

- Ja, och det verkar han ju ha.

- Ska vi inte se på den här amerikanska långfilmen som börjar nu klockan halv nio i ettan, griper mamma tillfället i flykten. Och därmed går luften ur, eller ska man säga att allt halkar in i dom gamla invanda spåren. Dom vi känner så väl.

- Ja, den verkar rolig! hugger Ove genast kroken.

Det rör sig om nåt slags äktenskapskomedi från 40-talet med helt okända skådisar.

- Ja, varför inte, säger jag, medgörligt (och uppgivet).

Middagen är "räddad". *Färg*-TVn tuffar igång (utan att bläddra) och så sitter vi alla där till slut i vår lilla gemenskap. Och gör nåt *tillsammans*. Nåt ofarligt, som att sitta tysta med bara sparsamma kommentarer. Inga diskussioner, inga samtal om väsentligheter, om världens orättvisor, om kopplingar mellan barndom och vuxenliv, inget utmanande, inget ansträngande. Nej, bara en sipp då och då på kaffet, välja tre goda bitar ur chokladasken som passerar runt i halvmörkret, och bara ha det helt enkelt skithärligt!

- ...och samtidigt som högtrycket nu kommer in över hela landet i början av veckan så..., far meteorologen runt med pekpinnen över Sverigekartan. För Nyheterna är ännu inte slut.

- Typiskt alltså, suckar Eva.

- Sjukskriv dig, säger jag.

Ove får en hostattack.

- Här finns mer kaffe för den som vill ha, kastar sig mamma emellan.

Samtidigt som den där knastriga gamla skiten i svart-vitt (på färg-tv:n) får upp farten, och en direktör för ett jättevaruhus svär på sin bräkiga amerikanska, medan expediterna i ålkjolar smattrar iväg på sylvassa klackar mellan klädhängare och speglar.

Då tar jag i smyg *fem* bitar ur asken som ljudlöst är på väg tillbaka mellan våra händer och tänker svart-vita tankar om frigörelse. Såna där som man normalt skriker ut redan i fjortonårsåldern, samtidigt som man smäller igen dörren till sitt rum "för alltid!" För att få vara I FRED! Men i den åldern rodnade jag mest och svettades och undrade vad det var för mening med att jag var född egentligen. Och så fick jag ont i magen och mamma tog mig till en läkare som sa att jag var frisk.

Härligt! Tyckte både mamma och jag. Och med en sjungande känsla i bröstet lämnade jag läkarmottagningen. Med hela livet framför mig.

Men nu sitter jag alltså hemma hos mamma i hennes vuxenmanchestersoffa, hård med riktig sitthöjd, vid det kraftiga soffurubordet efter en (egentligen) underbar söndagsmiddag. Aperitif, förrätt, huvudrätt, dessert, kaffe och konjak, och choklad, ur asken som Eva och Ove haft med sig. Där sitter jag nu alltså och smygrapar och undrar om jag nånsin ska kunna bli bra igen.

...and if she's not back before noon, I gonna show her myself... skakar den där bräkiga direktören ett fläskigt pekfinger hotfullt i luften bakom det vräkiga skrivbordet.

Men hur ska det kunna "bli bra" igen om man jämt går runt och säger 'ja' när man menar 'nej' och ibland kanske tvärtom. Hur ska man då nånsin fatta, nåt?

Inte undra på att man känner sig kvävd allt oftare. Men just som man funderar på om kroken i taket ska hålla för ett kraftigt rep, kan man plötsligt slås av raka motsatsen. Ett spjuveraktigt trots! Som en fanbärare för SANNINGEN.

"Era jävla skitar, trodde ni att ni skulle få mig också? Va! Då är det bäst att ni gör det jävligt bekvämt för er, för det kan dröja. Länge."

Och man känner genast livsandarna komma ångandes hemåt igen. Värma bröstet och massera nackmusklerna. Man blir så populär i sina egna ögon. Ja, rent av poet och tänker:

"Här står jag och där ränner ni. Lite hit och dit, planlöst runtomkring. Ibland svansar jag efter. Men bara ibland. För då och då stannar jag upp och slår på perspektivblicken. Och vad jag då ser...det skulle jag vilja bjuda på!"

Dom där tankarna från Tompa "the revolutionary" Björk gillar evigheten, som då bromsar in och blinkar flirtigt med ögat. Och den kyliga evighetsvinden med alla sina svarta hål slår plötsligt om till en ljum omfamnande vårbris, som jag rent av skulle kunna springa efter och leka "tafatt" med! För då står vi verkligen på kompisfot. Evigheten och jag. Med svärdet draget för *modet*. Och sanningen.

Och döden! Som jag skulle kunna lägga armen runt axlarna på och dra en jävligt fräck historia för. Så att vi båda viker oss dubbla av skratt. För att det är så himla kul. Att skratta! Så där så att man kiknar och nästan får kramp i mellangärdet, svårt att andas kort sagt, och nån säger att man kan dö av att skratta för mycket, och drar den där om han som dog av hjärtslag mitt under en skrattattack.

DÅ fattar man att döden ändå inte är att leka med.

Men det skiter man i då. Skrattande!

Och vi är tillbaka hos studentpsykiatrikern. Där hon just vänt upp-och-ned på hela min världsbild.

- Livsångest, säger hon.

- Nej, dödsångest, rättar jag.

- Döden ingår i *livet*, bollar hon tillbaka.

- Då vill jag inte leva.

- Du vill alltså dö?

- NEJ!!

- Vad vill du då?

- Leva.

- Men - hur?

- Ja, inte som nu i alla fall. Att alltid vara på sin vakt mot alla faror. Och inte få luft.

- Du börjar genast prata om hur du *inte* vill leva. Jag frågade hur du *vill* leva.

- Va? Det var ju det jag sa ju.

- Du säger att du inte kan göra som du vill för att du inte får luft, men det får du ju. Så, vad känner du *egentligen?*

- Vad menar du? Det *är* ju det jag känner.

Hon tittar granskande på mig, som om hon gått för fort fram.

- Om man lider av att inte få något, som man faktiskt får, då kan man på goda grunder misstänka att det ligger andra känslor bakom, tillåter hon sig att summera dagens möte. Jag vill att du tänker på det till nästa gång. Jag "tappar nästan andan". Det viktigaste just nu är ju ändå att överleva! *Sen* kan vi diskutera "andra" känslor. Eller hur...! Ska jag bli tvungen att byta terapeut? Igen.

***

Uppförsbacken planade ut. Krönet mötte som en svagt rundad båge. Dom glesnande tallkronorna släppte fram ett helt annat ljus. Himlen. Nedanför i slyskogen reste sig Tekniska högskolans alla utslängda röd- och brunteglade fakulteter. "Teknis"! Som så länge var mina drömmars mål (vi kommer till det). I en släkt som bågnade av civilingenjörer. Trängde sig tankarna in mellan flåstagen. Och då bestämde jag mig ändå för att slå av på takten och gå dom sista uppförsmeterna. Bröstet kändes som om nån hade su-u-u-git ut luften ur det, och samtidigt halva lungorna hängt med...! Hur fyller man sådana? Jag höll på att spy. Redan?

SVAGHET

Men - Livet är ju inte bara döden. Jag är också rädd för *svaghet.* Som ju i och för sig kan leda till döden, men ändå, den kan också leda i andra riktningar. Och det är inte så jag vill leva, svag! Ynklig. Inte få vara med. Kanske aktivt utesluten. Mobbad. Bara få läsa om det

84

framgångsrika folket i tidningar. Inte orka med arbetstakten. Inte vara tillräckligt produktiv. Bara alldeles för trött och behöva alldeles för mycket sömn. Dömd till ensamhet. Men inte det där om "ensam är stark", "ensam jagar bäst" eller "ensamvarg". Utan för att man varken orkar, eller vågar. Och det är så sorgligt. När man VILL så mycket! (Hoppsan, vad sa jag nu? Måste jag komma ihåg att ta upp med nästa terapeut.) Vill så mycket som aldrig kan bli av. (Jaså?) Och det är ju där i ensamheten som plötsligt dröm och verklighet flätas samman. Där som självbilden åker hiss mellan över- och underjag. Mellan idol- och nidbild. Omnipotens och utplåning. Visst?

Och nånstans däremellan dinglar självförtroendet över en läskig kanjon. Där varenda småsak blir en utmaning. En *kontrafobisk* strid. Mot väderkvarnarna. För såna som jag som får yrsel av att gå ut och handla bland vanligt hyggligt folk. På samma gång som jag ser mig som mänsklighetens frälsare! (Jag drar efter andan!).

Och, nu kommer det, var finns då den KVINNA som kan leva upp till ens ideal?

Eller (naturligtvis) det omvända! Kan man överhuvudtaget få ihop det med *nån?* Som inte flyr vid blotta anblicken av en själv.

Okej, man får gärna vara *lite* svag. Lite som ett barn så där. Så att dom får utlopp för sina moderskänslor. Men samtidigt inte *för* svag, inte dega ihop totalt. Utan man måste vara någorlunda viril, potent, gärna underhållande, intressant och på nåt vis beskyddande. (Jag börjar få svårt med andningen, igen) Och *stark*, trots allt. Det kommer man inte ifrån.

Man bör kunna hugga lite ved då och då. Och slå i spik och vara praktisk. Och samtidigt känslig, men inte feminin. Utan rak och rättfram och beslutsmässig. Inget

85

tjafs i onödan. Med en klar och nykter blick. Super man, vilket man gärna får göra, bör man göra det som Richard Burton. Han som var gift med Elizabeth Taylor, sen skild från henne, sen gift igen, sen skild på nytt...Etcetera ...!

Vid det här laget har jag fått fram block och penna. Det här är ju så viktiga saker att dom måste ner på papper. Eller hur? Numreras i en lista, i fallande skala. I alla fall utredas. Jag börjar nästan skaka när jag sätter pennan mot pappret:

1. Rädsla för döden.
2. Rädsla för svaghet
3. Rädsla för kvinnor

Ja, rädd att dom ska upptäcka svagheten bakom min fasad, och kanske uppfatta den som bristande manlighet. Att mitt sken bedrar. Så oerhört manlig som jag ändå ser ut, på ytan. Viril är ordet! Jag skriver ner det också. Även om jag kan förstå att ni studsar till här, som om jag sitter på två stolar samtidigt, kort sagt, som en person som håller på att glida isär. Men det är ändå så att vi nu (tror jag), ord för ord, *närmar* oss *sanningen*. Jag menar hur ska hela bilden kunna ligga klar redan från början?

Och vi tassar ut i ett minfält av obegripligheter: Hur är dom då? Dessa underliga varelser, så *helt* annorlunda skapade än vi män (och pojkvaskrar). Och lider av "avund" för det, som Freud så träffande formulerade det i Wien för hundra år sen! Dessa varelser som man i sååå många år undrade hur dom *egentligen* såg ut under kläderna. Kjolarna, blusarna, trosorna(!) och behåarna!

Och hur dom tänkte? Och hur man skulle bete sig för att komma dom inpå livet. Få dom på rygg, helt enkelt. För sina egna syndfulla lustars skull. För "män tänker då bara på en enda sak". (Som tanterna med snörpta munnar uttryckte det under barndomen). Men vad tänker då kvinnor på? När dom inte tänker på "vad män *bara* tänker på".

Det råder ett spänt förhållande mellan män och kvinnor.

"There is a war..." sjunger Leonard Cohen med hela kvinnosläktet av spretande ben och intagande lår på piedestal!

Alltför enkelspårigt?

ABSOLUT! Utstöter feministerna i "Grupp 8" sitt krigstjut. När dom tågar genom stan med alla plakaten. Om hur bra alla män har det. Och jag känner frågan komma galopperande, är jag man? Kanske måste jag göra ett könstest?

Men - nu känns det som om det har det gått för snabbt. Vi backar.

I min tidiga barndom var kvinnor bara några väldigt "fina" varelser, som helt saknade något så fult som lustar. "Fina flickor" gjorde helt enkelt inte "fula" saker.

Fula?

Ja, snusk alltså!

Snusk?

Hur jag kommit till ville jag helst inte tänka på. Jag tyckte att det där med astralkroppar lät fint, för att inte tala om Maria och Jesus! Josef på behörigt avstånd med sina snickerier. Det viktiga här var ju "den heliga anden". Stilfullt förvarnad av en ängel. Och så på med guds livgivande blåslampa...

Men denna mer bibliska sida av saken, krockade allt som oftast med den motsatta: raden av oss småkillar vid nyckelhålet till tjejernas omklädningsrum till gympan. Där man knuffades om vems tur det var "nu då"! För att få en blick genom det minimala hålet. Tills ett tjut därinifrån tillkännagav att gluttarna var avslöjade, och alla skingrades med vindens hastighet innan majjen dök upp med sina mästrande tillrättavisningar. Eller som när min bästa kompis Lelle och jag smög utanför Lottie Sparrings sovrum en mörk oktoberkväll. Lelle var en kul kille med stränga föräldrar, särskilt mamman, en undersysselsatt hemmafru som tillbringade dagarna rökandes i telefonen. Ofta hade han utegångsförbud för att han kommit för sent till middagen eller nån annan liknande "världslig" förseelse, men straffen verkade aldrig hjälpa. Var det något viktigt på gång så klättrade han ut genom sitt fönster i smyg och smet ut över garagetaket.

Han var en utåtriktad spelevink som gick runt och snackade med alla. Liten och skojig. Och i stort sett chanslös hos alla tjejer, för att han just var så liten och tunn och efter i utvecklingen, men han hade hört mycket om hur dom var, och visste ännu mer, lät det som. Lelle blev min guide in i det främmande tjejlandet.

Bara några kvällar tidigare hade han kommit nedrusande till mig och väst fram att det var bråttom. Fru Silfvercrantz stod i duschen utan fördragna gardiner! Hon var en rultig tant närmare sexti. Men vadå!

Men när våra två huvuden bara en halvminut senare dök upp över "crantzens" vita trästaketet var föreställningen slut. Gardinerna fördragna! Och fönstret stängt....

Ofta strök vi runt i hyreshusområdet vid centrum och kastade lite småsten eller snöboll på fönstren, eller bara spanade. Man visste aldrig vad som kunde dyka upp. Och nu, när var vi på hemväg därifrån fick Lelle plötsligt sitt briljanta infall om Lotties sovrum. Hon var en två år äldre tjej i grannskapet och - dessutom en av skolans allra snyggaste. Det vill säga mest en hägring för såna småskitar som vi. Klockan närmade sig tio på kvällen när vi gick förbi hennes hus och såg hur rullgardinen var neddragen för hennes öppna fönster, men det lös i springorna. Och enligt Lelle var det ett gyllene tillfälle, eftersom hon säkert just då höll på att klä av sig. Om vi bara smög fram och drog upp gardinen, så skulle hon säkert stå helt naken därinnanför!

Så typiskt Lelle. Lika enkelt som genialiskt!

Tysta som indianer smög vi in på tomten... fram till fönstret, och så – med ett snabbt ryck…… upp med hela härligheten.

Då – hände det.

Gardinen lossnade av rycket och ramlade ner. Och därinnanför stod, inte Lottie, utan hennes...farsa!!

Jag kan fortfarande se hans häpna blick för mig.

Under en sekund blev vi på det sättet stående som fastfrusna, innan överlevnadsinstinkten blinkade livsfara!

Jag hade länge haft klassrekordet på 60 meter, det fick jag användning för nu. Och hur Lelle lyckades hänga på fattar jag inte, men på en bråkdels sekund hade vi lagt tomtens fuktiga gräsmatta med alla fallna plommon och mosiga äpplen bakom oss och svingat oss över staketet. I nacken brände bilden av farsans oförstående blick riktad rakt ut i det täta höstmörkret. Och kort efter ekade hans rop "hallå, vem där?" samtidigt med det svaga ljudet av knirkande gunnebotrådar, följt av dunsar och det dämpade ljudet av våra fotsteg över asfalten.... och så upp och över nästa tre meter höga staket som omgärdade golfbanan där vi i kolmörkret landade i den mjuka småblöta oklippta ruffen. På golfbanan som dominerade hela vårt område och där min mamma jobbade. Vi kommer dit.

Där satt vi sen blickstilla med återhållen andning på huk medan farsan for runt på tomten som en spanande lägerkommendant.

I vår värld sträckte sig tanken inte längre än till att Lelle måste ha haft fel vad gällde placeringen av Lotties sovrum. Hur han nu överhuvudtaget visste var hon bodde? Det var sånt vi spekulerade om när vi en kvart senare, sen det lugnat ner sig i villan, försiktigt lommade iväg hemåt nedför tians fairway. Och snart var Lelle igång med ännu en av sina favoritutläggningar, den om olika typer av tjejer. Egentligen bara två typer. Först var det så att det fanns det "fina" flickor. Där hade man inget att hämta, slog Lelle fast. För "fina" flickor, fortsatte han, "höll på sig". Jag ville inte direkt fråga vad han menade, utan höll mest med.

Annars var dom bara "vandringspokaler" eller "madrasser", ångade Lelle på. Och inget att ha!

Han exemplifierade med hur Petta (en stor och läskig snubbe) nere på idrottsklubben stuckit in halva armen(!) mellan benen på Britten, medan hela laget stod och kollade på. Jag hade ju redan innan bara en dunkel uppfattning om anatomin, och såna här berättelser gjorde knappast bilden tydligare. Och Lelle menade trots allt att det var taskigt, för Britten var ju utvecklingsstörd. Åtminstone hennes brorsa. Kanske. Men killarna runt omkring var tydligen normala, tänkte jag. Eller?

Och till dessa introducerande "föreläsningar" i anatomins och känslolivets vindlingar fogades den bok jag hittat, inne i mammas garderob. Fråga mig inte vad jag gjorde där, och ännu mindre vad *den* gjorde där. Men den hade en titel som drog blicken till sig "Sexus". Och jag hade hört Karin, med klassens största bröst, fnissande stå och berätta om dom "enorma" beskrivningarna i den.

Hm? Jag började försiktigt bläddra. Tjock var den också, jämfört med dom böcker jag var van vid, Fem-böckerna och Tvillingdeckarna. Och tråkig, sida upp och

sida ner. Och jag skulle just lägga tillbaka den när det sprängde till! Jag läste:
"....drog hon ner gylfen på honom och tog fram den bultande staken... som hon förde in i sin drypande fitta..." Jag höll på att svimma! I mammas(!) garderob, dessutom.

Försiktigt la jag tillbaka den. Dag efter dag. Sen jag studerat dom viktiga sidorna, som plötsligt höll på att bli gråaktiga och sönderbläddrade. Men, nöden hade ingen lag! Det här var ju ett ämne som måste klargöras.

Boken hette alltså "Sexus", eller "Den rosenröda korsfästelsen". Båda titlarna stod tryckta på omslaget. Jag tyckte förstås att den första kunde ha räckt. Och att boken kunde kortats. Så att man slapp det där med korsfästelsen. Eller handlade det om att Jesus kanske hade gjort nåt han inte borde, och därför blev korsfäst? Henry Miller hette han som gett korsfästelsen ett ansikte. Att man i princip kunde skita i fint och fult. I alla fall, fint. Budskapet var att "stå på", med allt och alla, så fort ett tillfälle bjöds, och det gjorde det jämt och överallt. Om man läste Henry rätt.

Frågan jag ställde mig var bara var "alla lägen" fanns, i min värld? *Allt vått som bara kved av lust och längtan*. ...efter att man skulle "vräka sig" (Henrys favoritord) *över* dom. *Mot* dom. *På* dom. *Under* dom. *Iiii...dom!* Ja, vilken jävla preposition som helst gick tydligen bra. I Henrys grammatik. Tillsammans med Gutte, som var ungefär på min nivå, men samtidigt sån att man kunde lura honom till lite av varje, gjorde jag upp den ena bättre raggningsplanen efter den andra. Det var bara det att inga såg så där längtansfulla ut som Henry så målande beskrivit. Verkade liksom inte riktigt vara på det där inbjudande bettet. Såg snarare bara tystlåtet ointresserade ut. Med blickarna nånstans i fjärran. Och även om jag (och Henry) naturligtvis visste hur det stod till, så var det liksom svårt att känna sig så där förbehållslöst inviterad.

Och hemma förstod jag snart att mamma måste hoppat över dom "viktiga" avsnitten och koncentrerat sig på "själva korsfästelsen". Som det verkade där hon satt vid patiensbordet kväll efter kväll. Med håret på ända som Einsteins, torrt, risigt och spretigt, om ni kan se det för er. Mamma som annars, när hon gjorde sig fin, mer liknade Ingrid Bergman. Eller Inga Tidblad. Ibland till och med Greta Garbo...kunde en son tycka när hon kom till skolavslutningarna i småskolan i nån av sina stora parisiska hattar. Då var hon inte som dom andra mammorna. Dom lite mer tantiga, men gulliga, hemmafruarna. Som hade färska småfralla och varm choklad i beredskap när deras barn kom hem från skolan. Den värld som jag var så avundsjuk på. Men varken dom eller min mamma (bakom korten) fanns ju riktigt för mig. Och nån pappa ska vi ju heller inte tala om (har vi kommit överens om), som var ute och fladdrade överallt där han inte borde vara. Men om jag bara andades nån form av kritik mot honom kom mammas ord tillbaka som rekyler (och man kan bara undra varför):

- Du är ett kärleksbarn, Tom!

Och om jag ändå antydde att jag inte mådde riktigt bra, spädde hon bara på:

- ....och född på en söndag!

Och söndagsbarn, för alla er som inte vet, är ju barn med alldeles särskilda, klarsynta gåvor. Och sen följde hela bombmattan:

- ...född i Betlehems församling... och döpt i Vor Frelsers Kirke. Och din far var en underbar man. Rolig (som Victor Borge), intelligent (som Einstein), snygg (som Gary Cooper) och musikalisk (som Mozart)!

Och allt det sa hon inte för att hämma mig. Utan för att blåsa in lite av den heliga andens luft under mina vingar. Och hade jag inte sen obehagliga identifikationsproblem med han, ni vet, från Nasaret, hela uppväxten? Att ingen förstod vem jag var, vilka gåvor jag hade, och att jag med tiden skulle "frälsa världen". Det var mig och min klara, för*klarande*, blick man väntat på.

Hon fick nåt drömmande över sig när hon satt så där, känslomässigt kvar i dyningarna från efterkrigstiden. I passionen som aldrig fick se vardagens ljus. Drömmen som aldrig fick landa i verklighet.

Och så, innan nån tår hann trilla, tillbaka till evighetsspelet på vardagsrumsbordet. Patiensen. Lugnt och tålmodigt. Starkt, positivt och drömmande smällde korten i bordet, kväll efter kväll. Hur hon fick allt att gå ihop vet jag inte. Patiensen gick aldrig ut. Hon la alltid dom mest hopplösa. "Dom är intressantast", sa hon. Själv höll jag på att bli galen. För att det verkade så hopplöst:

- Ja mamma, jag är glad över att ha stjärnorna på min sida.

Det uppstod en liten paus.

- Kan du sätta på TV:n nu Tom?

Jag förstod att hon inte hört vad jag sagt.

Och på TV:n stod evighetsmetereologen framför väderkartan: "*... och först framemot tisdag eftermiddag kan vi vänta dom första solglimtarna från högtrycket över Nordsjön som nu ligger inpressat mellan två lågtryck, som sakta.... regn, regn, regn...*"

Och inte heller fanns det några inbjudande lägen i klassrummen. Om man undantar vår gamla svensklärarinna med den lite fuktiga blicken. Fast det var nog det enda fuktiga hos henne när hon inför uppsatsskrivningarna antydde att hon hade med några ämnen "bara för mig" (hennes gunstling ni vet).

Möjligen (jag säger bara, möjligen) kunde det i så fall vara nån ärtig vikarie i kort-kort minikjol, som la upp ett par jättelånga spiror på katedern, där hon placerat sig lite kompisaktigt. Men sen förde en vanmäktigt kamp för att få den alltför korta kjolkanten att åtminstone täcka knäna, sen hon känt våra intensiva blickar grilla hennes smidiga lår. *Men* där hon ändå satt *kvar*! Och drog och drog. Som för att liksom dra blickarna till sig? Kunde det ens misstolkas?

Eller på rasterna då? Bland dom jämnåriga tjejerna, som man inte ens snackade med. Som man sen var på hippor med. Där man dansade kind-mot-kind. Och mörkerdans. Och den kyss man eventuellt fick levererades med ryska posten.

Nä! Bara i omklädningsrummet efter matchen. Och på dom små grusvägarna i villaförorten där vi växte upp, med fickorna fulla av pallade plommon och en nervös Newport i ena handen och ett Toy-paket i andra – där – fanns dom - lägena! Under överinseende av överstepräst Lelle.

Där var det bara "pang på". Och "skit i deras tramsiga kärlekssnack". För annars "kan dom bli jävligt efterhängsna". Och det "kan bli fan så jobbigt".

Och jobbigt ville man ju inte ha det.

Så fyllde jag femton och jobbade ihop till min första moppe. Och Lelle (vem annars?) sammanförde mig med min första tjej. En som han hört var "jättenere" i mig. "Som nästan alla andra", som han sa, "jag fattar inte hur det är möjligt". Och det gjorde naturligtvis inte jag heller. Men det var anledningen till att jag vågade bjuda upp henne ("får jag lov") på den kommande skoldansen. Och där dansade vi sen dans, efter dans, efter dans... utan ett ord. Stod kvar och avvaktade mellan låtarna, skulle hon stanna.... eller tacka och gå? Så torr i halsen och fuktig om handflatorna. Men sen var det "vi", och jag gjorde mitt bästa för att leva upp till allt jag dittills "lärt".

- Vad du verkar erfaren, anförtrodde Sussie (som hon hette, det gjorde alla häftiga tjejer då, eller Pia) mig sent en kväll på garageuppfarten till deras villa. Jag hade just grenslat min moppe och hon stod tätt intill. Året var väl 1963 och med Beatles "Please, please me" ringande i öronen tog jag henne, så James Dean-aktigt jag nånsin kunde i min famn. Och så kysstes vi i över fem minuter. Och hon hade sugmärke på halsen så att hon måste bära polotröja nästa dag. En av tidens riktigt fräcka signaler. Och jag skulle just till att lirka in handen under hennes tröja upp till brösten, för att "klämma lite till", då jag i ena ögonvrån fick syn på hennes farsa som gläntade på gardinen till köksfönstret på övervåningen.

- Tycker du? viskade jag henne tätt i örat, medan hon rättade till sin långa grå lammullströja och drog ner den lite över elastabyxorna med fothällor på. Såna, som sen snabbt föll ur modet, och under sjuttiotalet bara kunde beskådas i Lucy Show! Hon hade såna, Lucille Ball! Det rödhåriga yrvädret.

Sussie var mitt livs första erövring. Som pratade underbart om kärlek! Och gav mig sin kropp. På ett sätt som bara inte var sant. Att nåt kunde kännas SÅ fantastiskt. Nytt och annorlunda. Och vad fukthalten beträffar verkade det nästan som om Henry varit före mig och inspekterat.

Men Evas mamma var förtvivlad. Hennes snuskiga fantasi hölls ständigt vid liv av ljuden hon tyckte sig höra inifrån dotterns rum när jag var på besök. Där hon väl skräckslaget stod med örat mot dörren så fort vi stängt.

Men dessförinnan hade hon stått i hallen vid min ankomst och hälsat kvittrande med sitt bredaste leende:

- Oh... så trevligt att se dig Tom... idag igen, sa hon och tog i hand!

- Hm... god dag, harklade jag mig rodnande.

För jag visste ju vad som väntade sen, så fort jag åkt hem.

- Susaaaanne!!! ekade det då i huset där hon kom rasslande nedför trappan. Ja, ni flickor blir ju som liderliga hyndor så fort ni kommer i puberteten. Och inte fattar ni att ni kan bli med barn! Utan är bara ute och springer hela nätterna (kvällarna på hennes rum). Med pojkar (det var jag det!). Och vad pojkar vill, det vet man ju (just det kärringjävul). Då blir det mammorna som får reda upp det. När döttrarna blir med barn. Vad säger Toms mamma?

- Vet inte.

- Vet inte! Just det. Åh, att jag skulle få en flicka.

Precis som om vi inte visste vad vi sysslade med. Med samma lättnad varje gång Sussie fick "ont i magen". Eller "lingonvecka" som Lelle kallade det.

- Det värsta som kan hända är att du får åka till Polen och göra abort, sa jag med ett snett kill-leende sen jag läst om det i Bild Journalen. Om unga tjejers skräckupplevelser efter ingrepp med hästtänger på veterinärkliniker därnere. Av storrökande personal i blodigt skitiga sjukhuskläder, typ slakthus.

Och man kan bara undra varför jag sa så?

Vad jag däremot förstod var att Sussies ord på garageuppfarten om min "erfarenhet" syftade på all kunskap Henry bestått mig med. Och Lelles instruktioner om hur alla märkliga plagg och mystiska spännen kunde lirkas upp, som BH-knäppen, strumpebandshållare! och nylonstrumpor..., som *han* (konstigt nog) visste allt om. Och jag gjorde inga större ansatser att ta henne ur villfarelsen. Tvärtom! Och Sussie var "*min tjej*"!

Men snart höll jag på att kvävas av parsamhetens instängdhet. Var fanns polarna? Sussie tog ju all tid. Alltid tillsammans. Alltid samma sak. Alltid hänsyn, övertalning, rädsla. Medan polarna, Lelle, Gutte, Putte, Nutte... undrade vart man tagit vägen. Om man dött? "För fan, kom igen Tompa!" Och grabbgängets skräniga fylleperiod tog sin början.

Uppstart med "häxblandning" hemma hos Boa som hade egen ingång till sin del av villan. Sen halvskrålande in till nåt disco i stan, där man förlorade sig i en djungel av oåtkomlighet. Hårda brudar som inte fattade hur jävla kul och skön man var. Som inte verkade se att JAG var där? Där jag snart stod och vissnade i mörkret vid bakre väggen, utan Lelle som förtrupp. För Lelle var plötsligt inte med. Han hade träffat en tjej! Och vi undrade om "han dött". Och efter midnatt bar det hemåt med nattbussen. Utan Sussie. Som redan träffat en ny! Hon som undrat om "vi nånsin skulle kunna känna för nån annan, det *vi* känt för varandra?"

Och 60-talet tickade på. Dions gulliga "Teenager in love" överflyglades av Stones råare "Satisfaction" och Gainsbourgs hetare "Je t'aime". Och Dylan sjöng "Times are a-changing". Och under banderollerna "Make love, not war" stormade den fria kärleken in med minikjolar, minijumprar, p-piller, abort och dagis åt alla.... och sexrådgivare som Expressens danska frifräsare Inge&Sten. Flower power var det som gällde, blomsterkransar i håret, indianska folkloristiska kaftaner och t-shirts i alla regnbågens batikfärger.

Och – med ens blev *alla* tjejer det där som Henry så träffande beskrivit (var han före sin tid?). Murarna var rivna. Allt var fritt. Och underbart. Skulle man kunna tro. För det var ändå nåt som skavde. Nåt med känslor, kontakt, själ? Kärlek?

Ordet *närhet* kom att bli en följeslagare i många år. För det finns faktiskt män som också lider under könsrollen. Jag är bara så trött på att läsa om det i massmedia. Som *dom* beskriver det.

Så kvinnor blir aldrig män. Och vi blir aldrig kvinnor. Och då har vi frågan där igen: Hur är dom egentligen?

Nog har dom mjukare kroppar. Och nog tycker jag att dom förstår mer än vi. Vi "råbarkade" män. Går liksom bättre att prata med (trots allt). Fast man ska ju inte göra upp dom till några slags gudar för det. Men heller inte trampa ner dom i skiten. Så var fan ska man då göra av dom? (Måste dom göras av?) Kanske borde man bara konstatera att dom är som vi, bara åtskilda av en enda ynklig kromosom. Några bröst och egentligen ingenting alls mellan benen. Bara lite ymnigare hårsvall och bredare höfter. Och det är väl inte så himla märkvärdigt. Så varför tycker jag då det?

***

Snart FYRA KILOMETER. Jag kom stolpande nedför den första längre utförsbacken, över hundra meter lång. Och nu började höga granar lägga spåret i en mer trollsk skugga. Jag kunde se sågspånen försvinna in mellan grenarnas dunkel. Där jag kom på långa tunga steg. Nu med mer fritt svängande armar. Liksom avslappnat dinglande. Men med ett flås som lät som en maskin. Frustande. Men det är väl så det ska vara? För kroppen är ju en maskin. Bränsle, pump, omsättning…i samverkan med den omgivande naturen. Syre in, koldioxid ut. Som bladen tar emot, för att i sin tur leverera syre! Allt med hjälp av solen. För det är ju därifrån *allt* kommer. Tills den…

Och så planade spåret ut. Och jag konstaterade att jag hade överlevt, så här långt. Även om det var med känslan att balansera på lina mellan skyskrapor i New York, utan skyddsnät. Men den stora frågan var om jag nu hade lyckats återhämta krafterna? Var jag redo att ta upp den fortsatta kampen igen med sågspånen? Som nu rätade ut sig längs det nedlagda järnvägsspåret från Norrtull till Frihamnen…

CHEFER

Och om ni nu har läst tillräckligt noga så vet ni ju att jag nu sitter här med papper och penna och listar "rädslor". Och efter "döden", "svaghet" och "kvinnor" kommer nu:

4.   Rädslan för "CHEFER!"

Såna där sketna auktoriteter som tornar upp sig över en som stora skräckinjagande moln. Män, farbröder. Vuxna som vet så mycket, och bestämmer så mycket. Och kan sätta sig på en, så fort dom har lust. Chefer har till och med betalt för det. Så jag till och med *hatar* chefer. Människor med hela makten i sina händer. Hela ens existens? Ens lön eller icke-lön? Om man alls får nåt jobb av dom.

Jag hatar min chef på "Bli lycklig", Frasse. Han säger så lite att man aldrig vet var man har honom. Vad tänker han egentligen? Vad tycker han? Jag vet bara att *han* sitter löst när upplagan dalar. Därför har han gjort det till en passion att rita upplagekurvor. Kurvor som han därefter lägger ut som ett redaktionellt minfält. En redaktion där alla påstår sig vara politiskt medvetna, dvs kommunister. Till och med Frasse! Vad ger ni mig för det? Och om *han* sitter löst när upplagan dalar, hur sitter då inte jag?

Frasse är en riktig "chèf du cuisine" vad gäller lyckorecept. För andras räkning, vill säga. Själv verkar han må pyton. Han kallas "pressgeni", av *sina* chefer. Och lär ha feta vilande anbud från konkurrenterna. Därav hans upptrissade lön, med åtföljande förmåner. Som det viskas och tisslas om på redaktionen, men som ingen egentligen har en aning om.

Jag tror att hans framgång ligger i att han själv tror på det som står att läsa i hans kolorerade produkter. *"Man får aldrig ljuga i en artikel"* brukar han säga. Och bara det kan ju få en att kippa efter andan. Men han bara sitter där som en askgrå klippa och skänker pondus åt sina deviser. Ständigt med en nytänd Gauloise i mungipan.

Hans tro på "sina" artiklar gör att han alltid är först med att prova allt från asiatiska rotextrakt till nordisk ekollontinktur. Då, om inte förr, anar man vidden av hans problem.

Men än så länge har han mig veterligen aldrig bantat (kanske gör han det hela tiden?). Annars borde han hur som helst göra det, om han vill leva som han lär. Leva en vecka hos doktor Aly på Tallmogården, på bara potatisvatten. En vätska som lär ska göra underverk!

- Och, som han säger med sånt eftertryck att alla spetsar öronen, om ni tilldelas ett "knäck" ni inte själva tror på, som inte *håller,* ska ni självklart inte göra det.

- Men, vill jag utbrista, då skulle jag inte få *nåt* uträttat här! Men det gör jag inte så klart. Man får ju inte vara hur dum som helst.

Jag vet att han inte gillar mig. Anar väl smilfinksdraget jag släpar på. Auktoritetsfjäsket. Mitt jolmiga leende och överdrivet positiva attityd (ett och annat har man ju ändå lärt sig av mamma). Och jag är nästan helt säker på att det är så här han tänker (när jag avläser rynkan mellan ögonbrynen): *"Visst gör vi en schysst tidning. 'Ger' folket nåt dom verkligen behöver* (verklighetsflykt) *och frågar efter* (köper!). *Men att gå runt som den här snubben...???"*

Han anar väl ugglor i mossen. Och jag känner hans misstänksamma blickar mot mig varje gång jag träder in på redaktionen och utbrister i ett hurtigt:

- Hej! Hur är läget?

(Säger jag verkligen så? Jag vill gärna tro det i alla fall).

Och han lyfter trynet ur pappersbråten på skrivbordet där han som bäst håller på att "mocka" efter nåt "smaskigt". Lägger så huvudet på sned, så att cigarettröken inte ska dra rätt in i ögonen, och svarar: "nöff, nöff!"

Men, nej, tyvärr inte. För i så fall skulle vi nog ha mycket lättare att komma överens. Istället säger han bara:

- Tjena, jo tack du....

Och sen blir det bara tyst!

Utan omsvep visar han att det här är ett snack som jag får sköta, om det nu ska bli nåt snack överhuvudtaget.

Inget "hur mår du?" Eller "kul att se dig", "vad bra att du dök upp", eller för all del, "vad fan gör du här??"

Utan bara TYSTNAD. Som jag snabbt fyller ut med en serie tolkningar: *"jaså dyker du upp nu igen, ja, ja jag får väl ge dig några jobb till då, annars är du inte mycket att ha här på redaktionen, så risigt som du skriver, då klarar vi det bättre själva, jag får väl ge dig några översättningar från franska, som du nog inte kan så bra,*

101

så att du får hålla på så länge att det inte lönar sig för dig, så att du fattar hur landet ligger och tröttnar på att ränna här".

Han sitter bara där TYST och väntar på att jag ska fortsätta. Om det nu är det han gör? Vilket ytterligare dränerar mitt självförtroende. Att jag är ett sånt vrak att jag inte ger fan i hans dynga och ser mig om efter nåt annat kneg. Vad fan som helst!

Självkänslan åker berg-och-dalbana i bröstet, och jag börjar famla efter den så viktiga kontrollen! Medan armhålorna blir allt fuktigare av svett.

Som tur är har jag jobb med mig som jag ska lämna. Det blir min räddning.

- Här är några grejer som jag ska lämna, säger jag och räcker över en lunta.

- Schysst..., mumlar han, tittar lite förstrött på dom och lägger dom sen åt sidan.

Och jag ställer mig bredvid och avvaktar. Ett litet krig har utbrutit. Vad ska nu hända? Vem ska ta första steget och säga nåt? Och i så fall vad?

Jag känner att jag fått en liten press på honom. Där jag står tyst vid hans sida. Inte helt lätt nu att bara säga: "Ja, tack då, ska du inte gå nu?" Och, skruvar han inte lite på sig?

Ändå vet jag utgången till 90 procent. Det är ju inte första gången jag står så här. Jag kommer snart att fråga: "Du har inga nya jobb?" Och han kommer att svara: "Ska se efter". Och så kommer han att dra ut en av dom nedre skrivbordslådorna och börja bläddra i en hög med hundra "klipp" (artiklar från andra tidningar, mest utrikes, som jag alltså ska sätta den där svenska snitsen på!). Där kommer han att hitta fem stycken som han vågar anförtro mig. Och så tar jag och stoppar ner dom i min säckiga safariaxelväska (Impo) och säger med det korthuggna språk som han verkar ha lättast att förstå "schysst, kommer tillbaka med dom nästa vecka".

Så står jag alltså där och tänker, tills tystnaden daskar till mig på kinderna, och jag hasplar ur mig:

- Du har inga fler jobb? (Ungefär som om jag snubblar.)

Och han svarar reflexmässigt:

- Ska se efter... (utan att titta upp.)

Och jag tänker naturligtvis (från mitt håll), vad fan är det med den här snubben? Geniet?

Och sen, när jag fått dom där fem jobben hackar filmen till i projektorn, och tar plötsligt en helt ny oväntad vändning. Jag spricker upp i ett självsäkert leende. Knycklar ihop pappren till en boll och släpper ner dom på hans, trots allt, proggiga träskor.

- Här Frasse, här har du *sanningen*. Ingen gillar din skit. Ingen TROR på det, egentligen.

Och DÅ tittar han upp med en underlig blick. Och nu är det han som verkar tänka: "Vad fan är det med den här grabben?" Men samtidigt lättat, "äntligen blir jag av med honom".

Men tyvärr, det där var bara ännu mer fantasier. I själva verket badar armhålorna nu i svett när jag stoppar ner dom där fem jävla klippen i canvas-väskan.

- Schysst. Kommer tillbaka nästa vecka.

Det var ju knappast det här jag drömde om när jag sökte till Journalisthögskolan.

Där jag på intagningsintervjuerna förklarade att jag ville arbeta tillsammans med andra, engagerade människor. Där man utbyter åsikter och stöder varann. Diskuterar fram artikelförslag som ger en sann bild av verkligheten som folk har nytta av. Avslöjar misshälligheter. Ställer folk till ansvar. Ett jobb där man

103

kan trivas, samtidigt som man uträttar något viktigt. Sa jag alltså till intervjuarna, en journalist och en psykolog (den senare kanske bara i mitt fall) som sen poängsatte oss sökande ur en mängd olika lämplighets-aspekter. Jag lyckades komma in trots lägsta poäng i rutan "realistisk yrkesuppfattning".

Så kom då praktikterminen och vi placerades ut på olika redaktioner runt om i Sverige. På dörren till min redaktion stod det "Bli Lycklig". Jag tänkte: så jävla farligt kan det väl inte vara?

Och Frasse förklarade i samma stund som vi skakade hand med varandra att dom inte hade nån användning för såna som inte gillade deras arbete där. Han anade väl att protester och ändringsförslag låg nära till hands hos nykomlingar som inte var inkörda i hans arbetsmodell.

Öppna kort direkt alltså. Ligg lågt. Håll käften. Och "gör vad du själv anser bäst, om det är vad jag anser bäst".

- Men det är ju självklart, rann det ur mig, alltid villig att göra gott intryck. Till vilket pris som helst. Att lära och få beröm. Till och med på en sån här skitblaska. Mil från all anständighet och alla mina revolutionära drömmar. Vad fan gjorde jag där?

Och hur kunde det komma sig att jag blev kvar. Inte bara *under* praktiken. Utan även fortsatte att ta kontakt *efter* praktiken, under slutterminen. Och sen efter examen! År efter år.

Ett beteende som krävde rationaliserande förklaringar:

Man lär sig skriva. Långt och fängslande. (om man t ex skulle vilja bli författare)

Jag luggar dom på stålar och ägnar mig åt "revolutionen" vid sidan av.

Jag försöker att skriva schysst, med drivor av brasklappar och menande blickar åt läsarna.

Jag håller själva journalistiken vid liv (ett av dom sämsta).

Jäkligt bra pröjs för lite arbete. Ger bra med tid över åt viktigare saker. (Vi kommer till det).

Jag bidar min tid, tills jag hittar nåt bättre. (Också ett av dom sämre argumenten, som dessutom huvuddelen av redaktionen verkade luta sig mot. År efter år).

- Då tittar jag upp igen nästa vecka, och då hoppas jag att du bantat ner dig till dess och fimpar när du ser mig träda in genom dörren därborta, nickar jag uppfordrande. För man löser ju inte alla sina problem med den där rotoljan du har stående under skrivbordet. Frasse! Det kan väl inte ens *du* tro på. Även om vi skrev så i förra numret. Att det löser *alla* problem. Då är du nog den enda i så fall. Och tur är väl det. För annars skulle ingen behöva köpa "Bli Lycklig" nästa vecka. Tänk på det, Frasse, upplagekurvan!

Och det där säger jag alltså inte heller. Redan halvvägs borta mot Odenplan som jag är. Ute i friska luften. Där armhålorna nu blir alltmer stela och kallsvettiga. Ändå så underbart glad att ha kommit ur Frasses käftar, med livet i behåll. Rädd som jag är för CHEFER. Frågan är bara om det ska få styra hela mitt hariga liv?

Och jag lägger ifrån mig pennan. Tror jag har antecknat klart för en stund nu.

***

FEM KILOMETER. Plant, skönt och rakt. Nere i dalen, kanske spårets lägsta punkt, längs det gamla järnvägsspåret mellan Norrtull och Frihamnen. Rostigt, dött. Finns det nåt mer ödsligt än nedlagda järnvägar och fabriker. Liksom tomt och hålögt. En gång i tiden sjudande av människor och liv. Brak och gnissel. Och på andra sidan spåren skymtade jag en mer swampig träskmark. Med den nedåtgående solen spelande i alarnas lövkronor, där skuggorna sen spred sig som ett suddigt leopardmönster över den omgivande naturen; den fuktiga mossan, dom snåriga blåbärsrisen och fuktgrå stenarna.

Jag hade skjutit upp mössan från pannan och tagit av mig vantarna. Pannan lackade av svett. Och när jag lyfte blicken kunde jag se hur spåret några hundra meter bort åter började leta sig uppåt. Försvann upp genom lövskogen, asp och björk. Jag drog djupt efter andan. Som en del av det hela....den stora Anden. Och där - äntligen! Kändes det rätt igen. Stegen plötsligt så mycket lättare. Och i det hastigt uppkomna smärre lyckoruset (var jag normal ändå?) kunde jag bara konstatera att: *Jag älskade naturen!* Vi hör ju ändå ihop. Är ett med varandra. Beroende av samma sol. Länkade av samma molekyler, samma atomer. Vi ÄR ju naturen. Alltihop. Tänkte jag, innesluten i dess mäktiga fylliga doft....av rå, kall, höst. Fukt, svamp, jord, mossa. Rent, klart, högt. Flimrande förbi min fuktiga blick för att fastna på mina näthinnor som en dimmiga Monet-målningar. Då – gör den sig bästa tycker jag. När man uträttar något i den. Upplever den i full sysselsättning. En verksam människa i sitt rätta element. Inte nån jävla motionscykel hemma framför TV:n.

VILDMARKEN

Maria är av en annan åsikt. Såtillvida att hon gärna vill befinna sig *i* naturen, men väl där "bara existera". Omsatt i praktiken innebär det att man under promenader ska stanna upp var femte meter – titta, lyssna, lukta, men framför allt titta och hänföras, för att sen utbrista:

- Vilka FÄRGER!

Jag stannar upp, tittar och ser en grön äng, lite blommor, lite klöver, lite mörkare granskog längre bort, med en hyfsat blå himmel över och små vita molntussar. Vanlig jävla natur alltså.

- Är det inte UNDERBART.

Maria är en skogsflanör. Jag en stigfinnare. Hon vill gärna göra en sak i sänder. Jag vill ha allt på en gång. Hela tiden.

Det är dags att träda ut i den natur vi alla är en del av!

- Måste du *rusa* fram hela tiden? Ropar Maria, tio meter bakom mig på stigen.

- Vadå rusa? Du håller ju *samma* takt som jag, det är bara det att du ligger tio meter efter *hela tiden.*

- Kan vi inte gå lite saktare och *se* oss omkring? Det är ju så *vackert* här!

- Jag ser bäst i *normal* vandringstakt, svarar jag, men stannar ändå upp. Vänder mig om. Demonstrativt.

Egentligen fattar jag inte varför jag valt Maria som följeslagerska på Sörmlandsleden. En strålande lördag i början av juni. Då solen steker. Och det kanske är en aning för kvavt. Men man kan ju inte begära allt. Vi är på väg in i den vilda naturen och planerar att bli där till söndag kväll, eventuellt måndag morgon. Om vi inte skulle kunna slita oss.

Själva idén hade planterats av Björne. Min vän fotografen. Hösten innan. Som jag då ringt upp för att få ut honom på en runda i GIH-spåret. Vi brukade lunka där på rakorna, gå i uppförsbackarna, för att sen släppa loss *nedför* branterna "som indianerna gör", påstod Björne. Som jag beundrade. För han gjorde som han ville. Och i spåret ville han vara indian, tydligen. Vilket passade mig

107

utmärkt, nästan ingen löpning alls. Och så tävlingssim inne i bassängen efteråt. En länga så fort man kunde, sen tillbaka i maklig takt, sen full fart igen........osv, i en halvtimme.

Men nu kunde han inte, när jag ringde, för han hade just kommit hem från - Sörmlandsleden!

- Va? Jag som knappt visste vad Sörmlandsleden var.

- Pest i stan. Problems med tjejen (det hade han alltid, med den ena efter den andra, som alla ville göra honom till nåt han inte var, nåt helt annat än det dom föll för). Så jag ville bara bort.

- Jag förstår.

- Så jag tog utrustningen som jag köpte förra året när jag vandrade i fjällen. Ett enmanstält, en liten ryggsäck, stormkök...och drog. Det var tidigt på lördagsmorgonen...

Knappt sovit då? For det genom mitt huvud, eftersom han säkert varit på krogen hela kvällen innan. Han bodde ju nästan där. KB och Prinsen och....

- ...så jag gick hela dan. Och sprang nedför backarna. Som indianerna gör (där kom det). För att spara krafter.

- Gör dom?

- Klockan sex slog jag läger för natten. Vid en liten insjö. Laga lite käk, tvätta mig i vattnet och la mig och läste tills det blev mörkt. Då kröp jag in i tältet och somna. Det var alldeles svart ute. Klockan kan väl ha varit åtta eller nåt sånt...

- ...så vaknade jag tidigt nästa morgon, när solen gick upp, ungefär fyra. Då fåglarna också vaknade. Det var kallt då, så jag fick värma händerna över spritköket.

- Fattar.

- Ja, så gick jag hela söndan också. Och drack vatten ur små bäckar när jag blev törstig. Hoppas det var rent vatten. Det var det säkert. *Allt* är så himla rent därute, jämfört med här i stan. Håret blev inte ett dugg fett på flera dar.

- Inte?
- Och på söndagskvällen slog jag nattläger vid en annan sjö, och så tog jag buss hem sen nästa morgon.
- Buss?
- Då var jag ju nästan nere vid Mariefred.
- Aha!

Vid det här laget var jag nästan bedövad av beundran. Att bara komma på idén. Och att sen *göra* det. Alldeles *själv* också. Det kallar jag FRIHET.

- Fan vad läckert!

Fick jag grötigt ur mig.

- Vi kan göra det tillsammans nån gång, föreslog han. Jag kan fixa grejer åt dig om du inte har några.

Aj fan! Rann det igenom hjärnan. Som om jag fått en elektrisk stöt. Samtidigt som jag hörde mig själv säga, som på distans:

- Gärna!

Och sen styrde jag snabbt in samtalet på nåt annat.

Jag vandrade naturligtvis aldrig med Björne. Hörde nästan aldrig av mig mer. Att vandra Sörmlandsleden har inte alls med frihet att göra för mig. Bara "måsten", för att *bevisa*, att jag kan. För det är ju så att väldigt få människor känner till mina psykosomatiska problem. Det får helt enkelt inte märkas. Skammen. Utanförskapet. Och i själva verket är det väl så, att väldigt få människor överhuvudtaget känner till andras psykiska problem.

När Torra (min bästa polare), ni vet han från Hasses fest. Journalisthögskolans "hingst numero uno", med det där svårartade Don Juan-komplexet, anförtrodde mig att han inte "vågat åka båt under flera år", höll jag verkligen på att "trilla av stolen". Han kände sig "så instängd". "Om jag förstod".

109

- Nja?

- Det var ett enormt problem, sa han och sög på cigaretten ungefär som Marlon Brando i sin ungdoms upproriska filmer. Och så berättade han om en tjej han haft nåt år tidigare. Som i sin tur hade några kompisar som hade segelbåt. Och hon ville att hon och Torra skulle följa med ut och segla.

- Varenda helg! Som han sa.

- Nä?

- Det var ett satans problem att hitta på undanflykter hela tiden, blåste han ut mellan smala läppar tillsammans med lite rök och annan skit från sin filterlösa Jompa.

- Ja, det måste det ha varit, höll jag med, och tänkte att då hjälpte det knappast att han hade tio andra tjejer hemma i stan (och fru och barn). Och hur vältränad han än var i undanflykternas konst att lappa ihop träffar på dygnets alla timmar.

- Jävligt marigt, sluddrade Marlon, introvert.

Jag ville inte att Björne skulle få reda på mina problem. I hans ögon var jag nog lite av en he-man! Tuff, orädd, framgångsrik raggare på baren...liksom. Inbillade jag mig (hur jag nu kunde göra det?). Om han nu alls hade någon riktigt bild av mig. Han var mest upptagen av sig själv. Vilket i sin tur inte gjorde saken bättre. Med honom i hälarna på Sörmlandsleden skulle ett sammanbrott snart varit ett faktum. Jag skulle inte ha kunnat slappna av ett ögonblick. Där han sprang "som indianerna" nedför backarna.

- Maria, sa jag i telefonen, vad vet du om Sörmlandsleden?

Med henne skulle jag inte behöva låtsas nåt jag inte var. Där skulle jag kunna ägna mig helt åt "kontrafobin".

110

Äntligen bli naturlig i naturen. Bara existera. På vandrande fot. Bli fri!

- Maria? Upprepade jag när det blev alldeles tyst i luren.

Egentligen var det ju idiotiskt att dra med just henne ut på en sån här pryl. Men jag tyckte inte att jag hade nån annan att fråga. Som jag vågade med. Fast det erkände jag knappt ens för mig själv. Nån jävla självaktning måste man ju ha.

Fortfarande tyst. Hade hon svimmat?

Självklart skulle det kräva en hel del övertalning. Bara tanken på Maria i en vandringsled fick det att skorra. Och så kände hon ju som sagt mig.

Det tog mig en halvtimme att tända henne på idén. När jag sätter den sidan till kan jag nästan bli som en ångvält. Nästan få människor till vad som helst. Bara för att få mig att sluta.

"Okej då Tompa, vi säger väl det då." säger dom.

"Vadå 'säger *väl* det då'? Varför så trögt? Var finns entusiasmen?" vältar jag på.

Tills alla motargument är grus och den tillfrågade glömt vad det egentligen ens handlat om, från början. (Och nästan jag också).

Och Maria började jag då locka med badsjöar, släta klippor, mjukt ängsgräs. Allt sånt där av lite slappare karaktär, så att hon liksom skulle glömma bort "leden" i ordet Sörmlandsleden. Här handlade det inte om "vandring" utan om surrande bin, susande löv, vajande gräsvippor, hisnande svalor och vackra färger... att titta på... när man rastar.

- Vi ska rasta ofta (nästan hela tiden!), Maria. I sån där saftig skön klöver i hagarna, där korna råmar. Och sen slå nattläger vid nån liten insjö (verkade det ju krylla av enligt Björne). Där man kan bada innan man går och

111

lägger sig. Och ta ett morrondopp i när man vaknar. Lite lugnt sådär. Var jag tvungen att tillägga. Maria var en sån där som nästan alltid tyckte att det var för kallt i vattnet. Och så satte jag punkt med hur nyttigt det skulle vara! Efteråt. När man kom hem. Hur belåten man skulle känna sig då, över att man verkligen *gjort* nåt, och hur tragiskt det är att vi hamnat så långt ifrån naturen att vi tycker att en liten vandring ska va nåt så himla märkvärdigt... (och då verkade det plötsligt som om jag talade mest till mig själv...)

- Vi är ju trots allt gjorda för att leva i naturen, Maria, bland tallar, granar och stenar. Eller ute på dom öppna fälten där humlorna surrar mellan färgglada blommor. Och – NU var hon plötsligt med på noterna.

- Du ska inte bekymra dig om nåt (det gällde ju nu att vara lite taktisk så att hon inte spottade ut kroken med en gång), sa jag alltså i telefonen. För jag satt hemma hos mig på Linnégatan och hon hos sig på söder.

Vi bodde åtskilda. Bäst så tyckte vi, efter att vissa helger skavt nerverna mot varandra runt dygnets alla 24 timmar. Bäst att bara träffas de gånger vi verkligen hade lust!

Alltså, nästan varannan kväll. Med festmat och vin. Räkor, baguette, svart kaviar, Havarti, citron, dill och så en flaska billigt vin (eller två), men ändå vin. Eftersom jag har så svårt att acceptera vardagen, och bara existera. Och för att Maria har så svårt för scheman, rutor och räta linjer och därför, *bara* vill existera. Vi var ju ändå studenter. I svallvågorna av dom europeiska studentupproren i Paris, Berlin, Stockholm. "Varför ska ett auktoritärt förstelnat, förTRYCKANDE samhälle bestämma vad studenterna ska lära sig, det är ju ändå dom som ska bygga upp det nya!" Vissångarna vände ryggen åt glimmande hav och blommande ängar, blev

112

"medvetna" och sjöng om samhällsPROBLEM. Cornelis beredde vägen med "Ballad från en soptipp". Allt under parollen "alla kan". Och Inge & Sten hade som sagt satt Expressen på sexrådgivningskartan. ALLT var tillåtet så länge man bara sa "ja". P-pillret hade sett dagens ljus. Simon Spies hade rena harem av unga sekreterare som plåtades under sexorgier i bildtidningen SE. Bob Dylan, Pete Seeger, Donovan var bara några av tidens "protestsångare". Som i Sverige följdes av Cornelis, Fred Åkerström, Mikael Wiehe och Ola Magnell. Och nästan varje tidning hade nån artikel om det nya fenomenet "Gruppsex".

Då – ville Maria ändå inte riktigt "bara" existera. Utan ringde mig ofta. (Egentligen varje dag.) För att höra (förhöra) vad jag gjort när vi inte setts.

Och en viktig fråga var ju om vi fick vi ligga med andra eller inte? Om vi hade ett "öppet förhållande" eller inte. Inte bara öppet åt ena hållet, om man så säger. Hon gillade inte tanken på att "ständigt" bli bedragen, som hon uttryckte det. Alltmedan hon själv gick runt och "höll på sig" (det gamla Lelle-uttrycket), i god tro! Hon ville veta vad hon skulle rätta sig efter. Vilka "regler" som gällde. Och där blev det ju plötsligt väldigt räta linjer, inte sant?

Men, nej, "öppenhet och förtrolighet" kallade hon det.

"Konservativt parsamhetsskit" kontrade jag, irriterat (men samtidigt lite smickrad) över alla frågor. "Kärlek handlar om andra saker!" hävdade jag, som om jag visste.

"Jaha!" sköt hon genast in. Och var var du igår då när jag ringde, (när jag *borde* varit hemma), undrade hon nu *bara*. När vi satt på kuddar på hennes golv och åt en av våra läckra middagar uppdukad på ett indiskt tyg. Ett slags inomhus pic-nic.

- Jag duschade väl, drog jag till lite slängigt. Trött på den typen av frågor.
- I flera timmar? Höjde hon på ögonbrynen. Och förde glaset till munnen.
- Då var jag väl ute och handlade då, Maria, sa jag och log mitt allra mest förföriska leende. Det där som jag tror att bara jag behärskar. Och fortsatte: Man måste ju kunna lita på varann. *Jag* litar på dig. Och *du* måste ju tro på vad jag säger.
- Men du svävar ju alltid så med alla dina "väl" och "antagligen" och...
- Tillit! Maria, sa jag och tittade henne djupt i ögonen. Annars kan man ju bli som Strindberg... i värsta fall. I Fadren. Och det vill du väl inte?

Det blev tyst.

- Nej just det! Slog jag liksom mötesklubban i bordet.

Så höjde vi glasen och skålade för oss. Trots allt. Och jag berättade (utan "väl" och "antagligen") att jag verkligen *hade* duschat, men att när jag stod där som bäst i badkaret så lossnade själva handtaget från slangen på den där slitna gamla skiten till dusch. Och slangen piskade runt över badkaret och väggarna av det hårda trycket, medan mina händer "flaxade som fågelvingar" efter "reptilen", innan jag kom på att skruva av vattnet. Men då var det så dags. Då bara hängde allt och droppade i dimman.

- Sluta nu Tom.
- Det är sant! Sa jag så övertygande (tyckte jag) jag kunde. Så vad fan skulle jag göra? Alldeles genomblöt klafsade jag runt i lägenheten och öppnade alla fönster på vid gavel. Det blev kallt som fan, men vadå, skiten, ångan, fukten, måste ju ut nånstans.
- Nu tar jag sista vinet, sa Maria och tände samtidigt en ny cigarett.

114

- Gör du det. Vi har ju en flaska till, blinkade jag och fortsatte: Jag torkade mig på lakanet för alla handdukar som inte var i badrummet, var hemma hos mamma på tvätt. Sen klädde jag mig i kylan för att gå ner till den där jobbiga färghandlaren på hörnet för att höra om han hade nåt tips om hur man skulle få ihop handtaget med slangen. Eller om jag måste köpa nytt. För den där maffiavärden som jag har är ju omöjlig att få att göra nåt. Om nu duschslangar är deras ansvar? Är det det, Maria? Hur som helst tog allt det där en satans tid. Det kan du ju tänka dig själv. Och det var ju då du måste ha ringt, eller hur?

Hon blåste ut lite rök och skakade på axlarna.

- Varför sa du inte det då med en gång?

Jag log. Det där retsamma leendet.

- Med en gång?

Och lät min hand ömt vandra uppför Marias finlemmade underarm mot axeln, över batik-t-shirten längs den smala halsen upp till kinden. Då vred hon hastigt på huvudet och bet till i mitt finger.

Jag skrek jag till och drog instinktivt snabbt till mig handen.

- Vad fan gör du?

Maria gav till ett skratt, hoppade upp på fötter och rusade iväg till det lilla sovrummet. Och sekunden efter var jag henne i hasorna, bara för att få dörren smälld rakt i ansiktet till ljudet av en omvridande nyckel.

Jag tryckte ner handtaget. Låst. Och tittade snopet på den stängda dörren.

- Maria? Vad fan, håller du på med? Sa jag vädjande efter kort stunds tystnad. Det här är väl inget kul.

Inte ett ljud.

- Öppna!

Sekunderna tickade iväg.

115

Då vreds nyckeln plötsligt om på nytt och dörren gled långsamt upp. Belysningen därinne var dämpad, och bara några steg in stod Maria. Naken!

- Jag tyckte att det var så varmt, viskade hon med nedslagen blick. Kanske behövs en dusch?

- SÅ varmt?

- Ja, hett!

- Mm, när du säger det så...

Så sov jag kvar hemma hos henne (som vanligt). Så att jag nästa morgon var tvungen att först åka hem till mig för att hämta saker jag behövde under dagen. Egentligen hemskt jobbigt. Det där särboendet. Men det var alltså så vi ville ha det. Eller, var det det?

Men nu gällde det alltså Sörmlandsleden.

- Jag fixar alla prylar. Se bara till att ha schyssta skor på fötterna! Tipsade jag muntert och la på.

Hon kom i sandaler! Nåt slags jesus-variant med remmar kors och tvärs. Hon hade tydligen mest tagit fasta på det där med rasterna. Och indianerna. För över t-shirten hade hon en av dom där blommiga flower-power-kaftanerna som hon köpt på Carnaby Street. Och runt huvudet ett pannband. Bara en fjäder fattades.

Och jag hade bara hittat *en* sovsäck. Men den kunde ju Maria få ha, tänkte jag (den lille gentlemannen!). Det var ju ändå mitt projekt. Så för egen del hade jag bara pulat ner några extra tröjor att ta till under natten. Vi skulle sova under bar himmel. För nåt tält hade jag inte heller fått tag på. Men det var ju sommar och värmebölja, så det var ju inga problem.

Vi sammanstrålade utanför Björkhagens t-banestation där jag fann Maria behagfullt utslagen på en grässlänt i den brännande junisolen. Hon missade aldrig ett tillfälle "att få lite färg". Lång och slank med ansiktet mot solen

116

som en blomma. Ögonen slutna och det mörka hennahåret flytande över gräset.

När jag såg allt det där högg det till i bröstet och jag tassade tillbaka till Pressbyrån för att köpa två Storstrutar, innan jag släntrade ner till henne. Jag fick äta upp bägge. Maria är inte så förtjust i glass. I motsats till mig. Men tanken hade avsedd verkan. Maria log mot solen och smekte min hand. Jag njöt.

I Björkhagens Livs provianterade vi sen för en hel dag framåt. Jag proppade ryggsäcken full och slängde käckt upp den på ryggen – och så bar det iväg. Jag hade all packning att kämpa med, Maria bara sina sandaler. Som det skulle visa sig.

Men att jag bar ryggsäcken såg jag enbart som en fördel. Då kunde inte Maria klaga på att jag höll för hög fart. Tyckte jag. Dessutom fick det mig att känna mig extra stark och manlig där jag gick i täten som ledare för en djungelpatrull... Jag klarade till och med av *den.* Medan Maria blev andfådd redan efter nån kilometer, utan ryggsäck. Samtidigt som hon började få små rodnader på fötterna. Begynnande skavsår. Av remmarna som halkade hit och dit över häl och vrister, och gav allt annat än stöd för foten där vi traskade över stenar och rötter. Det var då hon bad mig att dämpa farten.

- Du har väl inget att klaga på, utbrast jag (packåsnan). Och satte därmed den första kilen i maskineriet. Glömda var mina Storstrutar. Vi hade ju alltså lite olika uppfattning om hur man vandrar i skogen.

- Jag *vet* att du bär allt. Det är *jätte*snällt. Men jag orkar *ändå* inte gå så här fort.

- Fort?

- Tom?

Jag vände mig om och satte demonstrativt ena handen på höften. Medan en känsla av triumf plötsligt spred sig

117

inombords. En vandringens första lilla seger? I mitt inbördes krig mot undergångsskräcken. "Aha, hon orkar inte mer än så här. Medan jag knappt ens är andfådd. Hm, jag klarar tydligen en hel del. Jag är stark. Nog inte alls sjuk? En frisk och sund människa." Blicken veknade.

- Försök, log jag.

- Du anar inte.

- Jo då. Ökade jag på det empatiska i leendet.

Och Maria tog ny sats. Började kanske inse att hon från och med nu var min fånge. Kunde knappast vända tillbaka själv nu. Ute som hon var i "vildmarken". Och vi stretade på ganska bra, ytterligare några kilometer. För det var inte lätt att hitta en rastplats som tilltalade mig. "Det var för tidigt, för skuggigt, för fult, för öppet, för snårigt". Sanningen var den att ingenstans såg det riktigt ut som jag föreställt mig. Som Björne målat upp det.

- Det finns nog något bättre ställe längre fram.

- Här är väl *underbart*, klagade Maria som till slut definitivt ville ha rast.

Vi hamnade i en hage. På en stenhäll med torr vass lava på. Men det var ändå bättre än att sitta i gräset, som var långt, glest, torrt och stickigt. Stödde man sig på armbågarna i det gräset skar man sig nästan. För att inte tala om allt som kunde komma slingrande där.

- Just det, rös Maria.

Men håret rufsades i dom ljumma vindfläktarna, precis som jag förutsagt. Det blåste en lätt bris, som också fick löven att susa. Och dom torra grässtråna att åtminstone *böja* sig en aning.

Jag snörde upp ryggsäcken och plockade fram matsäcken. Vi åt sardinsmörgåsar och drack läsk (skum kombination, men som kändes helt rätt då). Så tog vi varsin tomat och iakttog under tystnad korna som idisslade där framför oss, med alla flugor på ryggarna.

Förgäves viftande med svansarna. Jag förstår hur det känns. Att vilja bli av med nåt man knappt vet vad det är, och att det inte hjälper vad man gör! Här måste man väl ändå säga att djävulen verkar ha haft ett finger med i spelet.

Uppe på himlen gled enstaka stackmoln förbi. Medan det borta vid horisonten tornade upp sig lite bulligare saker, med mörka undersidor. Men det var ju långt borta. Och när dom sen kommer glidande upptäcker man att det finns stora blå luckor emellan. Det är ju det som *är* svensk sommar, eller hur? Och sen försvinner dom bara. Intressant. Jag låg utsträckt på rygg och studerade fenomenet. Ända tills jag kände mig yr i huvudet. Av bara moln. Och himmel. Och inget att relatera till. Ingen trädtopp att stödja sig på.

Jag satte mig häftigt upp och konstaterade igen att det inte var nån vidare rastplats vi hamnat på. Vi beslöt "att röra på oss". Maria tyckte dessutom att det var för mycket myror på stenen som "bara vill krypa upp och *in* i mig". Vilket lät smått traumatiskt.

Så vi tog oss upp på fötter och skakade bort alla myror och lavaflagor. Jag svingade upp ryggsäcken på ryggen, och – nog vägde den sina kilon. Även om den nu dränerats på lite innehåll efter lunchen. Det kände jag nu. Men vadå?

Klockan sex slog vi läger för natten – första gången. Lite tidigt kanske, men vi hade då ändå gått ungefär åtta timmar. ÅTTA timmar. Vi hade hittat ett underbart ställe, en liten klippö ute i en av alla dom där insjöarna. Man fick balansera dit ut på en tjock trädstam.

Det hade blåst upp nu. Det kände man därute. Den knappt märkbara brisen hade *styvnat,* om man så säger. Och vattnet krusade sig i svarta stråk som for iväg över

119

ytan. Men det ville vi knappt ens erkänna för oss själva där vi låg på en slipad klippa i den nedåtgående solen och bara sa "ååååh, vad härligt". Enda tecknet på att nåt inte stämde var att jag hoppade över kvällsdoppet. Trots att svetten stundtals lackat under vandringen. Jag plockade i stället upp middagen. Ännu fler sardinmackor (var hade jag fått det ifrån, jag som aldrig åt sardiner annars?), tomater, lite skinka och läsk. Och det smakade fantastiskt. Där vi nu krupit ner bakom klippan, som skydd mot *kulingen*, som det nu kändes som.

Så när jag avslutade middagen med att skruva på korken på flaskan var vi överens om att söka upp en mer skyddad plats. Vinden drog rätt igenom mina tröjor, av vilka jag redan fått på mig två av tre. Den tredje hade Maria lånat. Skulle vi stanna kvar härute måste vi nog rulla ut sovsäcken och Maria krypa ner där för att få lite överlevnadsvärme. Vad jag då skulle ta mig till, förstod varken hon eller jag. Mer än att köra några åkarbrasor, som jag dessutom redan var i gång med. För *så* kyligt hade det nu blivit när vi suttit stilla en stund efter vandringen och stelnat till. Och ändå var det flera timmar kvar tills man skulle kunna falla i sömn. När mörkret kom, som Björne sagt, och man inte kunde läsa mer.

Så vi trevade tillbaka över den opålitliga, vippiga och slippriga stocken...in till land. Där vi snart ändå hittade en helt vindstilla plats bakom några lummiga buskar. Och där bredde vi ut Marias sovsäck, som hon genast kröp ner i. Medan jag la mig bredvid som sällskap. Och - vilka mer hade hittat hit? Det behövde man inte undra länge. Plötsligt lät det som om hela Royal airforce var på väg in, en kaskad av anfallande myggor. Jag gick till lätt motattack, som om jag inte riktigt tog det på allvar. Knäppte dom en efter en, när dom väl satt sig tillrätta och

120

trodde att dom kunde börja suga i lugn och ro – DÅ klippte jag till.

Men snart insåg jag att det inte var nån lek. Jag skulle behövt tio armar... och tjugo händer. Minst. För så många hade nu landat på armar och ben, halsen och ansiktet...! Till och med genom tröjorna stack dom sina jättesnablar. Kriget var ett faktum. Nu handlade det plötsligt om dom eller mej. Det var inget bra ställe vi hittat. Det var nog bäst att fortsätta en bit till och leta upp ett bättre. Det finns ju alltid det som är bättre. Bara man inte ger sig för tidigt.

Och medan vi letade oss tillbaka till själva vandringsleden började mörkret falla.

Redan? En titt på klockan visade nio. Nu skulle det snart inte gå att läsa längre. Vi måste allt sno oss på nu. Snart låg jag femti meter framför Maria. Det var då, i hennes fruktlösa kamp att hålla mitt tempo, hon snavade på den där trädroten. Och i försöket att undvika att falla trampade hon snett, vrickade foten – och föll (så klart).

- Vänta, ropade hon fram till mig. Jag kan inte gå.

- Sjåpa dig inte nu, kastade jag tillbaka. Och såg hur skuggorna tätnade. Vi befann oss just då ute i nåt slags sumpmark, där myggen verkade vara av tropisk art. Dom slog man inte ihjäl med handflatan, utan knytnäven. Ett stick av dom var som att lämna blod på sjukhuset. Där kunde vi omöjligt ligga och sova. Om vi inte ville gå till en eviga vilan.

- Så jävla farligt kan det väl inte va, skärpte jag rösten. Kan du röra på foten?

- Ja, men...

- Då är den inte bruten. Kom nu!

- Du vet inte hur vansinnigt ont det gör, snäste hon tillbaka.

Dom dunkla skuggorna började nu flyta ihop till ett mer sammanhängande mörker. Och den tidigare så klara himlen var nu förbytt till ett svart tak. Vi var ensamma ute i urskogen utan att riktigt veta var vi befann oss. Bland träd, buskar och grenar som prasslande i vinden. Vi var några mil från Sveriges största stad. Men till fots var det en dagsfärd. Och för den som knappt kan stödja på foten, ja, då...

- Tänk om det kommer några djur, viskade Maria sen hon haltat fram till mig.

- Lägg av, bröt jag av och tänkte genast på betydligt värre saker.

Vi fortsatte några hundra meter till på leden och trevade oss sen uppför en liten bergsknalle. Terrängen omkring oss bestod mest av ljung, blåbärsris, småbuskar och höga majestätiska tallar. "Ett ganska bra ställe att slå läger på", försökte jag intala oss.

- Tycker du? hördes Marias darrande röst.

Men vad hade vi för val? Mellan några stenar i riset ålade Maria åter ner sig i sin säck. Själv kröp jag runt på alla fyra och letade jämnheter. Jag slutade i ett slags fosterställning intill Maria. I tre tröjor och ryggsäcken som kudde.

- Sov gott.

Då brakade det loss. Först ett sken. Sen en knall. Så föll dom. Dom stora tunga droppar som hör ett riktigt åskväder till.

- Det går snart över, försökte jag lugna Maria (och mig själv). Jag har studerat väderrapporterna. Det här ska inte alls vara här.

Maria svarade inte.

Då förklarade jag att om jag skulle få nån sömn den här natten måste jag också krypa ner i sovsäcken. För det var plötsligt väldigt kallt i bara tröjorna. Och dropparna gjorde dom fuktiga. Då gick blixtlåset!

- Nej! kved Maria.

Då gav vi upp. Just som himlen öppnade sina slussar och lät regnet vräka ner. Uppgivna och skrämda över naturens krafter tryckte vi oss mot en tallstam vars glesa grenverk högt ovanför kanske kunde fungera som paraply. Kanske.

Där kunde vi bara inte stå kvar. Högt uppe på bergs-knallen , under den höga tallen medan blixtarna stod som spjut omkring oss och trädgrenarna sprakade till som svarta övernaturliga armar. Den perfekta måltavlan. Frågan var inte "om" utan "när".

Ändå blev vi stående med ryggarna skavande mot barken. För vad skulle vi göra? Vart skulle vi ta vägen? Var fanns räddningen? *Fanns* det nån räddning? Eller var vi gjutna som krigsrubriker på Expressens löpsedel nästa dag?

UNGT PAR DÖDA
av **BLIXT** –
under **TALL!**

"Vad fick dom att ställa sig där, uppe på ett berg, under den högsta tallen? Svaret tog de med sig i döden. Vi kan bara spekulera... Rituellt självmord? Asadyrkare? Åskforskare?"

Skulle vi hålla oss vakna hela natten i ovädret? Var skulle vi söka skydd? Hur många timmars promenad, med Marias svullna fot, var det innan vi skulle stöta på ett bebott hus? Och väl där, knacka på mitt i natten. Väcka upp dom som bodde där och (genomsura) be att få komma in...och sova.

Vi visste bara att vi måste iväg. Som två skrämda barn började vi sakta treva oss bort från tallen genom det sura riset. Nu så becksvart att vi måste hålla varandra i handen för att inte förlora kontakten.

Klockan närmade sig midnatt. De svarta åskmolnen hängde som ett tungt lock över trädtopparna. Vi famlade runt som i en källare. Utom då blixtarna fräste till och lös upp trollskogen av hotfulla skuggor. "Ett....två...tre..." Så brakade knallen loss så att det skakade i marken. Åskan befann sig rakt över oss. Och vägrade att flytta sig.

Jag gick lite snett framför, som över ett minfält och "rekade" marken. Målet var att hitta vandringsledens märken, för att inte förirra oss rätt in i skogen och fullständigt förlora orienteringen. Men faran var inte över även *på* leden för märkena syntes dåligt och satt långt ifrån varandra. Dessutom skilde sig inte marken nämnvärt åt. Stenar, rötter, ljung och småbuskar. Maria följde mig tätt i hälarna. Linkande på sin onda fot, som nu svullnat upp. Hela tiden pratade vi lågmält med varandra för att hålla modet uppe.

- Det ordnar sig säkert snart, sa jag manligt.
- Vart tror du att vi är på väg? frågade Maria.
- Bara vi håller oss på stigen, sa jag.
- Ja, viskade Maria.

Jag tror inte på Gud. Men någon visade oss sin nåd denna natt. För mitt där i kolmörkret och regnet öppnade sig plötsligt en varm, brett uppslagen famn. I form av en liten timmerstuga – med öppen dörr!

Vi var just på väg förbi när vi upptäckte den. På bara någon meters avstånd. Knappt större än en lekstuga, byggd av kraftiga timmerstockar. Vem hade placerat den just där? Där vi råkade befinna oss just denna natt. Den enda bebyggelse vi passerat under hela dagen. Och där

124

låg den nu och bjöd oss stiga på. Och väl inne hittade vi också några ljusstumpar på golvet som vi tände. Och man kan väl inte säga att det blev direkt mysigt på det leriga golvet, men vi upplevde det som vi just trätt in i himmelriket. Dränkta som katter, men vi levde.

Vi somnade tillsammans i sovsäcken på det hårda golvet fullständigt utmattade. Och vaknade nästa morgon med ömmande leder och knotor. Efter de mest obekväma ställningar, samt Marias fotboll till fot, när *solen* stack in några tveksamma strålar genom fönstret och fukten från nattens skyfall bolmade som ett moln utanför kojan. Det var varmt och kvavt. Kvalmigt. Då älskade vi med varann så att det trasiga blixtlåset fick sällskap av en uppsliten söm. Men det var det värt.

Och inte vet jag hur länge mannen i fönstret stått där och betraktat skådespelet. Men när jag vred på huvudet och mötte hans blick försvann han så snabbt att jag nästan undrade om jag sett rätt. Jag kastade mig upp på benen och störtade på dörren. Men det fanns ingen där. Den smygtittande ensamvandraren måste "lagt benen på ryggen". Och uppblandat med lite fantasi kunde han nog få ihop ett riktigt häftigt bidrag till "läsarnas egna sexupplevelser" i Lektyr: "...*då öppnade jag dörren, slet av mig kläderna och... alla med på noterna...*"

Leden utanför kojan låg tom och ödslig. Jag pissade när jag ändå var ute. Mitt på leden, som en trotsig tjur.

Det var söndag. En varm och fuktig morgon. Huden kändes klibbig. Luften stod helt stilla. Och inte en enda sjö i närheten att bada i! Och nästan ingenting kvar att äta. Inte en enda sardinburk. Bara en unken sardinsmak i munnen. Hur hade vi tänkt egentligen?

Med klibbiga kläder gav vi oss av. Mot närmaste raststuga, eller vad som kunde tänkas dyka upp. Vi ville bara bort. Tillbaka till civilisationen. Vi behövde den nu.

125

Andningen var inte att tänka på. Där jag åter tog täten. Med Maria linkandes efter mig. Det gick mycket långsamt.

Backe upp, backe ner. Genom glesa tallmoar. Utmed hagar, längs diken.

Efter två timmar dök det upp något som såg ut som en bondgård. Röd länga med vita knutar. Blommande syrener. Liten grusväg. Gärdsgård. Vi närmade oss försiktigt kisande som rädda att förlora en hägring. Men den låg inte bara kvar. Den växte också. Tyresta gård!

Det knastrade av gruset under fötterna. En bil stod parkerad utanför vid en skylt med rubriken SERVERING. Känslan av att ha nått en oas i öknen kunde inte varit större. Och serveringen var öppen!

Vi kom in som helgens första besökare. Riktiga vandrare! Haltade fram mot frestelserna bakom serveringsglaset. Log mot tanten vid kassan. Pekade ut dom smaskigaste bullarna och köpte två läsk var. Det var inte tid för tankar på välbalanserad frukost med dom rätta näringsämnena när vi damp ner på dom rustika furustolarna vid dom spröjsade bondfönstret där flugorna redan var i full fart. Så gulligt svenskt somrigt. Jag log mot Maria.

Det var vätska, socker, kanel, vete, kardemumma... Rena knarket. Så jag repade snabbt mod och ville plötsligt fortsätta några mil till. Vi var ju ändå ute på vandring. Det kändes lite risigt att lägga av så här med en gång.

- Så farligt är det väl inte med din fot.

Om blickar kunde döda. Maria gav mig en sån. Och en kärnfull formulering.

- Är du inte klok?

Det visste jag i och för sig redan, och jag förstod vad hon menade. Jag är inte helt korkad. Jag hade lockat ut

126

henne på den här härliga vandringen. Lurat? Nu var det slutdiskuterat. Det gällde bara att snabbast möjligt ta sig härifrån. ÄNDA hem.

Frågan var bara hur? Tyresta låg väldigt öde denna söndagsmorgon. En karta på väggen visade inget som antydde civilisation. Klockan var fortfarande inte mer än nio. Vi hade ju inte legat och slaggat i all oändlighet. Och den lilla grusväg som ledde till gården såg inte ut att rymma någon busstrafik. Kanske låg närmaste hållplats en mil bort. Med gles söndagstrafik.

Då kom plötsligt en bil förbirullande på gruset. Nästan lika bibliskt märkligt som stugan mitt i natten. Och jag har ingen aning om hur Maria med foten och hela fanstyget lyckades vräka sig ut genom dörren ner till vägen och vifta hejdande framför fordonet. En prestation värd Svenska Dagbladets bragdmedalj, tyckte jag, som själv knappt ens hunnit vrida på huvudet, innan allt var klappat och klart. Strax satt vi där i baksätet på en Volvo, på väg mot Västerhaninge. För det var det närmaste samhället med kommunikationer. Och dit var det säkert två mil. Vi log mot varandra. Och tog varann i handen, som små barn.

I Västerhaninge slog vi oss ner i en diskesren för att invänta bussen. Det skulle bara dröja en timme. Men va fan, vi var vana nu. En timme hit eller dit, so what. Vi köpte glass och choklad i kiosken intill. Utpumpade och besvikna, men ändå glada att nu tidsmässigt vara så pass nära "hemmet". Jag sträckte ut mig på rygg i det stickiga gräset. Så underbart jämfört med nattens hårda trägolv. Med tungan kände jag tändernas tjocka sockerbeläggningar, i en mun fylld med ett slags bakfyllesmak. Tandborstningen hade liksom blivit satt på undantag. Och håret, Björne, mitt hår hade nog aldrig varit så fett som efter det här dygnet i naturens käftar.

Naturen, vår polare? Var vi verkligen en del av naturen?
Vi pälslösa skapelser, utan riktiga huggtänder och klor.
Den kvällen åt vi gourmet-middag hemma hos Maria.
Oxfilé med fryst pommes frites och sallade de tomate.
Och öl! (inte läsk) Så lyckliga att ha undsluppit naturens
käftar, med liven i behåll. Som en hyllning. Och Maria
sa:
- Jag fattar inte vad du oroar dig för. Du är ju stark som
en oxe.
Hon gav mig en beundrande och kärleksfull blick.
- Det finns nog inte många som klarar så mycket som
du. Hur kan du bara tro att du är sjuk?
- Maria, sa jag med grötig röst och höll fast hennes
blick i flera sekunder innan jag fortsatte:
- Jag älskar dig!
Så tömde jag glaset.

Som ni förstår, såna ord om "styrka" och
"överlägsenhet" kan jag lyssna till hur mycket som helst.
Inget är då omöjligt för en sån som jag. Jag *är*
övermänniska (är det det som är problemet?) och livet
leker. Tills jag inser vem som uttalat dom. Maria. Med
sin fot. Kaftaner och jesussandaler.
Shit! Lät inte den där morgonharklingen nyss ändå
ganska underlig? Inte alls som vanligt. (Hur brukade den
låta?). Cancer? Så klart inte. (Inte?)
Vem drog ner rullgardinen för livets solsida? Och just
en sån dag kan det vara som man återupptar träningen i
GIH-spåret. Bara för att man *måste*. Och känna
näsborrarna fyllas av höstens alla starka fuktiga dofter.
Som trots allt luktar så gott!

LUKTER som påminner mig om min barndom, som för
det mesta var en lycklig tid. Då jag levde nära marken,

och var pigg och glad. Dom lukterna sitter fortfarande kvar där nånstans i näsan. Och gör sig påminda när jag till exempel kommer in i en gammal trappuppgång, eller går ner i källaren i ett hyreshus, och – sniff, sniff – känner lukten av murbruk, fukt (mögel?), damm... då smeker gamla luktminnen näsborrarna och tänder hela minneskarusellen av hur man ranta runt i källargångarna och lekte kurragömma med alla andra småparvlar i kvarteret. Jag sluter ögonen och ser hyreshuset i den lilla idylliska Småstad för min inre blick. Med ån som delade sig i två armar och ringade in staden innan den slutligen rann ut i Mälaren. Där vi bodde när jag gick i småskolan. Innan vi flyttade upp till fina förorten norr om Stockholm. Mamma, som titulerade sig änka, hade oväntat fått jobbet som intendent på landets ärevördigaste golfklubb i konkurrens med ett flertal män. Till tjänsten hörde en liten bostad på två rum och kök, ett litet vindskyffe med sneda tak och kattvindsgarderober som luktade härsket matos. Det lilla vita korsvirkeshuset låg inklämt mellan golfbanans sammetsklippta gräsytor åt ena hållet och stora lyxvillor åt det andra.

- Det ser precis ut som där Chaplin bodde med 'sin pojke', hade mamma förklarat för oss innan flytten (jag och min syster) där vi satt och lyssnade med öppna munnar. Som insvepta i ett moln av mammas romantiska framställningskonst. Hon hade just fått beskedet att hon fått det där nya fina arbetet.

Chaplin? Tänkte jag. Va kul! Och såg framför mig den där gubben som snubblade runt med käpp och alldeles för stora och trasiga skor. Jag hade ju inte en aning om att filmen "Chaplins pojke" utspelade sig i Londons slum. Och det tog flera år innan jag fattade att två små vindsrum, där mamman sov i vardagsrummet och barnen delade på det andra var väldigt avvikande mot

129

omvärlden. Där alla kompisar bodde i tiorumsvillor, och *alla* i familjen hade egna sovrum, föräldrarna eget finvardagsrum (förbjudet för barnen att vistas i), och barnen sitt eget vardagsrum (eventuellt också ett hobbyrum i källaren). Men det var väl först när tjejerna kom in i bilden som boendet växte till det riktigt stora problemet. Fråga mig inte varför, men då måste det bara döljas.

Ja, vi var alltså mycket lyckliga och förväntansfulla när flyttbilen styrde upp mot huvudstaden och vi alla satt på rad bredvid chauffören – mamma, Eva och jag (hur fick vi plats?) och vinkade till kvarterets alla ungar som rusade bredvid med viftande armar. Ett avsked som i värsta Fellini-filmen. Mina kompisar. Där nästan alla hette Bosse nånting (Svensson, Olsson, Karlsson, Högberg och så en Schmidt!).

Och sen dröjde det inte alltför länge förrän mamma började lägga sina patienser och mumla om hur bra hon haft det – DÅ. I Köpenhamn. FÖR bra. Och att hon NU levde hon det riktiga livet. Framför mig såg jag en uttröttad kvinna med risigt hår bläddrandes en kortlek vid en askkopp fylld med fimpar. Det gick en rysning av obegriplighet genom mig.

Men, tillbaka till LUKTerna - sinnena, sensualismen - som ju är det viktiga här. Jag har alltså ett mycket bra luktsinne. Har jag förstått. Bara jag släpper på spärrarna. Då blommar luktgalleriet upp. Med kaskader av minnen. Men det är en ganska ny insikt. Sen bara något år tillbaka. Och det var Branko, vår rumänske regissör i teatergruppen, som drog undan ridån för tillvarons alla dofter.

”....close your eyes...feel the floor...SMELL the atmoshere...”, lockade han fram allt det som storstadslivet kvävt hos oss, där vi låg blundande i sensitiva avslappningsövningar på golvet. Varm och generös, liten och satt med långt gråsprängt hår i en hästsvans startade han och ledde vår teatergrupp under ett års tid.

"Everyone can act!" Var hans devis. Följt av "the problem is NOT to act"! Han kunde inte svenska. Sen han flytt Ceaucescus Rumänien några år tidigare talade han helst franska. Men vad oss anbelangade kunde han då lika gärna snackat rumänska. Och han spädde på: "all theatre in Sweden is rubbish, we shall make a REAL theatre!"

Rena frikyrkopastorn. Plötsligt såg jag en glimrande framtid öppna sig! Jag skulle inta scenen - som min pappa! Tills Branko en dag bara var borta.

Inget svar i telefon. Abonnenten inte tillgänglig. Abonnemanget upphört. Borta!

Han hade gjort slut! Vår papa. Liksom *min* pappa (tänkte jag inte då, men skulle ha kunnat gjort). Som idag sitter för ankar efter en smärre hjärnblödning, nånstans... i Kongens by, efter ett alltför hetsigt liv bland "vin, kvinnor och sång". Den där dansk-franske chantören i piratrandig sjömanströja och basker. Med fingrarna löpande över musettedragspelets tangenter. Där jag tjugoåtta år tidigare (som astralkropp) sett till att mamma hamnade på "första parkett" till cabaretscenen i Nyhavn. Som den värsta Laureen Bacall med sin long-drink framför sig. Medan "Maurice Chevalier" själv blinkade och krumbuktade sig runt bland de små borden. Och mer behövdes inte förrän jag fick igång ett intensivt smusslande av små biljetter mellan dom. Och så ledde det ena till det andra. "Maurice", som redan var gift, lämnade fru och barn... för att med sitt lättrörliga hjärta nyförälskat vandra hela förmiddagarna med sin "Laureen" över Köpenhamns alla broar, genom Nyhavns

131

"farliga" kvarter, förbi "Tato Jack", längs Strögets alla lockande skyltfönster i en värld av färger och dofter, innan *jag* såg till att dom tog in några timmar på ett skumt litet hotellrum. DÅ slog jag till! Och sen dröjde det inte länge förrän jag var embryot till det "vrak" jag är idag, som nu kränger så där läskigt längs järnvägsspåret i Lilljansskogen. (Vi ska snart titta till mig igen).

Men då satt vi där i träningslokalen och spottade fram okvädingsord. Vi skulle minsann visa honom. Och bara långsamt började vi vår vandring utför.

Men nånstans hade ändå något värdefullt börjat gro. Nåt skört och knappt märkbart, lätt att glömma, men som ändå då och då dök upp i sinnet. Till exempel, luktsinnet. Och då kom man på något sätt närmare LIVET....

***

SEX KILOMETER. Jag hade nu korsat järnvägsspåret och var på väg upp mot Fiskartorpet på andra sidan. Näsan var satt ur system. Andra kroppsfunktioner tog alltmer över. Svettpärlor kröp fram på pannan inifrån den röda toppluvan. Och trots kampen mot andnöden fick jag en upplevelse av att kroppen ändå började fungera alltmer naturligt. För det är ju svårt att springa svettfritt även med min utomordentliga kroppskontroll.

Och jag kände mig alltmer som "ett med naturen". Igen! Där på blandningen av grus och grå nötta sågspånsrester. Mellan ungbjörkarnas allt gulare löv, under den dalande solens allt blekare ljusstrimmor mellan grenverken. Jag var en molekyl i universum, och kanske utgjorde jag i det läget en bild av "harmonin personifierad" för några av alla dom som denna vackra höstdag rastade sina hundar ute i Lilljansskogen. I MITT spår. LÖPspår. INTE för okopplade schäfrar, ettriga taxar, muskulösa dobbar och biffiga rottar. Men ägarna nickar obekymrat leende och uppmuntrande när vi möts. Om dom bara visste. Vilken Potemkinkuliss som just drar förbi... Vad som döljer sig bakom fasaden! Sånt där började jag tänka på. Fokus lite utanför mig själv, liksom. Ett sundhetstecken, eller?

Ett tag trodde jag att *revolutionen* skulle lösa mina, allas, problem. Men ju mer den lät vänta på sig, och ju sämre jag mådde "av detta jävla, auktoritära, kapitalistiska förtryckarsystem" desto mer smög sig tanken på att jag själv kanske måste må lite bättre först... innan *jag* tog itu med revolutionen. Kanske var det inte helt riktigt att folk "som mådde dåligt" gjorde revolution. Kanske var inte allt "systemets" fel. Kanske kunde man inte riktigt avgöra hur "det" förhöll sig förrän man själv mådde bra. "Just det!" applåderade alla dom som mådde bra.

"Vart har det flammande revolutionära folket tagit vägen," brummade Jan Myrdal i det inledande 70-talet, innan han själv *spottade* fram svaret i nästa mening:

"Dom som inte blivit sekteristiska terrorister går i *terapi* och rotar i sitt PRIVATliv!"

Analysen var glasklar. Vem visste bättre än denne Janne? Guillou hade ännu inte tagit upp den grötmyndiga kampen.

Då - gjorde konjunkturen ett jättedyk. Den "gemensamma kakan" (sa Sträng) drog ihop sig som ett dragspel. Krisvindarna skrek mellan ödsliga betonghus. "Oljekrisen" förde oss från flöde till droppar. Och borgarna vann valet. För första gången på bara-Gud-vet-hur-många-år.

"Jag är optimist," sa Boman, och förklarade att vi måste tillbaka till 1800-talet om vi vill undvika stenåldern. Dra

133

åt svångremmen! Fullt ös på kärnkraften, grillning av småspararna, ner med skatterna för överklassen, och bort med mattan under fötterna på pensionärerna, kvinnorna och småbarnsföräldrarna... och arbeta...arbeta...arbeta... så kanske vi åtminstone kan betala *räntorna* på våra utlandslån!

"Just det, lite av varje och inget av något... *måste* vi ha," doade Ullsten i bakgrunden med sin faderliga basröst. Efter devisen ju basigare desto mer förtroendeingivande.

"Precis... eeeh... öh... fast tvärtom... men ändå... eh... inte," gnisslade det inuti Fälldins huvud, innan han trodde sig, bestämt, våga, slå fast.

"Titta på dom!" Väste Palme roat mellan sina mörka fuktiga läppar.

Och jag – jag började springa tre istället för två gånger i veckan, och ställde mig i kö till Mentalvårdsbyrån.

***

Andas ut, andas ut, andas ut.... Försökte jag dirigera lungorna, mellangärdet, bröstmusklerna och strupen. Det är det som är det viktiga. Alla snackar om "inandningen", men det är *uuut*andningen det handlar om. För att bli av med all skit som kroppen inte vill ha, särskilt lungornas *bottensats* som har en tendens att permanentas. Den ville jag inte ha kvar. Andas *in* gör kroppen av sig själv!

Vem som nu litar på det?

Alldeles vit i ansiktet smygdrog jag åter efter ett sånt där djupt andetag (nästan som om jag gjorde nåt fult). Och jag kände hur luften plötsligt lurade sig förbi mellangärdesspärren. I grevens tid. Åh... vad skönt! En matthet strömmade ut i hela kroppen och satte sig som bly i benen (när jag borde fått nya krafter, väl?).

134

Jag hade nu nått fram till spårets kanske längsta och brantaste backe. Och jag fattade omgående beslutet att *gå* uppför. För att inte *spränga* mig. För att inte klubbas ner av syreskulden uppe på krönet. (Så rutinerat!) Den där som slår till sen man glatt kutat uppför, nästan spurtat sista tio metrarna, för att man tror att det är nyttigt, och att man själv är så jävla bra. För under ruschen känner man liksom ingenting. Fattar inte hur man håller på att övertrassera sina tillgångar, och sen inte har nåt att betala tillbaka med, skuldsatt upp över öronen. DET är syreskulden. Inget man leker med. Boman fattar säkert vad jag menar. Där man står framåtböjd på toppen, kippande med hela universum gungande omkring sig.

VAR GÅR GRÄNSEN?

Ibland har jag en känsla av att en del nyväckta män i "riskzonen" dör just i det läget. Dom som saknar mina djupa insikter. Kanske inte just i själva spåret. Men faran ligger på lur resten av dagen och klipper till först på kvällen, efter "gonatt-groggen" då han kämpar mellan lakanen (det är ju trots allt där dom flesta äldre par, med stil, fortfarande utkämpar sin ojämna sexualkamp) för att få upp veckans stånd, för att med det sen vräka sig över frun. Och medan hon ligger där och kippar efter andan visar det sig plötsligt "slutsprunget" för hans del. Jag kan tänka mig det.

Och det är jag inte ensam om.

Jag låter Berra inta scenen.

Berra är en äldre fotograf som jag jobbat med ett par gånger. Han saknar totalt förståelse för dom elbelysta motionsspårens tjuskraft. Varför, har jag aldrig riktigt förstått. Han borde ha en hel del att hämta där. Kanske rent av en chans att bli av med sin magkatarr, som han jämt gick runt och gnällde över på våra reportageresor. Så att *jag* också nästan fick ont i magen på kuppen.

Berra är en lång gänglig figur med gråsprängt, lite torrt krusigt hår. Som han färgar svart. Och har låtit växa ut till en mindre afrofrisyr. I ett försök att verka yngre än sina femti. En strävan som också kommer till uttryck i hans klädsel. Alltid senaste snitt. Snudd på modelejon. Fast med stil förstås. Aldrig jeans. I jobbet. Utan snygga välpressade terrylenebyxor modell Jockey, med låg skärning vid höfterna och allt sånt (när det var inne förstås, tajta lår, vida nertill), en tröja med harlekinrutor på framsidan, och under den en välstruken skjorta, uppknäppt i halsen (med nåt lustigt mönster på, för att ange en bohemisk touche?). Och slutligen en snusnäsduk runt halsen, för att ge en anstrykning av fart och fläkt, vad annat? Han är ju pressfotograf. Men också ett slags konstnär, vilket ju plåtandet också kan vara. Hur som helst, hans klädstil kan ses som ett tecken på estetisk medvetenhet, ett bildtänkande, eller hur man nu ska uttrycka det?

Men hans strävan att verka ungdomlig märks framför allt på hans sätt att närma sig en. Och på hans sätt att tilltala en. Alltid med låg förtrolig röst, som om vart polare sen sandlådeåldern. Själva resonansen inbakad, smått kvävd, nånstans i näsan. Kort sagt, dämpat, nasalt.

Det är sent på kvällen och mörkt sen flera timmar. Vi susar fram i tidningens pressbil nånstans på E4:an på väg hem från en by i djupaste Småland. Berra sitter bakom

136

ratten och låter hela tiden hastighetsmätaren pendla mellan 70 och 80. Han är en försiktig man som aldrig skulle drömma om att köra om efter mörkrets inbrott. Om det inte vore en traktor förstås, som bara håller sådär 20-30 kilometer i timmen. Då... kan han bli tveksam. Hamna i en svettig konfliktsituation. "Den ska säkert svänga av snart. Det lönar sig nog inte att köra om den", muttrar han och biter sig i underläppen. Framåtlutad över ratten som en gammal kärring. Medan en lång rad av bilar tornar upp sig bakom oss. Och det dröjer inte länge förrän signalerna börjar ljuda ilsket, och helljusen blinka aggressivt. Det är vid såna tillfällen dom verkligt svåra olyckorna inträffar.

Dom gör sig bara löjliga, tycker Berra. Och då menar han inte bilarna bakom, utan motionslöparna. Till synes helt omedveten om den centralgestalt han blivit där på vägen.

Och just som traktorn (äntligen!) svänger av och bakombilarna börjar fräsa förbi som ett hajstim lutar sig Berra, om möjligt ännu närmare framrutan för att se om det ändå inte var ett rådjur eller en älg som rusade över vägen. Varje människa med normal syn och uppmärksamhet skulle direkt ha konstaterat att där inte funnits nåt alls. Men det är klart, man kan aldrig vara *för* säker. Där är vi på nåt sätt lika, Berra och jag.

Och när han äntligen lutar sig bakåt igen (lite grann) drar han den där om grannen som dog (!) i spåret. Nu kommer det. Hans favoritrysare. Och en utomordentlig ursäkt för att han själv ska slippa dra på sig en äcklig gammal insvettad träningsoverall. Jag tror i och för sig inte att Berra svettas. Att han överhuvudtaget kan. Han är liksom inte den typen. Men ändå. Hans rysarstory *är* verkligen uppskakande. I sig. Men inte när han berättar den. Jag har dessutom hört den förr, men det verkar Berra ha glömt när han nu drar igång igen:

137

- Det var hemskt, kommer det nasalt genom näsan. Och han kastar en snabb blick åt mitt håll. Min granne var en sån där gubbe. Han använder gärna såna ord som skapar distans till honom själv, och lite ironi, åt hans nasala flöjttoner (i dom lägre registren). För det mesta är det småjobbigt, men ibland har han tur och träffar rätt och blir då oväntat rolig!

Nåväl, grannen var alltså en sån där "jävla galning" som just passerat 60 och råkat ut för en liten lättare infarkt. Snubblat på en trottoar, lät det som när Berra berättade det. Han kan verkligen uttrycka sig känslolöst om riktigt allvarliga saker. Men när det gäller hans mage, *då* handlar det plötsligt om allvar!

-... och då fick han för sig att han skulle ut å lubba (typiskt Berra-ord) i skogen!

Och efter den här meningen förväntas jag skratta till och fylla i "en sån jävla tok". Och därmed har jag gett Berra klartecken att rulla upp hela storyn.

- Skulle *jämt* ut och lubba.

- Det är inte sant!

Och så poängen då. Han sänker rösten en aning, men inte mer än att hans låga stämma ändå skär som en kniv genom motorbullret. Och han går över till korthuggna meningar. För att skruva upp stämningen. Och Berra, som saknar känsla för nyanser och toner brer naturligtvis på alldeles för mycket. Så att den i och för sig hemska upplevelsen bara sjunker ihop som en misslyckad sufflé på slutet.

- Jag kom hem. Han ger mig ett nytt hastigt ögonkast (och håller nästan på att köra i diket). Hem från jobbet. Dååå fick jag höra det. Ambulansen hade varit där. Bara nån timme tidigare. Britten (hans fru alltså) hade sett allt (självklart!). Genom fönstret (var annars?).

Åh, herregud Berra, kom igen nu då! Tänkte jag, medan jag andlöst sköt in:
- Jaaa...? (jag har ju trots allt spelat lite teater).
- Han hade bara rasat ihop.
Tystnad.
- Därute....i spåret!
- Va!
- Det blir jämt för mycket, säger han indignerat. (Och syftar ju inte på sitt eget snack). Dom måste ju ta det lite lugnt.

Och vad jag förstår är det precis vad han och Britten gör för jämnan. Bara tar det jävligt lugnt. Lugnt i veckorna (nu när grabben flugit ut) och lugnt i stugan under helgerna. Där dom plockar bär, frukt och svamp. Som dom sen gör marmelader och stuvningar av hela hösten. Som dom sen käkar upp under mörka vinterkvällar. Och vad fan dom sen kan tänkas hitta på framåt vårkanten kan jag inte riktigt föreställa mig. Men förmodligen tar dom det bara lugnt, medan Berra filar lite på stugknutarna i avvaktan på att naturens frukter ska växa till sig. För att bara nån månad senare bli offer för hans giriga (men lugna) fingrar.

Men – vart fjärde år inträffar nåt som bryter rutinen. Fotbolls-VM! Uppriktigt sagt tror jag inte att Berra är särskilt intresserad av fotboll. *Men* jag tror att han gillar *bilden* av sig själv som hängiven landslagssupporter. Att det ger honom mer könstillhörighet än nåt fotoskjutande och alla snusnäsdukar i världen kan ge. Han blir *man*. Nåt jag tror han lider brist på annars, med magen och allt.
- Fotbolls-VM, ler han belåtet och näsljuden skär genom kupén.
- Ja, jävlar, försöker jag ge den rätta responsen, utan att riktigt veta vad som ska komma.

- Då tar jag ledigt en vecka från jobbet, berättar han. Sen åker grabben och jag ner till stugan och låser in oss med *färg*-TV:n.

Jag försöker ge min tystnad så mycket laddning som möjligt. Vad ska jag göra?

- Sen sitter vi där hela dagarna bakom nerdragna rullgardiner...

....och liksom känner gemenskapen med hela nationen, fyller jag i med egna bilder mellan hans meningar, och klämmer ur sportnerven allt på en gång. Och sköljer ner det hela med bärs. För det ska det ju vara. Fast inga överdrifter förstås. Berra får ont i magen av för mycket alkohol. Bärsan finns bara där för att göra bilden fullständig. Han är trots allt fotograf.

Om Berra nån gång sprungit (jag ställer mig tvivlande) måste det ha varit när han stått uppe på en höjd och betraktat nån schysst utsikt som han läst om i "reseguiden" när han och Britten varit på bilsemester, vilket dom säkert aldrig varit ("vi har ju stugan"). Men ändå. Vi *försöker* tänka oss. Att om då nån illvillig person knuffade till Berra bakifrån så att han inte hann stanna upp före branten, *då* måste han ju rimligtvis ha kutat nedför.

Men det är inget fel på Berra (om ni nu fått det intrycket). Tvärtom. Han är schysst. Nästan som en kompis. Inte det minsta myndig för att han är äldre. Kanske är det därför han har så ont i magen. Jag bara ryser vid tanken på att han en dag kommer fram och lägger en av sina tunna armar om mina axlar och väser nåt förtroligt (genom näsan) in i mitt öra. Fattar ni? För vi står nästan på förtrolig fot med varandra.

Men Berra gillade inte att springa. Och han hade magkatarr som han åt piller mot. Vilket aldrig tycktes hjälpa.

Men - han kan ha rätt i att en del nyfrälsta joggare går till överdrift.

Idrottstyper fanns det däremot gott om på en annan av förlagets blaskor där jag sommarvickade efter att Branko stuckit från teatern och jag behövde stålar. Och Frasse hade redan fullt på "Bli Lycklig". Då behövde dom en snubbe på "Grrr", herrmagasinet för virila, potenta pigga killar upp till infarktåldern. Alla var visserligen inte utövande idrottare (knappast nån egentligen) men alla hade det rätta kopplet värderingar: inget snack i onödan, snabba bilar, ragga, bröst, fittor, knulla, slagga, rapa, prutta, kröka...

Vad hade jag för val? Jag var lite vilsen. Hyran måste ju betalas. Och Maria och jag hade redan bokat tåg till Paris, för vidare färd ut till Bretagne (så där off season med små pittoreska fiskebyar och en massa sköna Gauloiserökande Zorbatyper på barerna som förde uppskruvade samtal om politik). Och dom här på "Grrr" var väl ändå killar med lite stake i. Kanske kunde vi köra några rundor i GIH tillsammans. Lite uppförbacksruscher. Intervall. Vad visste jag?

Jag möttes av en skog av slappa lejonhannar, lite fejkmuskler, lönnfeta midjor och uppfläkta skjortor som blottlade hela bröstvegetationen när jag klev in på deras redaktion första gången. Där vilade en slags illusion av fart, fläkt och fräckt. Blandat med lite svett. Och unket och fisdoft, där några av dom låg och vältrade sig i soffgruppen med mittuppslag av "veckans brud" uppfläkta framför sig. Det visade sig att det var just den här gruppen som var juryn, som valde ut vilka som dög. Och där stod jag alltså mitt på golvet och harklade fram att jag var den nye vikarien.

- Schysst, kom svaret, det är bara att dra igång.

- Schysst, svarade jag, utan att ens veta vart jag skulle ta vägen. Var jag skulle sitta. Men sånt frågade man inte om där, och man tog heller inte en blaska och buffade ner sig i soffan. Det var en plats man måste förtjäna. Så jag såg mig omkring och fann en stol som verkade samla damm.

- Där?

Dom tittade upp med en blandning av fascination och irritation. "Vad var det här för ett ufo som irrat in?"

- Som sagt, bara att dra igång...

Där var eftermiddagens fikakvart utbytt mot en "bärstimme" nere på puben tvärs över gatan. En timme som ofta blev två och tre och inte sällan gled över i en hård groggkväll. Om man inte orkade gå tillbaka efter bärstimmen. Och det orkade man inte alltför ofta. Men det var okej så länge blaskan sålde. Och det gjorde den! Analys: det här var vad svenska män ville ha! Till och med Berra hade jag sett smygläsa den. Så cheferna gnuggade händerna.

Bakvagnen i deras blaska bestod av en mer ideologisk del. Den som dom ville ge intryck av att dom verkligen stod för. Det politiska alibit. Som så att säga skulle väga upp den mer snaskiga delen, den med alla nakna brallisar, läsarnas egna sexberättelser (som dom mer litterärt begåvade totade ihop själva efter misslyckade krogkvällar?) och våldtäktsreportagen. Nej, där bak placerade man dom politiskt granskande och indignerade samhällsreportagen. Som gav tidningen ett slags alibi så här i proggvågens efterdyningar.

Dom handlade mest om befrielserörelsernas kamper i tredje världen, Vietnam. Kampuchea, Mocambique, och sånt. Utrikespolitik alltså. Där tidningens egna oförvägna reportrar i bästa fall åkt runt och roddat i fiendeland. Men

142

oftast var det naturligtvis omskrivna rep från Stern och Bild och Sun och allt vad dom heter. Om hur arméerna och gerillagrupperna i dom länderna skjuter inkräktarna, förtryckarna och imperialisterna till blodiga slamsor, som sen mals till köttfärs, och hackas till råbiff, som sen äts upp av dom perversa kannibalerna. Allt som hämnd på dom omänskligt grymma fienderna, som våldtagit infödingarnas kvinnor och sen spetsat dom på pålar. Krigsreportage på markplanet, om ni fattar vad jag menar. Inget, jag säger inget, får undanhållas läsarna i såna här läskiga sammanhang, som ju krig ändå är. Och man får förmoda att dom seriösa läsarna hoppat över brudarna (åtminstone tagit dom senare) och gått direkt på samhällsinformationen!

Och det är väl den här hemska verkligheten dom försöker fly ifrån några timmar, när dom inte orkar återvända efter bärstimmen. Då glider snacket skönt avkopplande in på saker som *bara* brudar, bilar och sport. Det må ju vara förlåtet.

Det här blev en prövotid för en sparris som jag. Och kulmen nåddes kvällen då det var derby AIK-Djurgårn på Råsunda. Något som jag ju inte hade en aning om. Men redan på morronen rådde en lätt febrig stämning på redaktionen. Årets viktigaste dag! Runt soffgruppen inrättades ett booking-kontor. Till och med jag inbjöds att tippa (med ett snett leende). Det gällde ju att få in så mycket "deg" som möjligt till potten.

Sen startade fikakv…bärstimmen nere på puben en timme tidigare än vanligt, direkt efter lunch.

Statistik ända från 1800-talet plockades fram, varje spelare dissekerades och all, såväl extern som intern, information vägdes på våg.

Så försvann plötsligt alla. Dom skulle iväg till Systemet och köpa matchbärsa, visade det sig. Kvar blev bara jag –

och chefredaktören, Zacke. En Jack Nicolson-typ, med tillräcklig pondus för att med bibehållen respekt i stort sett göra vad han ville. Typ silverhårig alfahanne i 40-årsåldern. Och lite smådragna som vi var fråga' han om jag ville hänga med och käka middag. Och efter två stora mellis redan på eftermiddagen blinkade inga varningslampor. Kunde kanske till och med vara bra, leda nån vart? Så, "visst", svarade jag. Och man sa dessutom inte nej till Zacke. Det hade inte den kvinnliga praktikanten där före mig gjort heller. Och som gravid sen tvingats hoppa av Journalisthögskolan. Den risken löpte ju knappast jag.

Zacke hade ikon-status på förlagets alla blaskor. Skitig, halvfet, halvflintis, alltid med en snus under läppen. Som en magnet för husets alla kvinnor, allt från dom chica hovreportrarna och galapinglorna på Damtidningen, till dom foträta Kånkentyperna på "Bli Lycklig" och en och annan småläcker praktikantska på "Grrr". Grejen tror jag var att han var reko. En rak, schysst och proffsig snubbe. Han kunde sin sak. Och tog alla på allvar. Och visste vad folk ville ha. Och man fick till och med för sig att han var medveten om sina brister. Lite trulig, men sympatisk.

- Vi delar väl på en vinare, sa Zacke uppe på den välrenommerade krogen i nästa gathörn, redan med lite rödsprängda ögon. Sen snackade vi lite löst om blaskan, och om matchen. Men efter en stund reste han sig tungt för att gå ut till automaten i garderoben och ringa "hem". Och återkom kort efter med hela sin tragiska skilsmässohistoria.

Helt hudlöst fick jag inblick i hans mest intima sfär. Frun hade tröttnat, barnen ville inte träffa honom, han hade ett helvete. Ja, plötsligt satt han bara där med eländet vällandes ur sig. Det var nästan otäckt. Att se Zacke "tappa luft" bakom kulissen. Rena vraket? Eller var det det här som var hans styrka, att han vågade vara den han var, också inför en liten sommarvikarie. Eller var det så att han faktiskt gillade mig? Eller var jag bara så betydelselös att han knappt fatta att jag var där?

Vi åt, delade på en vinare till, sen betalade Zacke (för allt) och ringde efter taxi. För nu skulle han "hem". Vad nu det betydde? Det gick en rysning genom mig.

Själv drattade jag vidare till Tennstopet några kvarter därifrån där hela sköna gänget skulle sammanstråla efter matchen för analys och segerrus. Det viktiga eftersnacket kort sagt. På lite vingliga ben kom jag fram och sköt upp dörren till den stimmiga lokalen. Längst in satt hela gänget på en tio personer. Det rådde en upphetsad stämning. En schism tycktes ha uppstått. Eftersom alla platser runt deras bord var upptagna fick jag ta en stol och hamnade snett utanför på hörnet. Inte tal om att maka ihop sig. Men jag hade vant mig och var tillräckligt på arslet för att tycka att det var okej. Nästan skönt.

Det var så att redaktionen rymde *en* riktigt vältränad person. Han hette Kenta, var två meter lång, och besatt extremt vältrimmade och skulpterade muskler. Inte bara kosmetika, från nån styrkehall, utan Kenta tillhörde svenska eliten i tiokamp (hade hans lilla hov av beundrande lay-outare upplyst mig om). Därför var han också nästan alltid skadad. För det var nästan alla elit-tiokampare, förklarade dom. Kenta hade dessutom hand om brudbilderna. Vilket gav honom närmast samma ikon-status som Zacke. En syssla han skötte med ett blaserat intresse, medan alla andra församlade småskitar runt hans layoutbord stod och stönade och visslade.

Och lika vältrimmad (som musklerna) var hans mustasch (modell Stalin), och – hans bil! Av nåt italienskt supermärke, vilket också framgick av andäktigheten hos hans hov. Stön och visslingar förbyttes i en sugande tystnad när den kom på tal. Vi talar respekt! En sån där "kärra" där man i Sverige nästan aldrig får användning för fler växlar än dom två lägsta. En sån man bara har glädje av när man vill blåsa om nån på bråkdelen av en sekund. (Nåt för Berra alltså, bakom en traktor?)

Men nu hade den i övrigt rätt lågmälde Kenta härsknat till. Och anledningen var ett yttrande från den spenslige redaktionssekreteraren. Den enda spensliga i det gänget.

- Jag slår dig på 1500 meter, hade sekreteraren (på en tidning ingen vanlig sekreterare, utan en av cheferna) kläckt ur sig från andra sidan bordet. En liten och tunn skrivbordsprodukt, som aldrig sa mycket. Men åtnjöt respekt för sin språkbehandling. Och som bevis på sin löparförmåga drog han upp sin gamla farsa ur graven:

- Farsan, sa han, var en jävligt bra medeldistansare (och det var ju möjligt, men det var ju inte riktigt det saken gällde). Och titta på min kropp (ja, nu var han tydligen tillbaka till ämnet), som gjord för löpning, konstaterade han och lät sin dimmiga blick narcissistiskt glida ner längs sina utdragna extremiteter.

Och för att ge ännu mer tyngd åt sitt påstående reste han sig upp (tillsammans med hela bordet, som det först såg ut) och lät oss beskåda detta löparfysionomins gudsverk. Och jag var nog i det läget nästan beredd att hålla med honom.

Men det är ju alltid så lätt hålla med föregående talare, så jag inväntade replik.

- Jag ska vara jävligt bussig, fnös Kenta med illa dolt förakt och blottade ett varggrin under mustaschen. Och här borde kanske sekreteraren gjort helomvändning ("jag bara skojade"). Kenta höll ju svensk elitklass i ett flertal grenar "så vad fan var den där tanige lille skiten egentligen ute efter?".

- Bussig?

146

- Jag ger dig tre månader...att träna upp dig på, fortsatte Kenta med en blick runt hovet och ett snett leende på läpparna (som sände rysningar, åtminstone genom mig) och som tycktes vilja säga "ja, ja, ni ser ju själva att han tigger om det" (stryk alltså).

- *Och*, fortsatte han , om du då springer under fem minuter, *eller* slår mig, får du tiotusen spänn.

Det gick ett sus genom hela booking-kontoret. För det var ju klart att här fanns stålar att hämta.

Men sekreteraren bara garvade.

- *Fyra* minuter, *och* först i mål!

Då fick vi grabba tag i Kenta som plötsligt kastade sig upp på sin sida bordet för att, som det verkade, ge sekreteraren en snyting på direkten, så att han nyktra' till och fatta' vad han egentligen satt där och yrade om. För skulle den här otränade lilla skithögen verkligen kunna besegra Kenta som dagligen svedde kolstybben? Det var nästan för mycket att bara behöva stå ut med själva orden.

Men Kenta slets ner på stolen igen och det beställdes omgående in en varsin pava Chateau Jaquette laget runt (igen). Det var ju uppenbart det som behövdes i denna stund. För att få allt att klarna.

Det skulle bli duell. Självklart. Ett exakt datum och plats spikades och alla (utom jag då, som ingen längre la märke till och som dessutom skulle ha slutat då) skulle naturligtvis närvara vid skådespelet och se huruvida satsade pengar gav utdelning. Inget av intresse hände på den här redaktionen utan att plånboken var med.

Själv satt jag så klart tyst hela tiden och följde spektaklet. Jag var ju bara en putte i deras ögon. Att jag sprang varje dag (vilket dom ju inte visste) och att jag satt här mitt i gänget och söp precis som dom, och hade käkat middag med Zacke (som dennes förtrogne!) kunde inte ändra på nånting. Dom gillade mig aldrig helt enkelt. Dom som överhuvudtaget noterade att jag var där några veckor den här sommaren. Kanske anade dom att jag när "vicket" var slut bara skulle pila ut ur råttboet och vara fri!! Jag satt ju inte fast i skiten, som dom. Fast även det sket dom säkert i.

Och – nu kommer det – dom förlät mig heller aldrig riktigt när jag kammade hem hela den enorma tipspotten efter derbyt. Som efter kvällens blöta löparrabalder räknades ut ordentligt först nästa dag. Då visste *alla* plötsligt vem jag var. För den var ju självklart vikt åt nån av dom själva. Dom som hade satsat allt (inte bara insatsen) på evenemanget. Jag hade ju bara tillåtits vara med för att öka på summan. Inte ens varit med och sett matchen! Bara pröjsat och kratsat ner nåt resultat som inte redan var upptaget. Nåt som från början bara väckte hånfulla gillanden, men som sen kom huden att knottra sig på dom. Det förstod jag nästa dag då en liten grupp motvilligt närmade sig mig (jag hade nästan glömt det hela) och förklarade att jag var "den lycklige vinnaren", och hela potten överräcktes till mig (som man sa "med tvekan") av sekreteraren.

***

Med raska gångsteg närmade jag mig toppen av "berget". Det blev aldrig nån duell mellan Kenta och sekreteraren. För Kenta blev bara alltmer skadedrabbad och gick snart med stödbandage runt halva kroppen. Fast han var ju bäst, det visste vi alla – utom sekreteraren. Jag tänjde ut stegen till långa sviktande kliv. Riktigt jobbigt bara det. Flåset blev allt tyngre och jag tackade min lyckliga stjärna för beslutet att gå. Hur vansinnigt mycket högre skulle inte omsättningen varit med löpsteg i slutet

148

av uppförslutet. Ville inte ens tänka på det. Ungefär som man inte fattar storleken av lån, förrän man plötsligt måste börja betala tillbaka dom. Att gå – lika med - små lån. Springa – lika med - stora! Jag torkade svetten ur ögonen. Skulle jag verkligen fortsätta? Om jag vände skulle jag ju nästan vara i mål. Hade jag inte redan bevisat att jag var vid någorlunda hälsa, trots att luften inte räckte till. Skulle jag inte redan dött om jag var sjuk.

ÄNTLIGEN SEMESTER!

Ja, det hade varit en lång het sommar där jag vickat på förlagets alla tre stora blaskor. En sommar med tryckande disig medelhavsvärme där folk sökte sin tillflykt nere till t-baneperrongerna för att få svalka när tågen fläktade in unken grottaktig tunnelluft.

Men äntligen kom augusti med mörkare kvällar och högre luft och bröt udden av högsommarens klimatterror. Jag gick en trappa upp i det stora förlagshuset och hämtade ut mitt tjocka lönekuvert, och gled sen skyndsamt ut ur huset.

Jag bredde ut vingarna!

Maria och jag tog tåget ner till Paris (så jag slapp flyga). Där hyrde vi en liten vit Renault 4L och styrde ut mot Bretagne. Mot hav, klippor och dom där genuina fiskebyarna! Med gubbar i baskrar och sjörövarrandiga tröjor. Caféer med hetsiga diskussioner, Pernod och Gitanelukt. Restauranger med röd-vit-rutiga dukar och "husets röda" i keramikkaraffer.

Efter en dags körning var vi framme. Hav och klippor fanns det gott om. Men fiskebyarna? Som skulle krylla av dom där Zorba-typerna..? Det verkade som om 40-talet var slut. Livet hade gått vidare. Filmer gjordes numer i färg och Edith Piaf var död.

Vi bilade runt bland fashionabla badorter där vi ständigt var dom enda gästerna på utkylda hotell, för det var ju "saison baisse", eller vad det nu kunde heta på franska. Och som en följd av de iskalla hotellrummen (det hjälpte inte hur vi än älskade) blev jag snart snorig. Och nån dag senare blossade halsen upp och jag fick hosta.

Jag ställde själv diagnosen: "Jävligt svår förkylning".

- Kan du inte gå ut på stan och fixa en termometer? Vädjade jag halvdöende i sängen på hotellet i La Baulle. Jag har säk...ert *minst*...39, orkade jag knappt slutföra meningen.

En halvtimme senare drog jag ut den nyinförskaffade termometern av franskt snitt. Spetsig som en stilett. Dom har väl antagligen väldigt trånga ändtarmar i Frankrike, som tydligen måste lirkas upp med nålliknande instrument.

- Nååå? Frågade Maria.

En hastig blick på instrumentet förvandlade snabbt och obönhörligt min svåra sjukdom till "falskt alarm".

- 36 och 8, var jag tvungen att erkänna. För det är ju inte så kul när omgivningen alltid tror att man bara inbillar sig. När man *är* sjuk.

Fast samtidigt var jag ju glad över att inte ha feber.

- Men jag har jävligt ont i halsen, sa jag för att bekräfta att förkylning handlar om mycket mer än förhöjd temperatur, och kände efter. Maria... kan du inte titta...en sista gång… aaahhh...?

- Jo, du är lite röd, tycker jag att det ser ut som.

150

Tack Maria! För då kändes det ändå lite bättre. Att det inte bara var inbillning. Även om jag misstänkte att hon sa så där mest för att vara hygglig.

Okej, jag var väl inte helt frisk, men heller inte så dålig att det krävdes sängläge. Jag började må lite bättre.

Jag kastade av mig täcket, tog mig upp ur sängen och började klä på mig, samtidigt som det började skymma. För allt det här "hade tagit *orimligt* lång tid", som Maria suckade. Klockan hade vid det här laget hunnit bli nästan sju på kvällen. Ingen av oss hade ätit något mer än några croissants och en kopp café au lait under hela dagen. Jag beslöt att göra Maria sällskap ut till nån restaurang, så gott jag nu orkade.

Vi hittade ett ställe i nån liten undanskymd gränd med rent för jävlig inredning (gräslig fransk hötorgskonst och brokiga tapeter som förde tankarna till arabiska bordeller, om det finns såna), men med underbar mat! Sååå genuint. "Tre rätter med vin - tout compris", för bara 15 francs! Och efter några glas vin till entrecoten och dom *frasiga* pommes frittsen, gjord på *riktig* potatis pulserade blodet åter lättare i mina ådror. Vive la France!

- Vilken mat Maria!

- Mm, log hon till svar. Hon är inte lika förtjust i kött, som jag.

- Och nästan bara du och jag här. Det är i oktober man ska resa till Bretagne. För att slippa den där jävla ruschen under sommaren. Och bara njuta!

Marias leende breddades.

- Mmmm.

- Kan vi inte gå en liten sväng ner runt stranden innan vi vänder hemåt?

Hennes leende krympte.

- Ja, men inte för lång. Jag känner mig faktiskt ganska trött ikväll. Det har varit en jobbig dag, med alla dina...

151

- Ja, ja, ja, avbröt jag. Jag sa ju "liten".

Hon såg inte alltför lugnad ut.

- Jag är ju ganska trött själv, fortsatte jag, men kände mig mer som om jag skulle kunnat jogga ända till Paris om det skulle behövts. Jag är ju inte riktigt frisk, som du vet.

Vi betalade och gick ut i den svala sensommarluften. Jag lade armen runt Marias axlar och vi började sakta strosa längs strandpromenaden. Nedanför bredde sandstranden ut sig, och där utanför havet – Atlanten! Ljudet av stilla bränningar ackompanjerade våra steg. Och över oss på den svarta himlen ett myller av stjärnor. Det doftade av pinjen och inåt land murar och häckar som skymde fashionabla lyxvillor, av ett slag som knappast ens finns i Sverige. Men nästan inga av dom var upplysta. Ägarna hade väl lämnat sina "sommarresidens" för säsongen och återvänt till Paris.

Den natten sov jag bättre än på mycket länge.

Nu är min morgonrutin så här: Jag går alltid på toaletten direkt efter frukosten. Med avsikt att tömma tarmen (lika bra att vara tydlig, för att slippa missförstånd). Och det handlar knappast om nåt val, mer ett måste. Jag småspringer dit.

Och morgonen därpå kom jag lika hastigt ut igen. *Det* brukar jag inte göra.

- Maria, fick jag fram, jag har blodstörtning! Hela stolen är full av blod. För att inte tala om toapappret (här var inte läge för några förskönande omskrivningar).

- Får jag titta? Sa Maria med en aning misstänksam röst. Hon har ju nu en gång den uppfattningen att jag så lätt hetsar upp mig och går till överdrifter, när det till exempel gäller min kropp.

Men den här morgonen var det allvar (som vanligt). Jag struntade helt i hennes tonfall. Jag behövde råd och hjälp av nån. Snabbt! (Och nu råkade Maria vara den som var närmast till hands).

- Jag har redan spolat. Tyvärr, skyndade jag mig att tillägga och såg henne höja förvånat på ögonbrynen. Visst, naturligtvis skitdumt att undanröja bevisen när man har med sån paranoida människor som Maria att göra. Men skit detsamma. Jag hade nu varken tid för tankar, diskussion eller övertalning, eller NÅT. Jag visste ju själv bäst vad jag hade sett. Och det var fullt tillräckligt. Nu gällde det mitt liv!

- Kan det vara cancer i ändtarmen tror du, sa jag och förde därmed in samtalet i dom rätta banorna.

Maria såg svimfärdig ut.

- Som han Dulles hade. Den där gamla utrikesministern i USA (Jag jämförde mig nästan alltid med pensionärer). Han som dog sen. Fy fan vad läskigt.

- Det tror jag inte, försökte Maria. Det yttrar sig nog inte så.

Jag ryckte till. När nån säger 'tror' och 'nog' till mig i sån här sammanhang, då är det klippt. Man ska veta.

- Vi måste till ett sjukhus, sa jag panikslagen, när jag nu insåg den fulla vidden av min belägenhet. Fast ändå med ett visst försök att upprätthålla värdigheten. Rak i ryggen tog jag tre bestämda steg mot dörren och fattade handtaget i ett fast grepp.

- Snälla Tom...

Jag hörde inte.

- Okej, ska du med eller inte? sa jag och gjorde mig beredd att låsa dörren. Från andra sidan.

Motvilligt gjorde hon mig sällskap. Jag kunde tydligt läsa hennes tankar: "Varför kunde jag inte vänta för att se om det skulle gå över? Om det nästa morgon var likadant,

153

då borde vi kanske åka iväg till ett sjukhus. Jag skulle ju ändå inte dö av blodförlust."

Sunt förnuft kallas sånt resonemang. Välbalanserade tankar. I motsats till det som blinkade och tutade inuti mitt huvud: "Ingen tid att förlora. Man måste slå till direkt vid såna här allvarliga symtom. Kanske skulle blodet ha avstannat till i morgon. Men det behövde verkligen inte vara ett tecken på att jag var frisk. Kanske var det här (idag) bara en första tillfällig blödning från cancern. Som sen skulle breda ut sig i smyg. Innan det verkligen började blöda! Sånt här måste kollas, direkt!"

På det stora regionsjukhuset i St Nazaire (det närmsta av förtroendeingivande kaliber) försökte jag senare, efter bara några minuter bland verkligt sjuka fransmän i väntrummet, säga "blod i avföringen" på franska till läkaren som verkligen bemödade sig om att förstå, men som hela tiden bara skakade lika oförstående på huvudet.

Efter en kvart tecknade han åt mig att vänta och försvann ut genom dörren. Två minuter senare var han tillbaka med en annan läkare som log, sträckte fram handen och sa "hadojodo", så att man nästan trodde att det var engelska han pratade. Jag log lättat och började fila på den engelska versionen av "blod i avföring". "When I was powdering my nose in the bathroom this morning there was a lot of blood...." Men det var bortkastad möda. Efter hälsningsfrasen var det tvärnit i kommunikationen

"Bladd in sö nås...?"

Som två vänligt leende Halvan stod dom där och kliade sig som apor i huvudena, medan jag bläddrade fram och tillbaka i mitt lilla händiga reselexikon som innehöll massor av perfekta fraser om hur man beställer på restaurang, betalar hotellrum och tankar bilen, men sjukhusdelen lös med sin frånvaro.

Jag gav upp, kastade all finkänslighet överbord och plockade fram det universella teckenspråket. Levande charader. Jag började mima hur jag satt där på toaletten på morgonen (inget vidare kul, men vad skulle jag göra?). Hur jag slet av lite toapapper och torkade mig i ändan för att sen förskräckt titta på det (brukar du titta på toapappret, hade Maria undrat sen. Ja, i det HÄR!!! fallet, hade jag svarat indignerat). Jag avslutade med att göra ett litet snitt vid handleden, som om jag skar av mig pulsådern och så höll jag den blödande handleden över den imaginära toastolen och lät blodet forsa ner där.

Just som jag avslutade föreställningen ångrade jag plötsligt det där sista med handleden. Kanske rörde det bara till det för dom. Kanske trodde dom att jag tyckte att livet bara var skit och därför försökt ta livet av mig.

Men vad fan dom än fått för sig så sken plötsligt deras ansikten upp ("aaahhh!!!") och nickade införstått mot varandra.

- Sang à la....nånting, vände sig den ene (min huvudläkare) om till mig och sa.

Jag nickade ivrigt tillbaka medan jag stoppade ner lexikonet i bakfickan. Nu verkade alla ha fattat. För jag ombads att besöka toaletten ute i korridoren, för att där öppna slussen för blodströmmen. För att ge dom ett prov att studera. Inget vidare jobb att vara läkare ibland, måste jag säga. Och medan jag lämnade rummet med en plastburk i handen såg jag redan för mitt inre hur personalen bröt upp dörren till toaletten där jag låg avsvimmad på golvet av blodförlust (med burken slabbandes bredvid).

Det kom ingenting. Inte en droppe.

Så när läkarna väntat en halvtimme på att mitt fruktlösa krystande skulle ge resultat bad de vänligt (dock fnittrande) Maria att gå ut och fråga om hennes "fiancé"

155

nu kunde återvända till undersökningsrummet. I det läget ville Maria bara lämna hela skiten och sticka. Och skulle väl gjort det också om hon haft körkort. Nu hade hon inte det, som tur var.

Åter inne på rummet visste jag inte riktigt vad jag skulle ta mig till. Men det spelade plötsligt ingen roll märkte jag. Dom (engelsk-professorn var fortfarande kvar, konstigt nog) visade nu inget intresse av vidare kommunikation. Tvärtom.

Jag kommenderades upp på en sån där fransk undersökningsbrits (med raspigt papper) och ombads ställa mig på alla fyra. Och så ner med brallorna! "Vad fan tänkte dom göra?" flög det genom mitt huvud. Och när det kort efter gick upp för mig vad som var å färde, nästan fuktades ögonen: "sadistjävlar, säkert utbildade i främlingslegionen, där bara dom blir godkända i slutexamen som riktigt vet hur hjälpsökande ska generas och förnedras...

Fast samtidigt var jag ändå glad (måste trots allt erkännas) över att få det här ordentligt kollat. Och det måste man säga, att det önskemålet tillmötesgick dom verkligen. Så jag bet ihop tänderna när dom utsatte häcken för den där genomköraren med ficklampa och allt, som det verkade. Utan att hitta *någonting*!

- Rien, sa läkaren (ett ord jag kunde) och markerade att jag nu kunde hoppa ner igen. Och jag log ett hastigt, generat, lättat leende.

- Merci.

Så befann vi oss alltså åter där på golvet i våra utgångspositioner (med Maria i bakgrunden, med en blick som om hon inte alls var där). Och vi tog ny sats i vår "snillen spekulerar"-diskussion, där ingen hajjade nånting, tills jag plötsligt nämnde ordet "termometer", som ju är detsamma på franska. Då sken dom upp!

156

Medan jag behöll mitt kallsinne. Det här var ju inget att skämta om. Men det verkade dom inte bry sig om. Längre. Deras intresse beskrev nu en starkt dalande kurva (dom kunde ju inte vika hela dagen åt mitt förvisso "intressanta fall").

Kort senare lämnade jag Centre Hopitale och hade då fattat så mycket som "termometer, förstoppning, stanna i La Baulle i tre dagar, om inte bättre, komma tillbaka, för *grundlig* undersökning!" (Jag rös till).

Ordet "cancer" hade dom också förstått och bara besvarat med ett i mina öron mycket lugnande skratt, "nej, nej, nej! Så lustigt. Impossible. Yttrar sig inte så. Svensk. Jaha. Merci. Au revoir!"

Som ju betyder "på återseende" på franska, jag skakades av en ny frossbrytning, eller skulle kunnat ha gjort, och hade naturligtvis föredragit "adieu" (till gud), men - det var ju inget jag funderade över då och där (tack och lov).

Med ett recept i handen styrde vi ut mellan sjukhusgrindarna och vek av på vägen mot La Baulle, men framförallt närmsta apotek.

Och jag hann knappt mer än sätta mig ner bakom ratten igen när jag kom tillbaka från apoteket förrän mina ivriga fingrar närmast klöste ut en ask ur apotekspåsen.

- Vad är det för nåt? Undrade Maria, lätt framåtlutad för att komma åt att se.

- Ingen aning svarade jag och rev upp kartongpappret. En lång reva i locket blottlade innehållet. Där låg sex glas-ampuller, av ungefär en prinskorvs storlek, snyggt uppradade med nåt slags gul simmig vätska inuti. Jag vecklade upp informationssedeln som medföljde och läste. Så gott jag nu kunde. Med rynkad panna.

- Nåt laxerande verkar det som. Jag tog upp en och rullade den undersökande mellan fingrarna.

157

- Laxerande?

- Ska man dricka det tror du? Fortsatte jag.

- Ja, vad annars. Nu var Maria åter i sadeln.

- Ja, det kan ju knappast vara meningen att dom ska stoppas upp i baken som stolpiller, tänkte jag högt. Eller sväljas hela. Men *hur* ska man få ut vätskan ur dom? Dom går ju inte att öppna. I Sverige är ju såna här ampuller av plast. (som om jag visste)

Vi diskuterade sen (så klart) ampullerna hela vägen hem. Och väl uppe på rummet stod det klart att dom måste slås itu, ungefär som man krossar ett ägg. Så jag hämtade ett tandborstglas och slog till mot kanten. Glaset sprack och vätskan (det mesta i alla fall) rann ner i glaset. Jag fattade tag om det, gav Maria en stoisk blick, höjde glaset och sa: "Skål!" Förde det mot läpparna och tömde innehållet i ett svep. Med en stolt knyck. (Jag var nu frisk från förkylningen).

Nästa morgon var det dags för nästa ampull. Med den skillnaden, att just som jag skulle svepa innehållet, upptäckte glassplitter på botten. Herregud! Vad var nu det här? Hade jag druckit glassplitter dagen innan?

- Maria, titta här!

Jag höll fram glaset.

- Jag ser inget, sa hon.

- Där! Pekade jag.

Då - såg hon. Och jag iakttog henne under tystnad tills hon öppnade munnen:

- Snälla Tom, låt nu inte det här också...

- Jag vet, jag vet! Men vad fan gör man? Tankarna rusade som ett skenande tåg genom hjärnvindlingarna.

- Ingenting, svarade Maria. Det är *säkert* ingenting. Dom där små bitarna stannade *säkert* kvar på botten förra gången.

Jag hade börjat gå rastlöst fram och tillbaka över golvet. Kunde bara inte hålla mig stilla. Då skulle jag övermannas. Kvävas. Så jag höll mig i rörelse. "Je marche, alors j'existe".

- Vilka jävla anordningar! Vad är det för fel på det här landet?

- Tom, vädjade Maria.

- Först termometern och nu det här. Såna här grejer skulle aldrig ens få tillverkas i Sverige. I alla fall inte utan *enorma* varningstexter. Jag fattar det inte! Satans, jävlar, helvetes skit (ordförrådet var på upphällning).

- Tom, höjde Maria rösten, det är *säkert* inget att oroa sig för. Försök nu att tänka...

Jag snubblade till i steget. Där sa hon det igen – *säkert.* Tre gånger på lika många meningar, utan att veta det ordets närmast magiska betydelse för mig. Då var det (kanske) *säkert.*

Tänk om hon sagt "det är *nog* ingenting *tror* jag. Tanken drog som iskall vind genom mig. Direkt tillbaka till sjukan igen. Och dom där läkarna. "Non, non, une autre chose maintenant. Voici (pekande på magen)...verre dans ma....eh, eh...kanske redan ute i tarmarna! S'il vous plait... Mon Dieu!"

- Tänk om det skär upp sår i magen. Eller tarmarna....? Jag kunde nu omöjligt bromsa mina skenande tankar. Men tillade efter en blick på Maria:

- Det är väl inte så himla konstigt att man tänker så?

- Tom... Marias röst var plötsligt öm och förstående. Som en mjuk hand över håret. Åh, herregud vad skönt det kändes. Att nån äntligen förstod...lite.

- Har du nånsin hört talas om nån som...?

- Nej...men...

- Tror du att dom skulle tillverka sådana här piller (piller?) om...?

159

- Nej, men man vet ju aldrig...
- *Tror* du verkligen det?
- Man vet ju...
- Det är *säkert* ingenting.
Där kom detta nästan bibliska ord igen.
Jag tog mig samman med en heroisk kraftansamling.
Lugnad, uppmjukad, nedvarvad fick jag en känsla av att
det "måste finnas vissa gränser". Kanske.
- Det får väl bli en invärtes harakiri då, sa jag och log
mot Maria. Sen hämtade jag papper från toaletten,
plockade ner bådas våra tandborstglas och började filtrera
vätskan mellan glasen, som i det värsta laboratorium.
- Så här måste man nog göra, trots allt.
Och så tömde jag min andra bägare.
- Aaahh! Fan vad skönt det river i magen Maria, sa jag
och garvade.
- Så bra då.
Efter att i tre dagar ha polerat mina tarmar skinande
blanka återvände vi till Paris. Till dom underbara och
romantiska restaurangerna i Quartier Latin, och dom små
billiga hotellrummen under takåsarna. Där Maria började
oroa sig över vad vi skulle göra om det började brinna.
- Brinna? Sa jag oförstående.
- Ja, dom där rökande amerikanska tjejerna nere i
matsalen såg ut som sängrökare som skulle kunna
glömma att fimpa.
- Vilka tjejer?
Vad brydde jag mig om det. Fönster kan man alltid
hoppa ut ifrån.
- När brann några svenskar inne på ett hotell i Paris
senast?
- Men man vet ju aldrig...

- Nej, just det, ta dig samman nu! Avslutade jag samtalet, helt återställd som jag var när vi nu bara befann oss minuter från ultramoderna franska sjukhus.

***

Uppe på krönet efter spårets värsta backe, efter drygt halva rundan, kändes det faktiskt lite bättre. Som att jag rent av skulle kunna bränna av lite nytt krut i den följande nedförsbacken. Och han som jag då mötte, han som sprang motsols, (varför ska vissa alltid "göra fel" och "tvärtemot"? Det går väl an i löpspår (kanske), men skidspår om vintern! Har dom svårt att fatta?), han blev nog, hur som helst, imponerad av mina spänstiga löpsteg, just där.

Jag drog på lite extra när jag fick syn på honom. Snyggt, spänstigt! Vi lever ju trots allt i ett konkurrenssamhälle.

Men om han tittat efter lite mer noggrant skulle han kanske ha blivit mindre imponerad, av hur onaturligt mycket jag svettades. Det rann ner från hårtestarna. Mössan var nu helt avdragen och inkörd i jackfickan. Fast svett behöver ju inte vara ett tecken på dålig kondis. Eller att man är bakis, eller skakis. Har diabetes. Eller är på väg att få härtinfarkt. Det behöver egentligen inte betyda ett jävla skit. Bara va en läggning. Eller för varmt klädd.

Men det gör det ju!

SVETT

Svett betyder skit. "Materia på fel plats" (en definition jag läst i en bok om just "smuts"). Jord är inte smuts i rabatten, men på vardagsrumsmattan. Så svett kanske inte är smuts (skit) just i spåret, under ansträngning, men i alla andra sammanhang. Och skit ska bort. Så att man blir ren. Torr och fräsch. Precis så där som deodorantannonserna fångar så på pricken, att "det är lättare att tycka om dom som är torra och luktar gott". Alltså inte så lätt att tycka om dom andra. Dom svettiga. Underklassen. Med fula våta fläckar under armarna. Och (pang!) där sitter bilden av en äcklig människa. Usch! Som vi måste stå ut med.

Eller, som snarare får försöka stå ut med sig själv...där i kärlekslösheten.

En uppfattning väl ingrodd från uppväxten... i den fina förorten. Där jag förde min kamp mot armsvettsodören under hela den sökande tonårsperioden.

Jag hade blivit helt oförberett inbjuden på söndagsmiddag hos Lelle.

Och plötsligt bara stod jag där i det propra vardagsrummet, i deras tiorumsvilla: hans mamma och pappa, Lelle själv, hans lillasyster, och så jag då. Jag var fjorton år och så plötsligt inbjuden att jag inte hunnit hitta på nån ursäkt att tacka nej ("tyvääärr!"). Vilket annars hade varit det naturliga för mig. Så klart. Men nu stod jag alltså där, fångad, utan en chans att slippa fri. Fångad på en av dom persiska mattorna, i föräldrarnas finvardagsrum, framför den vräkigt öppna spisen av sandfärgad italiensk marmor. Rak och stel i ryggen med dom rödflammiga händerna knäppta framför...ja. Beredd

162

att svara på tilltal. Med läpparna upptejpade till ett permanent leende. Som om *allt* som sas var *väldigt* roligt. Då Lelles mamma sa att:

- Svettlukt är det värsta jag vet, så där aningslöst tvärsäkert som bara den kan säga, som är helt säker på sina egna dofter. Själv var hon ett praktexemplar av väldoft. Tvål, deodorant, schampo, parfym... okej man kan undra varför detta *moln* av väldoft, men ändå. För henne en självklar vardagshygien av garanterat exklusiva dofter från Paris, New York och Hollywood. Idel säkra kort. Som klippt ur en luxannons.

Varför hon sa det där om svett minns jag inte. Bara *att* hon gjorde det. Och att varenda muskel i kroppen på en bråkdels sekund drogs åt tio "snäpp" till. Just innan vi skulle sätta oss till bords. Inne i matsalen.

Hon kunde ju inte veta vad jag just då visste. Hur fukten under armarna på min skjorta spred sig som dypölar. Hon såg ju bara den snygga rödrutiga kragen (med tabbknappar i snibbarna) som stack upp ur den rundhalsade ljusblå lammullspullovern.

Men den bilden var en Potemkinkuliss som skulle få ryssarna att blekna av avund. Ja, ni vet det där när man vill få nåt att se ut helt annorlunda ut än det är. (Fast vad är inte det?) Kragen sa inget om resten av skjortan, särskilt inte vid armhålorna. Totalsabbad efter ett års hård krigföring mellan svett och deodorant. Den skjortan tålde ingen uppvärmning. Då lösgjorde sig en mördande skunkdoft.

Jag hade lekt (lekt?) med tanken på att klippa bort dom härjade områdena, för det var ändå min älsklingsskjorta. Skitsnygg, helt enkelt! Så det var svårt att förlika sig med ett liv åtminstone utan den kragen. Men än så länge hade jag inte börjat klippa. Så varför – varför? - hade jag då tagit på mig den? En sån här dag. Varför hade jag inte

163

satt på mig en ren skjorta? En säker! Varför hade jag inte slängt den här? Varför!

Så rusade mina tankar när jag stod där och log. Och i ett obevakat ögonblick strök mina näsborrar mot axeln, som om jag gjorde nåt annat, för att kontrollera.

I nästa ögonblick kastades huvudet tillbaka som av en rekyl. Jag fick känslan av att ha knäckt ett par ruttna ägg i vardera armhålan. Och med ens var det som om odören spred sig som ett osynligt moln ut över rummet. Det måste ju märkas! Jag klistrade armarna utefter kroppen.

Vad fan skulle jag ta mig till?

Det var ju omöjligt att bara sticka. "Mormor har just dött, jag måste tyvärr..." Lika omöjligt som att säga sanningen. "Jo, jag måste erkänna en sak, det är jag som lukt..."

- Ja, då kan vi sätta oss till bords vilket ögonblick som helst, kom mamman in från köket och strålade mot oss.

- Ursäkta, hoppade det upp ur min strupe, och jag vet inte varför alla plötsligt stirrade på mig (eller gjorde dom inte det?), jag måste bara gå på toaletten först, sa jag. Och log (så klart).

Vad jag nu skulle där att göra. Men nåt *måste* göras.

Jag slet av mig tröjan. Och fingrarna kastade sig över skjortknapparna. Och, trots allt sjabbel, tog det mig inte mer än en sekund innan jag stod där med naken överkropp.

Men så kunde jag ju inte återvända (Jo, jag tyckte att det blev lite varmt härinne, så jag..he, he).

Jag skruvade på kranarna (men inte för högt). Tvättade armhålorna, så klart, och torkade dom torra och fräscha.

Men vad hjälpte det, när det var skjortan det handlade om. Skulle jag kanske slita bort ärmarna? Eller, helt fräckt, allt utom kragen och sen försöka fästa den på nåt sätt under själva tröjkanten.

Men tänk om den halkade snett, och halva åkte ur (utan att jag märkte nåt!), eller om hela ramlade ur (*och* jag märkte det) mitt under middagen.

Jag började tvätta skjortan. Som snart var genomvåt från axlarna ända ner till midjan och ut till armbågarna (inga dåliga fläckar för en deodorantannons, fast nästan *väl* fräck kanske).

Hur som helst, kragen och manschetterna var fortfarande torra. Och resten skulle ju döljas av tröjan. Frågan var bara varför just den här tvätten skulle hjälpa när ingen annan gjort det. För säkerhets skull la jag på lite uppblött tvål i armvecken.

Då vreds dörrhandtaget plötsligt om.

Mitt hjärta slog en rak höger mot bröstkorgen och halkade iväg upp mot strupen.

- Åh, ursäkta, hördes pappans röst från andra sidan. Ja, maten är just klar, upplyste han.

- Oh, tack, svarade jag, så normalt jag någonsin kunde (kanske till och med för normalt, *misstänkt* normalt). Jag är precis färdig nu, jag ska bara tvätta händerna och torka... (precis som om han ville ha reda på exakt vad jag höll på med).

- Ingen fara, svarade han, som om han ville lugna ner mig. (Varför det?)

Innanför dörren drog jag just på mig den kalla våta skjortan och började knäppa knapparna. Jag ville inte. Den var kall och äcklig. Men vad hade jag för val?

Jag åt middagen med armarna pressade utefter sidorna, Kanske såg det väluppfostrat och strikt ut. Eller bara hämmat. Där jag satt stel i ryggen med blossande kinder och bara rörde underarmarna och händerna. Vilken elegans. Medan tvålen började smälta i den tillknäppta värmen. Bli riktigt hal.

- Ta mer här Tom, kvittrade Lelles mamma. Det är så roligt att lära känna Lelles vänner lite närmare.

Jag svarade genom att dra upp mungiporna ytterligare några centimeter (nästan lika absurt som Salvador Dalis Vilhelm Tell, ni vet den där med den två meter långa skinkan som måste hållas uppe med en klyka).

Och pappan, överhuvudet, sa inget men log ett stelt opersonligt leende. Lika stelt som mitt, men förmodligen inte av samma anledning.

- Var så god!

Ett fat räcktes fram till mig.

- Så att du slipper sträcka dig, log mamman.

Ett leende jag tacksamt besvarade medan jag med mina pingvinunderarmar lyckades peta över en kalvstekskiva från uppläggningsfatet.

Två timmar senare kom jag flaxande ut mellan garagegrindarna med armarna uppe i luften som riktiga fågelvingar (hoppas dom inte stod och tittade ut genom fönstret) – jag var fri!

Jag drog in den kyliga rena kvällsluften genom näsan djupt ner i lungorna. Härliga kväll!

Gatlamporna hade tänts och kastade romantiska sken ner genom lövverken. Jag gick på asfaltsvägen och kände lukten från äppelträden. Skjortan började stelna och bli kall, och jag började frysa under armarna. Men vad gjorde det? Jag levde! Hemma var det snart dags för "top twenty" på radio Luxemburg. Knastrigt och svajigt, *men* med alla dom senaste låtarna. Inom mig sjöng Helen Shapiro "Walking back to happiness"! Yes!

Det var sista gången jag använde den skjortan. Även om det var min snyggaste krage. Fyra centimeters hög tab. Med knappar i snibbarna. Smårutig i rött.

Jag började formas. Få en identitet. Som måste döljas om jag skulle kunna bli riktigt omtyckt. För att kunna byta klass. Bara tanken – gjorde mig kallsvettig.

För - jag hade också en annan kompis vid inträdet till puberteten, Fredrik! Jag vet inte riktigt vad han hade, men det var det mesta jag inte hade, och det mesta jag ville vara. Han var *viktig*. Och jag var Fredriks kompis!

Han var torr och fin. Fräsch är ordet. Lite rödlätt och gänglig. Ja, vek, om sanningen ska fram. Men skärpt och verbal. Han kunde ledigt hålla ett oförberett föredrag framme vid katedern. Till och med med humor. Med ena handen nonchalant i byxfickan, den andra med ett lätt grepp om pekpinnen, om den skulle behövas. Klädd i en nytvättad, nystruken pepitamönstrad kostym i bomull ("praktisk till skolbruk" var Fredriks omdöme inför våra häpna, men snart instämmande hummanden). En trevlig pikéskjorta under, och kanske en ljusgrön v-ringad lammullströja, ja va fan som helst, allt...satt löst och ledigt på Fredriks spinkiga lemmar. Ja, varför inte en scarf också runt halsen. Men framför allt - han behövde aldrig tänka på såna saker som att dölja besvärande fuktfläckar under armarna. Nej, han skulle rent av jämt kunnat gå klädd i *bara* skjorta. Om han velat. Nu råkade han gilla en snygg tröja över, eller den där jävla pepitakostymen. Det var inte det, det var möjligheten att välja – friheten! Något som Fredrik inte ens visste om att han hade. För honom bara en självklarhet.

Det hände på fysiklektionen, där Fredrik var min bänkkamrat. Vi var alltså fjorton år och det var mitt under brinnande vårtermin då den nysmälta snön gjorde ängar och gräsmattor sanka, och drivorna längs vägarna krympte till gråsvarta strängar av smuts och grus. Det var då jag fick den där jättesvåra frågan som mest var till för

167

att slutgiltigt slå fast att jag tillhörde dom hopplösas skara. Ja, jag hör det fortfarande för mitt inre öra, hur fröken efter att ha låtit blicken vandra över namnen i klassliggaren, plötsligt bara säga:

- Tom!

Följt av en kort tystnad medan hennes röst ebbade ut som ringar på vattnet.

- Kan ej, var det förväntade svaret (jag kunde ju nästan ingenting och gjorde knappt en läxa som det inte var dödsstraff på). Och sen en lång utdragen harang om hur oskyldig man var, "för igår kväll när jag kom hem och skulle börja med läxan direkt efter middan så visade det sig att jag fått med mig bille...biologiboken hem istället för fysse...fysikboken. Då började jag ringa runt till dom andra i klassen, men ingen ville...."

Ett förtjust fnitter lösgjorde sig mellan bänkraderna. Sånt här kunde man också bli populär av. Och jag lät en troskyldig blick vandra runt bland kamraterna.

-...men ingen ville låna ut sin bok. Och...ja, då var det ju omöjligt att göra läxan. Så den här gången är det faktiskt inte mitt fel att jag....

- Leif, vände sig fröken kallt till nästa.

- Men frööööken?

Men, så gick det inte alls till *den här* gången. För jag drog en saftig rövare. "Ja, det måste väl...". Och det visade det sig att "det måste". Till allas förvåning. Och snälla fyssefröken vacklade till där framme vid katedern och log ett häpet instämmande ("så Björk hade tydligen kommit på bättre tankar och börjat göra sina läxor, äntligen. Ibland bjuder verkligen läraryrket på fina överraskningar"). Tyckte jag hon verkade tänka. Där jag satt längst bak vid fönstret bredvid Fredrik. Som naturligtvis genast ville gratulera mig till min triumf. Och när Fredrik ville gratulera dunkade han en inte i ryggen,

168

eller slog en låtsashöger mot bröstet. Nej, han sträckte fram sin hand, sin kycklingvita överklasshand, för att "ta i handen"! En hand som visserligen var lite för torr och vek för att få ett lika framgångsrikt grepp om golfklubban som jag, med mina stora fuktiga (klibbiga?) händer. I det avseendet idealiska. Men det var också det enda övertag jag hade på honom.

Och där fanns nu hans hand. Plötsligt och oväntat. Vad hade jag för val? Inget.

Reflexmässigt och omärkligt strök jag reptilsnabbt bort den värsta fukten från handflatan mot låret, och fattade sen tag i hans.

Hans uppskattande leende dog, och han såg ut som om jag placerat en manet eller nåt i den stilen, en råtta, i hans kycklingskapelse. Han släppte genast greppet, med orden:

- Vilken svettig hand du har.

Jag gjorde inget för att hålla kvar den. Jag var förintad och ville bara försvinna. Fredrik var ju min kamrat! Eller?

Jag skulle ge igen!

***

SJU KILOMETER. Nu var det rena bergochdalbanan. Sakta började sågspånen söka sig uppåt igen. Jag hade ruschat nedför förra backen och närmade mig nu banans andra stora "bergsklättring".

Totalt hade jag kanske mött ett 20-tal löpare, och till och med sprungit om några (vad var det för fel på *dom*?). Men vad hjälpte det? Jag visste ju själv bäst hur jag kände mig. Visst fick jag ner luft, men ungefär var hundrade meter var andnöden kvävande. Och frågan som kretsade som en gam ovanför mig "vad gör jag nu om det

169

befriande andetaget misslyckas?" Kan jag verkligen lita på hjälp från dom andra löparna i spåret? Och hundägarna?

Jag hade bara tio meter kvar nu fram till den egentligen stigningen. Skulle jag den här gången rent av kasta all försiktighet överbord och löpa uppför hela backen? Jag hade just lyckats med ett sånt där befriande andetag (kanske gjorde det mig övermodig?). Man får ju inte vara hur degig som helst. Man måste ju anstränga sig liiite. Det där lilla extra som ökar hjärtats prestationsförmåga. Och vad var jag egentligen ute efter?!

Vad är egentligen livet värt för den som alltid är så jävla försiktig. Aldrig satsar mot höjderna! För mitt inre såg jag ett flygplan stegra sig och lämna startbanan. Jag ökade!

Strax före halva backen la jag av. Luften jag skulle dra in krockade med den som jag ännu inte hunnit få ut. Utan drog in *igen*! Luft som knappt hade nåt syre kvar alls. Benen hade stumnat till bly, eller stockar, eller skit detsamma vad. Jag ville helst inte kännas vid dom längre. Och fötterna...lämnade knappt marken längre. Eller, visst sprang jag (som en dödsdömd pensionär) på nåt sätt. Jag menar, visst skulle jag diskats i en gångtävling, osv.... Än sen!

Det var i det läget jag hörde den där rösten inom mig: "Det är bra nu Tommyponken, ta det lite lugnt bara, det är ju egentligen inget som tvingar dig att springa uppför en backe, när du kan *gå*, och ha det lite skönt".

Vilken röst! Behövde i det läget inte upprepa sig. Jag lydde (som om nån ropat "Ptro"!) och skjutsade genast ut koldioxiden ur bröstet och lyckades lirka in en hel trojansk häst med nytt syre. Fick en lätt snyting av syreskulden och prisade jag-vet-inte-vad när jag sen på ett nästan normalt sätt gjorde mig av med det livräddande

170

gasmolnet innanför revbenen. Och... ooooooh... vad skönt! Hej, jag är tillbaka! Den sågspånsfixerade blicken lossnade, lyfte, roterade, upptäckte.... åter blandskogens tjusning med alla stammar och mossfuktiga klippblock, blåbärsrisen och höstens alla otaliga svampar som kikade fram blygt, eller pompöst la beslag på hela glipor. Och lika plötsligt var luktsinnet tillbaka. Och nåt (poetiskt!) högg tag i mig. Om att vara vid liv, på detta underbara klot, med flyttfågelsträck och kolmiletiggare "som sett länder i fjärran". Tack Dan Andersson och Thorstein Bergman...

Så varför började jag då gå allt snabbare? (igen!) Snart så fort att jag i själva verket "knappt förlorade någon *tid* alls". Så snabbt att jag åter skulle kunna köra ett nytt ryck däruppe på toppen, och...skissades det "nya" programmet omärkligt upp i mitt huvud. För att sen släppa loss i nedförslutet (igen), göra några snygga avslutande kilometer och kanske till och med få till en hyfsad spurt, och en helt okej tid. (Det sitter i ryggmärgen).

REVANSCH!

Ett snyggt litet jet-set-embryo var han alltså, Fredrik. Alltid klädd i det senaste. Rätt, snygg och självsäker. Han visste vem han var. Och det visste brudarna också.

Idag är han civilekonom och etablerad inom resebyråbranschen. Med ett glittrande kontor av nästan bara glas, strålande av sol, hav, snö och skrattande, solbrända människor. Beläget på St Eriksgatan, eller om

171

det är Birger Jarlsgatan. Jag har sett det. Utifrån. Och kanske har han glömt min hand. Men det har inte jag!

Nej, slå dom! Besegra dom! Klättra upp och över. Och bli nåt! Högst upp på statusstegen. Jag skulle visa Fredrik. Nästan förväxlas med solen. Det var målet. Satt man där och hängde över läxböckerna som man mest ritade gubbar i. Drömmande om att nåt skulle hända. Medan bandspelaren vräkte ut "She loves you" ur skorrande högtalare.

För mitt inre såg jag hur HON gick runt där (nånstans) ledsen (med hjärtat blödande, kanske redan krossat). Medan man själv satt ensam hemma...utan en aning om hur mycket hon älskade en..."...it's you she's thinking of...and she told me what to say-ay-ay...she loves you, yeah, yeah, yeah..."

Då knackar det på dörren. Och innan man hinner resa sig slås den upp och en stormvind virvlar in, vänder upp och ner på allting, för att slutligen bedarra vid skrivbordet och fjädra upp sig som Aladdin ur flaskan. Det är LYCKAN.

-Nu har du suttit härinne så länge och väntat, utan att göra något väsen av dig. Jag vet hur svårt du haft det. Men vi ska alla prövas. Annars ingen utveckling. Och nu är det din tur att få följa med mig. För du ska veta att det är HOPPET som till slut segrar.

Jag sjunker tillbaka ner i stolen, som om jag betraktar en demon. Alldeles matt. Och medan jag sitter där, passar Lyckan på att gå ut på balkongen där den leende sträcker upp armarna i luften för att få tyst på massorna som står församlade där nedanför. Typ Påven på Sankt Petersplatsen. Miljoner av människor. Och Lyckan börjar tala:

- Alla ni som börjat misströsta, gör inte det....

172

Under tiden har jag vacklat upp ur stolen och uppenbarar mig nu kisande i dörröppningen.

- Titta bara här, utbrister Lyckan och lägger en arm runt mina axlar. Här har jag just plockat upp en av er.

Jag börjar alltmer inse att det här är verkligheten, och ingen dröm. Leende sträcker jag nu också upp armarna och börjar vinka.

- Snart är det er tur! Lovar Lyckan.

Och det går ett sus genom massorna. Tänk att bara ha fått SE Lyckan. Då måste den ju finnas. Smått berusade vid tanken på vad som komma skall (paradiset?) vinglar var och en hem till sin lilla vrå.

Medan jag fattar Lyckans hand och svävar iväg...som barnen med Peter Pan. På väg mot Lyckans land. Äntligen upptäckt!

Och livets röda framgångsmatta rullar ut sig:

...med drinken i handen träder jag ut på terrassen i Cannes, medan fotoblixtarna brinner av som kulspruteserier. Leende håller jag upp handen för att skugga ögonen. "Okay, okay", säger jag, "enough now".

...och jag läppjar på mitt morgonkaffe i fåtöljen där solen flödar in genom de uppslagna altandörrarna. Till min svit. I den breda dubbelsängen ligger mitt senaste fynd. Fortfarande slumrande med det tunna sidenlakanet lätt draperat runt hennes brunbrända kropp. Jag har just avvisat Playboy som var här och bönade och bad om att få knäppa några bilder av henne. "Nämn ett pris bara", grät dom. "Sorry", sa jag. Jag tänder en cigarett och slår upp morgontidningen. En fyrspaltig bild täcker halva första sidan med mig på estraden med en blomsterbukett i luften...medan Yves Montand och Marcello Mastroianni just tar upp applåderna.

"Kanske kommer han snart hem till Sverige igen" slungar den vrålfeta rubriken ut förhoppningsfullt. För att

173

sen deppa ihop lite redan i ingressen: "Men förmodligen finner han Sverige alltför litet numer". Men så hoppfullt igen, längre ner: "Han säger att han ändå inte *glömt* Sverige...".

Så....sänker sig flygplanet väldigt över Arlanda. Dörren slås upp... Trappan rullas fram... Och där...där!

Just det – man är kung! Nedlusad med alla åtråvärda egenskaper. Med den fantastiska (avundsvärda!) talangen som kronan på verket. "Det DÄR" som vissa människor bara har. Är födda med. Som slumrar tills nån upptäcker det. Det unika.

Njut av det! Se honom! Lyssna till honom! Läs om honom!

- Sa du Fredrik? Säger man till den där snubben som står där under dom stora reklamplakaten inne i ankomsthallen. Ja, när du säger det så, fortsätter man tankfullt. Men det finns ju så många med det namnet. Jaså, barndomsvänner. Ja, just det! NU - minns jag. Så roligt. Här, säger man och sträcker fram handen, bara för att känna hur en sval, torr liten kraftlös sak fullständigt degar ihop inuti ens hjärtliga handslag.

Javisst, så skulle det kunna vara. Kunna bli, varför inte?

Tänker jag när jag ritar en gubbe till i läxboken och mumlar "...an, auf, in..." Nej fan "...an, auf, HINTER, in..."

"She loves you...and you know you should be gla-ad...yeah,yeah, yeah..."

"...vor, zwischen!"

Jag slår ihop boken med en snärt. Knäpper av bandspelaren. Snart börjar trettioförsta avsnittet av (den oändligt långa) Forsytesagan. Det är nästan så att man börjar tycka synd om Soames. Kommer den underbara Irene aldrig att förlåta honom? Nu har hon ju nästan förvandlats till en häxa. Och den charmlöse Soames

174

nästan blivit sympatisk, på sitt trubbiga sätt. Varför kan inte deras barn Fleur och John få varandra?

Och i vardagsrummet sitter mamma med sin hopplösa patiens.

Det var med denna världsåskådning, längtan efter den förintande revanschen som jag en soldränkt majdag rusade ut ur läroverkets portar med den vita mössan på huvudet! För att motta hyllningarna och höra mammas tal. Den stolta föräldern. Nånting om att alla var glada och lyckliga (lättade?) och så ganska snabbt "skål då allesammans!"

Inte ett ord om betygen. Så klart. Det var ju inte meningen att det skulle bli begravningsstämning. Där bland släktens alla industripampar av civilingenjörer.

Nån karriär på Teknis var inte aktuell för min del. Längre. Den bana jag drömt om hela min skolgång. Att få bli som nån av mina morbröder. Dom där människorna jag var så rädd för, men beundrade så mycket!

- Oerhört fina människor, sa mamma.

- På vilket sätt då? frågade jag.

Och hon berättade en massa saker som bara gjorde att jag fattade ännu mindre. Men beundrade ännu mer.

Tyvärr var ju matte ett väldigt viktigt ämne om man ville in på Teknis.

Redan i andra klass hade fröken varit tvungen att släppa mig, om inte hela klassen skulle sluta som matematiska analfabeter. I ett brev till mamma efter skolavslutningen föreslog hon att mamma "skulle träna med Tom" under sommarlovet.

Vilken konstig fröken! tyckte mamma (och jag).

Istället berättade mamma att Einstein haft C i matte när han gick i skolan. Och det, sa mamma, berodde på att han legat så långt före alla de andra. Utan att nån anade nåt.

175

Hans hjärna hade varit så överutvecklad att han helt enkelt inte orkat med den vanliga skolans snigelfart.

Det där gillade jag att höra på.

Men där Einsteins betyg börjat stiga, låg mitt fortfarande lika obehagligt förankrat i botten.

- Det ordnar sig säkert, sa mamma. *Mitt* bästa ämne var alltid matte.

Och så berättade hon om hur hon alltid hjälp alla sina klasskamrater (ja, nästan hela skolan lät det som) när dom inte hängde med, och ändå alltid fått högsta betyg utan att nånsin ens öppna en enda mattebok. Bara det där sista om "öppnandet" verkade ha gått riktigt i arv till mig.

Och ja, hela släkten verkade knappast göra nåt annat än att räkna. Så varför skulle då just jag avvika så kolossalt?

- Ja just det, fyllde mamma i, det kan inte vara möjligt. Ta det du lugnt bara, rådde hon (stick i stäv mot alla lärarna). Det visar sig säkert med tiden vad du är ämnad att bli.

"Ämnad att bli"? Jag sög på orden. Det lät mest som en flotte långsamt glidande nedför Missisippi. Där det bästa jag kunde göra var att ta av mig på överkroppen, vika ihop skjortan till huvudkudde, och lägga mig ner och sola. Tills flotten gled iland....där det nu var meningen att den skulle glida iland. (Eller vad tusan den nu hade i kikaren).

Ändå hade jag ett obehagligt sug i magen. Gjorde jag rätt? Som litade på mamma.

- Lidnersk knäpp, sa mamma, när plötsligt bara något år återstod av skolgången, och jag börjat kontrollera mig hos läkare "om allt stod rätt till". Jag tyckte att det kändes som om huvudet höll på att lossna. Inget att oroa sig för, sa dom, bara inbillning.

Mamma kände själv till flera fall av sådana "knäppar". En dag knäpper det bara till, högt och ljudligt, som för

176

Bengt Lidner, så faller allt på plats. Ena dagen hopplösa – nästa snillen. Otroligt – men sant.

Varför jag ens skulle traggla i skolan alla dessa år var det ingen som ifrågasatte.

- Det är så bra som utgångspunkt, sa mamma. Sen kan du göra vad du vill. Då kan du bli gatsopare, eller brevbärare, som Bo Bergman, poeten. Det är bra med arbeten som inte kräver så mycket, så kan man gå och tänka på det som är viktigt.

Som sagt, hon har alltid ansetts lite suspekt, min mamma, av släkten.

Min student dög inte till mycket mer än att torka sig i häcken med, eller glida in på nån ospärrad linje på universitetet. Jag valde det senare.

- Pedagogik? Föreslog en polare med samma "dasspapper" som jag.

- Varför inte, sa jag och ryckte på axlarna.

Var det kanske dit missisippiflotten var på väg?

Vad brydde jag mig i det läget om vilket? Jag som ju ändå var ämnad att bli nåt. Det kände jag starkt inom mig. Så starkt att jag nästan höll på att sprängas. Eller kvävas? Ett par slappa transportår på universitetet var nog precis vad jag behövde. Innan det var dags för *talangen* att blomma.

Och i samma ögonblick är tanken på Fredrik där igen. Och kastar mig tillbaka till mötet på flygplatsen. Där världsstjärna möter liten sketen resebyrådirektör.

- Ja, Fredrik, ja! Utbrister man som om man nu äntligen kommer ihåg blekfisen från plugget som nu står där framför en.

Men, när jag nu väl hamnat däruppe ska jag inte bli nån despot eller diktator. Lika taskig, okänslig och överlägsen som dom där småknoddarna jag växte upp bland.

Nej, nej, då ska jag ge fan i allt vad svett heter. Och peka ut andra vägar istället. Just det! Och låta folk vara som dom är. Ja, till och med uppmuntra dom till det.

Kanske till och med slå över. Lansera svett som nåt positivt. "Det är lättare att tycka om varandra om man svettas *mer*". Plakat för plakat längs t-banerulltrapporna.

Men – då kommer väl alla förstås få problem för att dom svettas för lite. Och tvingas köpa svettframkallande sprejer. Och jag hör mig själv säga:

- Oj då, vilken *torr* hand du har Fredrik.

En riktig snyting alltså, om jag inte just då, när Fredrik med blossande kinder drar åt sig sin lilla kycklingskapelse (som aldrig tycks kunna bli svettig hur han än sprejar), om jag inte just då spricker upp i ett generöst leende:

- Men vad spelar det för roll. Man kan ju vara trevlig ändå!

Idag händer det ofta att folk påpekar att jag har kalla händer. Med fruktansvärd viljekontroll har jag väl nästan tagit livet av dom. Dom är dödskalla. Så kalla och lättfrusna, omväxlande röda och blå, att jag under lumpen sökte läkare för dom (eller *mot* dom). Kunde jag möjligen klassas om och beviljas inomhustjänst?

Bastuföreståndare?

Naturligtvis inte. Det var bara kramper i det "sympatiska nervsystemet".

I mitt tycke låter det obehagligt att ha kramper just där. Men det tyckte tydligen inte regementsläkaren som bara skrev ut en stor påse piller att användas vid behov av – krampupplösning. Vad tycker ni själva? Upplösande av det *sympatiska* nervsystemet. Mjukhjärna. Men sånt skiter dom i. Läkarna.

Och herre-min-Gud vad dom löste upp.

Några få piller, och hett blod pulserade genast iväg ut mot händerna och tände eld i frusna blodkärl. Jag tog dom ute i "busken" på ett "bat-party" (bataljonsövning) när temperaturen dalade ner mot 20 minus och vi skulle sova under *bar himmel.* För vi var en liten lättrörlig spaningspatrull som skulle kunna varna dom andra (armén!) för fienden (ryssarna). Då hade man inte tid att böka med tält, så klart. Och då var det läge, tyckte jag. På bara några få sekunder blev händerna alldeles röda. Grillkol. Hjärtat började dunka oroväckande. Och hjärnan kände sig alltså - som i upplösning! Jag ville ha en taxi!

Vi befann oss långt inne i de norrländska skogarna. Snön låg knastrande vit. Granarna reste sig mörka och täta. Och på den svarta himlen välvde sig den gnistrande vintergatan – och en alldeles vit måne.

Om ni nu fått uppfattningen att jag har två monstrum till händer, så är det trots allt fel. Folk svimmar inte i tunnelbanan när jag plockar upp dom ur jackfickorna. Jag tror inte ens att dom märker det.

Nej, det händer rent av att folk gillar, ja nästan, beundrar dom. Mest tjejer naturligtvis, som tycker att dom är så stora, kraftfulla, manliga, hårda – men ändå – så mjuka, långfingriga och känsliga, och jag vet inte allt dom kan få till om bara ett par vanliga, jävla händer!

Men för dom är mina händer nåt att krypa in i och bygga ett ömt parförhållande i. När jag låter deras små vackra drunkna i mina oceanbreda.

Och när mina närmar sig fryspunkten (krampen i det sympatiska ni vet), blir så kalla och lila att jag blir skitskakis och drar igång mitt märkliga reservandningssystem för att (om möjligt) överleva, då plockar dom fram sina ömma modersinstinkter och börjar värma dom (mellan sina lår, i bästa fall) utan ett ljud.

179

Dom bara fattar. Är det inte vackert? Hur en frusen själ, för alla med själen i händerna, stundtals kan tinas upp.

Man säger att händer är väldigt avslöjande. Usch, detta otrevliga ord, men visst är dom? Flammiga, prickiga, röda, blå, knutna, knotiga, tjocka, ådriga, svampiga, torra, lugna, rastlösa, korta, breda, långa, smala - för att bara nämna nåt.

Jag ser allt det där, men uppriktigt sagt tycker jag inte att det är så viktigt. Med andras.

Ja, jag är nästan kallsinnig när tjejer (vanligtvis) avslöjar det ena komplexet efter det andra – en ådra som syns en aning, ett finger som inte är riktigt rakt, osv.

- Förlåt, vad sa du?

Jag brottas ju med mina.

Ända tills hon dukat upp alla felen. Då börjar jag se dom. Hela tiden. I värsta fall.

***

SJU KILOMETER. Jag har läst om något som kallas "Jag II". Det innebär ett slags "överjag", att man är som ett slags motor, som att någon skjuter på, att man har fjädrar i knäna, små katapulter i skorna, eller att man befinner sig på månen och liksom flyyyger fram. Kort sagt, ett slags overdrive, ett lustmoment, som gör att man klarar mer än man nånsin trott vara möjligt. OS-medaljörer har omvittnat fenomenet. Hur dom liksom lyfts fram i en spurt dom inte visste fanns. Som om nån annan sprang åt dom.

"Jag I" bör man undvika. Tankar på kroppen, på "måste", fan vad jobbigt, det här går aldrig. Då spänner man sig, knyter sig och lösgör bara en bråkdel av sin kapacitet, och får skador och en massa skit (all skit). Det handlar om tillit – om att våga – stod det.

180

Knälederna fick ordentligt med stryk när jag kom klafsande ner mot svackan. Men i mitt huvud tickade en klocka, i relation till mina resurser. Och jag tänkte alltmer i banorna: Ju snabbare, desto friskare. Jag ville ta igen förlorad tid och ha farten uppe till den påföljande uppförsbacken (det fanns ännu fler, något mindre, men ändå). För att på så sätt tjäna några meter extra. På den *levande* kraften! Yes!

VERKLIGHETEN KANTRAR

Längst framme på estraden står en skäggig kille i en sliten blå manchesterkostym. På ena sidan av huvudet har han låtit håret växa ut påfallande långt. Det håret använder han sen till att slänga upp över den tunnhåriga hjässan. När allt väl ligger på plats ser frisyren (ganska) normal ut.

Men eftersom han inte använder nåt slags brylcreme (eller hårspray) faller tyvärr det där sidhåret hela tiden ner. Och hänger som en ridå på ena sidan. Därför slänger han oupphörligt med huvudet. Och håret står som en sky omkring det. Och tunnhårigheten, som han tydligen vill skyla, blir det första man verkligen slås av hos honom. Det verkar en aning nervöst.

Ett intryck som förstärks av ett ständigt småfnissande, efter var och varannan mening. Visst verkar han lite skojig, men inte SÅ skojig.

Han heter Lars-Peter Åberg och är väl runt 35 år och universitetslektor på "peddan". Just nu håller han en introduktionsförläsning till ämnet Pedagogik. Själv sitter jag mest och låter min blick omärkligt panorera runt den stora aulan på jakt efter brudar. Så jag har lite svårt att hålla koncentrationen på pajasen där framme.

- Pedagogik, säger han, är att utforma undervisning så att folk LÄR sig. Ha, ha, ha, skrattar han och slänger med huvudet. Alltså inte att kontrollera, i första hand.

Hm, intressant, tänker jag, uppdriven i ett kontrollsamhälle som man ju är, som egentligen inte har lärt mig nånting. Jag låter blicken glida fram mot podiet.

- Jag är till för att hjälpa.

Hm, också intressant, tänker jag. Jag som alltid trott det motsatta, att lärare var till för att stjälpa.

- Själva ordet pedagogik kan sägas betyda "läran om påverkan". Alltså hur vi som människor påverkas. Inte bara i skolundervisning, utan från födseln och upp genom hela uppväxten. Eller med ett annat ord, *socialiseras* att passa in i det vuxna samhället.

Jag har glömt bort brudarna. Verkar ändå inte finnas några. Slappnat av kort sagt. Nästan glömt bort mig själv!

- Här blir "självförverkligande" ett viktigt begrepp. Vilka möjligheter ges vi att förverkliga våra inneboende möjligheter? Utan att hållas nere. Eller att fly...fly från frihet och ansvar, och istället gömma oss bakom auktoriteter, bakom den gängse uppfattningen, plikten, eller det normala beteendet...".

Det sista läser han högt ur en bok han sen sträcker upp i luften.

- "Flykten från friheten" heter den, säger han. Skriven av Erich Fromm. Den ingår i första grundkursen.

- Själv gick jag i ett Fromm-rus flera månader sen jag läst den, fnissar han och slänger med huvudet.

- Därför är det "kritiska tänkandet" det viktigaste för oss här på peddan. Att våga ifrågasätta.

Hm, kritiskt tänkande? Tänkte jag. Som ju just kom från det militära, och dessförinnan alltså läroverket och folkskolan. Där hade jag aldrig tidigare hört nån sätta ihop just dom två orden. Jag var mer inkörd i kombinationer som: Giv akt, framåt marsch, sitt ner, stå upp, ät upp, håll tyst, Stockholms blodbad och freden (i) Brömsebro...

Så...begreppen *kritiskt tänkande* och *självförverkligande*...fick snart sällskap av ett helt nytt lexikon: *indoktrinering, alienation, imperialism, auktoritär, fördom, förtryck, borgerlighet...* Det var som att lära sig ett nytt språk. Att plötsligt få upp ögonen. Förstå! Bli medveten.

Året var 1969. Platsen "röda peddan" och det nationalekonomiska läget fortfarande lekfullt. Överallt spred sig studentupproren, i Frankrike...i Tyskland... Devisen var "det är rätt att göra uppror". Och den grundläggande frågan: "Ska människan anpassas till samhället, eller samhället efter människan?"

Och det dröjde inte länge förrän etablissemanget rynkade på näsan åt dessa verklighetsfrämmande idéer: "Inga riktiga tentor?" "Man blir godkänd bara genom att delta (närvara) i grupparbeten?" "Och då klarar sig *alla,* och alla får samma betyg!" "Och studenterna ska själva bestämma litteraturen, vad dom vill lära sig...*vill* lära sig!"

Tillsammans med andra dasspappersstudenter och lite annat löst folk var vi alla snart i hasorna på Lars-Peter Åberg. Och bakom hans florlika testar och fnissande såg vi allting klarare, hur allt egentligen hängde samman. Det gällde bara att "tänka kritiskt". Precis som "profeten" själv. Och snart var det dags för första turen till akuten.

***

183

Tio meter, sen var den som bortblåst, den *levande* kraften. Det var ingen jättebacke, bara ett svagt långt motlut, men jag hade ändå avverkat över SJU KILOMETER nu, och plötsligt sög mjölksyran åter tag i benmusklerna, som förlorade sitt friska (nåja) bett. Men tack vare några saftiga frånskjut på ren viljekraft drev jag ändå på. Tjejen jag just passerade hade nästan helt stannat inför sin tunga uppgift, uppslukad som det verkade, av "Jag I".

Och motlutet förbyttes sen efter "toppen" i en utdragen svag utförslöpa. Jag drog ett oerhört andetag för att betala av lite på syreskulden, vacklade till, men hann precis parera innan jag trampade snett och fick fortsätta i en lunkande stil för att åter spara så mycket energi det överhuvudtaget var möjligt. Luckan till tjejen bakom var redan över femti meter. Jag ville ju inte bli omsprungen av henne. Nu när spåret åter planade ut framför mig och jag bara hade knappt två kilometer kvar...

REVOLUTIONEN

Det dröjde inte länge förrän jag iklädde mig en helt ny identitet.

- Jag är socialist!! väste jag högt när jag satt ensam i mammas lilla "hundkoja" vid övergångsstället vid Karlaplan. Det var rött ljus. Och innanför dom uppvevade fönsterrutorna prövade jag en ny syn på mig själv. Mitt i överklassens ormgrop. Där ingen av de äldre

184

dräktdamerna eller grå flanellherrarna anade revolutionären inne i den lilla "trevliga shoppingbilen".

Men inom mig sjöd det av revolution. Nåt slags. Jag som bara ett år dessförinnan skrivit en uppsats i plugget under rubriken "Varför socialismen är omöjlig".

- Fantastisk bra uppsats! Förklarade läraren inför klassen och gav den högsta betyg. Och för säkerhets skull läste han också upp den inför hela klassen.

Och det var kulmen på, kanske rent av ett examensprov för "den påverkan" jag varit utsatt för. Jag som hela barndomen drömt mardrömmar om hur ryssarna invaderade Sverige. Och tvingade oss att bli kommunister. Så att vi inte längre fick göra som vi ville. För gjorde man det, så var det Sibirien direkt.

"Så är det!" Stod liksom hela släkten med varnande pekfingrar. Och det var inget man motsatte sig.

"Usch! Kan man inte göra nåt åt dom?"

"Nej, det är det som är det värsta. Dom bara finns där...och breder ut sig...som råttor! Genom norra Finland där dom har asfalterade motorvägar (hemliga!) så att dom kan vara här på bara några minuter!"

"Nej, nej! Vred jag mig svettig i min barndoms säng."

"RÅTTOR! Vi måste vara på vår vakt. Jämt. Stärka försvaret. Skaffa atombomber."

Men nu hade jag läst "Flykten från friheten" och var inne i Frommruset.

- Jag är socialist! Hettade det i bilen, av trots mot hela min bakgrund. Hela min omgivning. Där fick ni alla jävlar som trott att ni kunde få in mig också i er sketna sömntillvaro av frihet.

Och i samtal med mina släktingar försökte jag pilla in ord som "självförverkligande" och "kritiskt tänkande", men det var som att köra bil rätt in i en betongmur.

185

"Hörrududu, det där är allt lite farliga tankegångar" (hörde jag en förmanande farbrorsröst inom mig).

Och jag gick ut (från peddan) och mötte världen med andra ögon. Svängde från Yngve Holmberg, Högerns märkliga svar på John F Kennedy, till CH Hermansson. Bytte blå-vitrandiga skjortor mot hemmafärgade t-shirts och kaftaner från Carnaby street.

Allt var möjligt!

***

ÅTTA KILOMETER. Skogen glesnade och till höger om spåret bredde en äng ut sig med några lojt betande hästar på. Någonstans längre bort anade man dom ljust himmelsblå universitetsbyggnaderna. Och jag hann få en skymt av en rovfågel (en cirklande gam?) när spåret efter en lång böj åter sköt in i trädridån. Jag hade dragit ner blixtlåset på tröjan. Fortfarande hela tiden med mindre luft än jag behövde, men det var bättre än ingenting. (Ingenting? Jag tvingade bort vidare associationer.)

Men släkten var inget man sopade bort hur som helst.

Första sommaren efter två terminer på Peddan arbetade jag som vanligt på golfbanan. Ett arbete som bestod av att hålla ordning på gräs. Klippa, rensa, gödsla och vattna. Och kratta sand (i bunkrarna)...allt ute på dom böljande sammetsgröna fälten, i bar överkropp och avklippta jeans under den brännande junisolen. Där jag sommarjobbat sen jag var 13 år (då jag pålurades den där jävla ankskjortan på NK av mamma, ni vet. Påminn mig inte).

Den här sommaren bodde vi inte längre kvar i "Chaplinhusets" tjänstebostad. Utan jag hade efter lite tricksande kommit över min egen lilla kvart på Linnégatan inne i stan. Och då blev det ju väldigt tidiga

186

morgnar för mig om jag skulle hinna från innerstan ut till morgonsamlingen i golfklubbens redskapsskjul kl 7. Där den arbetsledande greenkeepern fördelade dagens arbetsuppgifter. Då var det tur att min farbror Preben just införskaffat en rymlig trerumslägenhet bara 50 meter från banan. Och ännu mer tur att han inte bodde där själv (ännu, om han nu nånsin tänkte göra det). Den var mer avsedd som övernattningslägenhet när han och faster Lise råkade befinna sig i huvudstaden.

Nu undrar ni säkert vem denne Preben var. Jo, det var min pappas tvillingbror (hur trassligt kan det inte bli!). Och bortsett från att dom var förvillande lika till utseendet så var dom sen fullständigt väsensskilda. Som hund och katt. Bara en sån sak som att Preben skapat sig en tillvaro i Sverige som framgångsrik och förmögen företagsledare. Han var ju redan dansk (världens lyckligaste folk) så varför tog han då steget över till detta gudsförgätna land. Och att han dessutom höll fast vid sin fru genom alla år och tog hand om sina barn var ju som en vattendelare mellan brödernas personligheter. För, vi gör tankeexperimentet, hade hans förmögenhet uppkommit genom att lura pengar av folk via några bluffyogacenter i Småland (med "fri sex" som viktigaste budskap) ja, då hade släktskapet med pappa (eller morfar för den delen) legat i obehagligt blottad dager. Men nu handlade det om hederligt och hårt arbete.

"Jä, er det ikke forfärligt," som min pappa skulle uttryckt det.

Trä, brädor, möbler och fritidshus var Prebens fundament. Tillsammans med – pålitlighet!

När mamma återvände från sina utflippade eskapader i Köpenhamn, med två små barn och utan riktig utbildning, såg farbror Preben det närmast som sin plikt att hjälpa

187

henne. Som om han hade del i skulden i egenskap av svåger. Han erbjöd henne arbete på kontoret i Småstad och fick henne på fötter i det läge när självmord framstod som hennes bästa alternativ. Och för det vann han mammas hjärta och lojalitet för all framtid. Ja, nästan dyrkan. Vilket i sin tur fördes över på oss barn, när vi alla barndomssomrar framöver fick vistas på deras lantställe, som vore vi en del av hans och Lises familj, med alla kusinerna som storasyskon. Och den med tiden alltmer dominante Preben brukade sätta ett pekfinger under min haka och fråga på sin obegripliga halvdanska "hva ska do så blive hvornaer do blir stå-år".

Först fattade jag inte riktigt frågan, men sen hasplade jag rodnande ur mig nåt om möbelsnickare.

- Ja, men de er jo riktig! Sa han och brast ut i ett bullrande skratt så att ansiktsfärgen blev högröd. Der ser du Brita, sa han till min mor, han er go, den fyr der!

Och jag försökte mig också på ett litet skratt, som om jag förstod vad det handlade om. Men resultatet blev snarare att jag försökte undvika Preben så mycket som möjligt.

Hur som helst, hade jag den här sommaren fått låna nyckeln till deras lägenhet som än så länge stod nästan omöblerad. Så att jag slapp resorna fram och tillbaka till stan varje dag. Jag hade kläckt idén, som mamma sen vidareförmedlat till Preben, som i sin tur, med viss tvekan, hade gått med på det. Han anade väl att det var nåt skit med mig, trots allt. Att jag inte var fullt så blå som han önskade (att *alla* skulle vara). En enda stor fri lycklig moderat stat, fylld av frisk konkurrens. Där den starke får vad som honom tillkommer. Längre vänsterut än så vågade han egentligen aldrig tänka. Då hetsade han bara upp sig och fick ett av sina högröda koleriska vredesutbrott. Mot detta "jävla socialistland". Med den där "smilfinken och klassförädaren Palme" i spetsen. Som bara "förföljde" industrin. Och "ströp den". Röt Preben och svepte ännu en whisky för att få ordning på sitt kaotiska känsloliv.

Därför hade dom, för att överhuvudtaget kunna rädda nåt av personlig frihet och alla stålar, köpt sig ett hus i Spanien och blivit utlandssvenskar. Där gick det åtminstone att leva. I Francos Spanien. Även om det började bli dyrt där också. Nästan lika dyrt som råtthålet dom kom ifrån. Men TV gick det i alla fall att titta på. O-politisk TV. Inte som det vänstervridna Rapport. Och så började han hetsa upp sig igen.

Nu hade jag i alla fall fått låna nyckeln. Medan dom själva var i Spanien, eller på landet, eller var dom numer kunde tänkas slicka sina sår.

Och jag bodde ganska bra där i deras "kvart" dit jag hade släpat en madrass, som jag placerat i vardagsrummet bredvid telefonen. Så praktiskt att slippa rusa upp varje morgon från något av sovrummen när telefonväckningen (som jag var tvungen att beställa för att vakna) kastade sina spjut genom den slumrande lägenheten.

Övrigt befintligt möblemang var ett köksbord och en pinnstol. Det var allt. På bordet låg drivor av brödsmulor som jag inte varit särskilt noga med att torka bort. Och ovanpå dom ett exemplar av den populära kommunistblaskan Ny Dag, som jag köpt av en viftande försäljare utanför centrumet. Det var ingen vana. Faktiskt första gången. Men nu var jag ju socialist och ville solidarisera mig med försäljaren vid entrén till den borgerliga högborgen. Själva tidningen orkade jag väl sen inte riktigt igenom (knappt ens första sidan, men vadå). Resonemangen och ställningstagandena var ju bekanta, om än kanske inte tillräckligt radikala för min smak, och jämfört med snacket på Peddan.

Hur som helst, när jag kom upp med hissen nästa dag för att äta lunch fann jag dörren olåst!

Hade jag glömt att låsa?

Inbrott?

Eller, ännu värre, "helvete! Bara en till hade nyckel hit vad jag visste – spring!"

Och jag skulle just till att stänga till dörren igen, då jag liksom kände nåt som en dunk i ryggen och en inre röst som morskade upp mig "va fan, så jävla farligt är det väl ändå inte. Du är ju vuxen nu. Det är väl bara att gå in och hälsa....för fan".

Jag kopplade alltså på ett leende, torkade skyndsamt av handflatan mot dom avklippta jeansfransarna och tog några stadiga kliv in genom hallen. Jag hann inte mer än just komma in i vardagsrummet förrän jag krockade med en högröd farbror Preben.

- Eh...goddag, hasplade jag ur mig och sträckte valhänt fram min hand.

Jag kände hur hela min nyvunna vuxenhet rasade ihop som ett krackelerat äggskal och lämnade mig i ett naket tioårsstadium.

Preben svarade inte. Stod bara där med sin väldiga bringa i vit skjorta under den blå club-blazern och naglade fast mig med otäckt intensiv blick.

Själv visste jag inte riktigt var jag skulle göra av min flackande.

- God da..., hörde jag mig själv börja stamma på nytt.

Men jag hann aldrig avsluta frasen.

- Hvad er det der?

Han skakade med fingret mot madrassen, och färgen i ansiktet steg ytterligare några nyanser och tenderade att få ett stänk av lila. Egentligen nådde det nu samma kulör

190

som när han avfyrade sina bullriga skratt. Skillnaden var bara att nu skrattade han inte.

Och jag stod som fastfrusen, fortfarande med handen utsträckt, medan blicken sökte sig ner mot golvet framför mina fötter.

Inget goddag, inget leende, ingen framsträckt hand, ingen fråga om hur det gick för mig...där i lägenheten. Han var ju ändå min farbror. Vi var ju släkt, för fan.

- Hvad er det der? Upprepade han kort.

- Ja..... Situationen började komma ifatt mig.

- ...en madrass, sa jag, som om det ens var nåt som behövde sägas. Det såg väl vem som helst.

   Sen blev det tyst. Luften i det soldränkta vardagsrummet kändes tung och instängd. Nånstans surrade en fluga.

- I vaerdagsvaerelset?? (vardagsrummet)

- Ehhh…?

- Du kenner altså ikke til at portvakten ska komma hit og gå igjennom lejligheden, vilken dag som helst den her vecken.

- Portvakten?

Åter tyst. Och jag kände det som om jag sagt för lite. Men vad skulle jag egentligen säga? Mer än "jaså, jaha..." Men något var ju uppenbarligen fel.

- Jag förstår, sa jag, som om jag fattade.

- Baer in den! Kom det bara kort från Preben. I et av SOVvaerelserne.

- Ah, javisst, självklart.

Och jag böjde mig genast ner och tog tag i "sängen". Krökte rygg. Plötsligt mer röd i ansiktet av skam och åthutning, än av politiskt upprorspatos. Jag – revolutionären! Och började släpa in den genom köket till det minsta sovrummet, då lägenheten skakade till av ett brak! Det var ytterdörren som slogs igen med en kraft

191

som nästan knäckte karmarna. Och Preben var som bortflugen. För tillfället. Utan ett ord, vare sig till hälsning eller avsked.

I flera sekunder stod jag bara där rak och stel med blicken fixerad på kommunisttidningen på det smuliga bordet. Såg inget vidare ut, var jag tvungen att erkänna. Innan blodet sköt fart och jag vek ihop blaskan och måttade ett dödande slag mot flugjäveln som hade fräckheten att äta av mina smulor!

Ja, jag stod där ensam kvar i den fina lägenheten, som under min kortvariga vistelse förvandlats till ett "revolutionärt knarknäste". Eller vad nu portvakten, under sin inspektion, kunde få för sig att dom nya hyresgästerna hade för sig därinne.

"Jag säger bara vad jag såg", sprider han sen sina iakttagelser i grannskapet, "bara en madrass på golvet...i vardagsrummet...precis vid telefonen. Och i det ostädade köket... Kommunisternas tidning?"

Jag hade blivit ett "farligt element" spred det sig i släkten. Och plötsligt undrade jag om jag ens tillhörde den längre? För vad är tillhörighet om man bara får prata om, och göra, *vissa* saker, och låtsas om som om andra inte alls finns. Jag var skakad. Farbror Preben som ändå hela min uppväxt uppmuntrat till diskussion runt middagsbordet. Där jag längtat efter att bli så stor som alla mina kusiner som diskuterade på för glatta livet. Om allt från Konstfacks dåliga utbildning, människans fria vilja till varför svenskar är så tråkiga jämfört med alla andra nationaliteter, framför allt engelsmän. Men också danskar så klart. Vi var ju alla ett slags halvdanskar. Och den som höll i diskussionernas ordförandeklubba var så klart den roade Preben. Det var dit jag längtat!

192

Och detta medan jag på peddan fortfarande mest räknades som "liberal idealist", eller "pisshumanist". Mer Jesus än Stalinist, bara för att jag inte tyckte att man måste skjuta alla oliktänkande direkt. I första vändan. Uppriktigt sagt fick jag knappt ens vara med på fikadiskussionerna när dom skäggigaste mahjong-snubbarna fäktades med Baader-Meinhof, svarta september och kfml(r). Bara mina frågor gjorde nästan att JAG själv måste ställa mig mot arkebuseringsväggen. Därför blev jag tyst. Jag som ändå gått från "måste man skjuta?" till "okej, skjuta lite grann".

Och det var då jag brakade samman på riktigt första gången och fick forslas till akuten. Bredvid britsen stod mamma och min syster Eva som i ett töcken. Jag höll ju på att dö. Allt skulle försvinna. Snart var det svart. Vi skulle aldrig ses mer. Och i en serie snabba sekvenser rutschade mitt korta liv förbi. Jag ville inte dö!! Så här ung.

***

NIO KILOMETER. Jag sneddade förbi en kurva, där alla fuskare sprungit upp en ordentlig stig så att man tjänade 2-3 meter (kanske). Och nu var jag alltså en av dom. När det liksom blivit godtagbart att småfuska lite grann. Där befann jag mig när tre långa killar passerade mig ute på det riktiga spåret, för andra gången! Och tankarna rusade genom huvudet: Skulle jag le uppskattande åt den högpresterande eliten, eller se mig förnedrat akterseglad? Och just som jag tänkte haka på slog hjärtat en sån där läbbig extradunk mot bröstkorgen. Jag knäade till.

"Ingen fara", hördes en läkarröst inom mig. Vi är alla bra på olika saker, och absolut inte bäst på allt. Och just idag är det ju inte riktigt din dag.

Tacksamt släppte jag kontakten och såg deras ryggar försvinna mellan trädstammarna.

Medan jag nöjde mig med att slå en näve mot bröstet för att få in den rätta rytmen.

KAMPEN

Vad jag nu än var, hade jag ändå bara *"folkets bästa"* för mina ögon flera år framöver. Och folket som räknades var ju arbetarklassen. Den *utsugna* massan. Den *förtryckta* klassen. Till vilken jag självklart räknade mig själv. Så det var OSS kampen gällde. Det var det som var *solidaritet.*

Ett av problemen var bara att folket självt inte verkade fatta hur förtryckt det var. Att TV förslavade, idrott var opium och att alla har rätt att gå på muggen när det behövs. Inte bara direktörerna, utan också dom vid det löpande bandet. Överhuvudtaget handlade väldigt mycket på Peddan om det "löpande bandet". Det ständigt pågående, själsdödande, automatiserade arbetet som aldrig fick avbrytas. Och dom kanske allra bästa och mest målande exemplen stod att finna i andra kursens "bibel", "Konsten att dressera människor". Kanske hade det till och med räckt med den för hela terminen, den sa allt!

Men det verkade inte folket tycka när vi försökte förklara det för dom. Hur allting hängde ihop. Hur jävligt svårt dom hade det. Att arbetsGIVARNA (ha ha, vem har

194

hittat på det ordet?) bara gav arbetsTAGARNA (låter nästan som tjuvar) jobb och så mycket (dvs lite) i lön att dom nätt och jämnt kunde hålla sig vid liv, och så lite extra till konsumtion, så att "givarnas" fabriker hölls vid liv. Nån måste ju köpa grejerna. Det funkar ju inte med en död befolkning. Så, hm, ekonomi, verkade vara vad allt handlade om. Ungefär som om man tänker en familj: det blir ju lite absurt om en sitter och äter hummer och dricker champagne och dom andra bara får en varsin kålrot och vatten. För att en *äger* huset, köket och övrigt fast kapital (inredning, redskap, verktyg), medan dom andra bara städar, vaktar och "latar sig". Så efter Peddan tvekade jag mellan att fortsätta med ekonomisk historia eller nationalekonomi.

Därför var det så konstigt när man kom ut på fältet, för att rädda folket:

- Tjena! (Det gällde att anslå rätt ton). Läget? Skit va?

- Vad fan gör du här pysen? Se upp så du inte får bjälken i skallen.

- Vem? Jag?

- Just du. Försvinn. Det här är en arbetsplats.

- Ja, där ni sliter ut er...

- Akta, så jag inte sliter ut dig.

- Jag tror inte ni fattar riktigt.

- Hörrödu, hur länge har du varit här? Två minuter? Det är nog dags att dra hem och byta blöjor nu, så att vi kan få nåt gjort.

Vi vek ner plakaten, jag och några peddapolare, och lommade iväg. "Arbetarna var ju så fruktansvärt *indoktrinerade*", intalade vi oss. Hade dom aldrig hört talas om Wallenberg, Gyllenhammar, Nixon, bankerna, utsugningen, imperialismen, Mc Donalds, förtrycket, av småspararna, och deras pengar...fan också! Hetsade vi upp oss. Igen.

195

Här måste upplysas. Så det var som stukad revolutionär jag lyckades prångla mig in på Journalisthögskolan. Ja, och sen dröjde det inte länge förrän jag satt och "upplyste" på "Bli Lycklig". Upplyste folket om dom bästa lyckobringande preparaten. Hos sanningsälskaren Frasse. Och då var jag plötsligt ett slags arbetare själv. Bakom skrivmaskinen måndag till fredag, mellan nio och fem. För första gången på riktigt i mitt privilegierade liv. En kugge i maskineriet. Lyckoproduktionen. Som såg till att hålla folket vid gott mod.

Jag kunde höra Frasses ord på första redaktionsmötet ringa i öronen:

- Och dom av er som inte gillar den här tidningen (med tydlig adress åt mitt håll), kan lika gärna söka sig nån annanstans. Med en gång.

Jag skruvade på mig. Och tänkte: "Vart då?" I ett mättat arbetsmarknadsläge med svidande konkurrens om attraktiva platser.

Var fanns friheten att skriva som man ville, om det som var *viktigt* (!), utan en snäv policy och en vakande försäljningsblind chef?

Man kan ju alltid köra taxi...eller varför inte bli gatsopare (som mamma sa), nu när jag ju ändå hade en studentexamen, som en härlig plattform. He, he, he. Satt jag där och tänkte medan jag "randade" mina papper på "Bli Lycklig". Och kvitterade ut min schyssta månadslön och plötsligt fick råd med allt det som studielånen aldrig tidigare tillåtit. För folket var tydligen beredda att betala "vad som helst" för "Bli Lycklig". Och Frasse gav ju bara folket vad dom ville ha. Det visade ju hans upplagesiffror hur tydligt som helst.

- Titta här! sa han till den församlade redaktionen och satte ett cigarettbrunt finger under ett streck han ritat på

196

ett papper. Han höll upp pappret så att alla kunde se. Just där han satt fingret stegrade sig strecket rakt upp.

- Ett bantningsnummer, förkunnade han.

Det gick ett sus genom församlingen. Vad kunde jag göra åt det? Jag fortsatte att "randa".

Mitt ekonomiska andrum använde jag till att arbeta så lite som möjligt, sitta på krogen, springa i skogen, hålla huvudet över vattnet och känna efter hur dåligt jag mådde. Som ett samhällets självutnämnda lackmuspapper! Ett halvdöende bevis på att allt inte stod rätt till. Träffsäkra iakttagelser som jag vädrade över en vinare sena kvällar som en äkta vinsocialist. Fyrverkerier jag brände av mot en stjärnklar natthimmel, och sen vaknade besviken bland förkolnade träpinnar och försvunna gnistor. Och med en begynnande andnöd konstaterade jag att "gnistor bara är glödande järnfilspån". Lite deprimerat. "Det lät ju så bra kvällen innan". Och så lite cyniskt, "...då ja!" Desillusionerad på väg att växa ihop med journalistrollen. Kanske snart högsta poäng i rutan "realistisk yrkesuppfattning", om jag skulle göra om intagningsproven. Yrket med samhällets näst högsta självmordsfrekvens. Efter prästerna.

***

Järnet! Fin lunk nu. Som ett tuffande tåg. Jämn och fin rytm. Kroppen tycktes ha anpassat sig efter resurserna. Skulle jag överleva också den här gången? Jag log snett. Bara att tänka ett ord som "resurs". Stort! Med blicken skakigt riktad framåt där spåret nu slingrade sig fram genom den alltmer glesnande blandskogen. Jag var nästan framme nu. Jag levde. Solen på väg ner. Stjärnorna på väg upp. Tolka det, den som kan.

POET

Ja, Fromm-ruset hade liksom börjat flagna! Börjat gnissla. Gick det alltför fort? Det som först varit idel självklarheter; vägen mot frihet, bort från förtryck, imperialism, indoktrinering... det mynnade snart ut i ett spretigt floddelta av frågetecken...för alla som inte marscherade rätt i ledet, eller snarare dom olika leden... Det var snart den styvnackade uppfattningen i alla nya grupper och fraktioner som plötsligt växte upp som svampar ur jorden. Var och en med sin egen specifika definition av klasserna, sin syn på revolutionen, och "partiet" kontra "folket". Och i varje enskild fråga tog sin särskilda och självklara(!) ståndpunkt. Vänstern blev splittrad, taktisk och partipolitisk.

Jag började undvika olika grupper i korridorerna. Det räckte inte längre med att vara "vänster" eller "kommunist", och längta efter folkets befrielse. Man skulle (måste!) vara RÄTT vänster. Och nyckelordet var "solidaritet". Men - VAD var solidaritet, HUR var man solidarisk, MED vem, MOT vilka? Antingen höll man på Sovjet och var stalinist, leninist eller trotskist, eller så var man Kinaröd och Maoist. Antingen var Palestina navet i världsuppfattningen, eller Castros Kuba (med Ché på väggen), för att inte tala om det undanskymda mönsterlandet Albanien, som många drog till med. Eller Baader-Meinhof, Frank Baude, Svarta September, 21 November, eller..... Antingen skulle man ha ett försvar, numer mot det imperialistiska USA, inte Sovjet längre som jag ju alltid trott. Eller inget försvar alls. Antingen

198

var det tillåtet med homosexuella, dessa kapitalistiska mänskliga avarter, eller inte. Antingen var ALLT tillåtet för den goda sakens skull, "ändamålet helgar medlen", eller inte. Jag fick ont i huvudet.

Viktigare än att tänka själv blev att tänka "rätt". Annars riskerade man att bli klassad som, just det, "pisshumanist"! Och det kändes plötsligt som om man höll på att bli förtryckt av dom som skulle bekämpa förtrycket. Och jag skulle i det läget kunnat bli en riktigt bra socialdemokrat, eller folkpartist. Eller anarkist, eller präst! (Dom med den allra högsta självmordsfrekvensen) Eller, ja, nästan vad fan som helst. Bara jag slapp rättning i ledet. Som den individualist jag är. Som ändå tror på kollektivet. Och hur man nu ska kunna få ihop dom två bitarna.

Jag pratade gärna om "dialektik". Det gjorde många. Samverkan, utbyte, förbättring. Ett fint begrepp "i tiden" som det skrivits många böcker om. Jag hade inte läst nån.

Men tänk – ett kollektiv... av individualister. Som lever öppet. Inget att dölja. Orädda. Som vågar ge och ta. Vågar! Som accepterar sig som dom är.

Jag tänker...och formulerar en kontaktannons:

"Ensam, skiträdd individualist på 28 vårar, 184 centimeter över havet, som ägnar all sin tid åt att bli vad han inte är, söker kontakt med öppna, orädda, sunda människor. Helst kvinnor. För en kollektiv samvaro. Gärna utbildade sjuksköterskor, läkare eller psykologer. Utseende viktigt. Foto krav. Intressen: allt som gör livet skönt, som medicin, motion, kondition och styrka."

sv. t. "andlös förväntan"

- Tjena, det är jag som är den nye killen som ska bo här, säger man och steppar in i köket, pigg och uppspelt. Uppskruvad. Tyvärr i ett alldeles vanligt kollektiv,

199

eftersom ingen riktigt matchande svarade på min annons, men ändå...

- Schysst, svarar den skäggige killen i islandströja och brett utsvängda orange(!) bredspåriga manchesterjeans vid köksbordet, och markerar med handen att jag kan slå mig ner. Och så bjuder han på fika. Som vi dricker medan vi snackar. Tills jag inte kan sitta still längre, utan sprätter upp och runt lite där i köket, och vippar på tuppkammen i ett försök att imponera, om det skulle komma in nån läcker tjej. Som man kanske skulle kunna få ihop det med. Tänker man, och garvar, och snackar. Oavbrutet. Och så blir det en fika till. Medan killen vid bordet som får sno med huvudet fram och tillbaka för att följa mig börjar få nåt misstänksamt i blicken. "Okej, visst verkar han trevlig den här nye, men kan han inte ta och spänna av lite. Måste han stå upp hela tiden? Och gå?"

Nästa morgon har tuppskruden runnit av och man ligger alldeles nyplockad i sängen. Det blev sent. Många i köket. Te, sen vin. Och "den nye" i toppform. Trevlig snubbe var säkert det allmänna omdömet. Då. NU är man inte alls i form för att möta nån, och spela upp, börja snacka och garva. Rädd att ses som den andra sidan av sin personlighet. Där man ligger spänt och lyssnar efter om det möjligen är någon utanför i korridoren, eller om man ska våga smyga sig ut på muggen, utan att bli sedd. Med blåsan alltmer krävande.

I flera dagar tassar man sen runt osynlig. Rädd att möta nån, rädd att möta henne som man nästan fick i säng. Tills generatorn åter laddat upp och man övertriggad åter sprätter ut i köket.

- Tjena!!

Fylld av den där härliga energin och den rätta kontaktgeisten! För att göra det där intrycket. På dom

200

andra. Som sitter där och fikar, och snackar – som
vanligt. Efter en hård dag och bara vill ta det lite lugnt.
Nästan alla pluggar. Och en del jobbar också, dessutom.
Och verkar inte alls upplagda för lite fest igen.
"Torrbollar" tänker man, när liksom ingen svarar.
"Vardagsgrå typer alltså". Och så drar man upp en
vinare för att ändå hålla trycket uppe. Ha ha ha. Tills
man nästa morgon ligger där bakis igen och ångrar att
man rökte så inåt helvete mycket. Innan man några
timmar senare tassar ut på muggen. Utan att bli sedd.
Medan dom andra alltmer börjar undra varför man alls
flyttat dit.
"Ja, varför?" tänker man själv, sittandes ungefär som
Frank Zappa på muggen på den där svart-vita affischen
som alla hade då. "Jag lever ju här precis som om dom
vore fiender. Några att vara rädd för."
"Jag undrar vad han gör på sitt rum, och toaletten,
hela tiden", hör jag någon säga utifrån köket när jag
tassar tillbaka. Ljudlöst.
"Det undrar jag med", vill jag gå ut och säga, för
vadå, det är väl inget att smyga med. Vi undrar ju
allihop. Men, nej...det går ju inte. Och så smyyyger jag
igen dörren. Förbannad!

Men Maria var av en annan uppfattning.

- Du är ju auktoritär, sa hon en kväll efter vår gourmet-
middag.

Mina ögonbryn åkte upp.

- Auktoritär? Vad menar du? Gick jag genast till
motattack. Nu när jag var på säker mark.

- Det är många som inte vågar prata när du är med.

- *Vågar* prata? Det där säger du bara för att *du* har svårt
att uttrycka dig.

- Du tar liksom över...

Suck.

- Jag säger bara vad jag tycker, sa jag och. ryckte på axlarna. Och jag tycker vad jag tycker. Det skulle vara fan så mycket bättre om alla gjorde det, slog jag fast en av mina visheter.

- Det är just det. Du låter inte andra komma till tals.

- Va? Vilka då?

- Ja, jag kanske inte kan säga nån så här direkt, men...

- Säg *en* bara. Det räcker, sa jag, och log det där leendet som jag vet att hon retar sig på.

- Låt mig tänka.

- Tänk du.

- Sluta med det där leendet.

- Leendet? Log jag bredare.

- Maggan till exempel!

- Men...kom igen. Maggan? *Hon* snackar ju aldrig. Med nån.

Hur många gånger hade jag inte retat mig på att hon alltid satt tyst, så att man alltid fick gissa sig till vad hon tyckte och tänkte. Snål, var mitt omdöme om henne, och såna som hon.

- Det gör hon visst.

- Äh, kom igen. Med vem?

- Med mig. Det vet du. Det är ju därför vi är vänner. Hon berättar mycket om sina tankar och känslor.

- Jaså, vad känner hon då?

- Till exempel att det är svårt att prata när du är med.

- Och....vad ska jag göra åt det?

- Inte vara så dominant. Låta andra komma till tals.

- Men Maria, veknade jag i tonen, menar du att jag ska sitta tyst och vänta på att hon ska våga säga nåt? Det gick en rysning genom mig vid blotta tanken. Tänk dig själv, sa jag till Maria, vilken jävla begravningsstämning.

- Jo, det är ju... förstås..., började hon så tveksamt att jag genast tog över.
- Alla har väl samma rätt att uttrycka sig. Ordet är fritt. Det är ju inte mitt fel att hon är så kuvad.
- Nej, det är klart...
- Just det.

Som ni vet, så här pratade jag ju knappast när jag var uppe och lämnade jobb hos Frasse. Men vi prövar ändå ett tankeexperiment:
- Tjena Frasse, ge mig nåt vettigt idag, och inte allt det kärringtjafset om ekollonpuré...
- ...EXTRAKT, sköt han in.
- Låter som laxermedel.
- Det är det också. Och väldigt bra sådant. Väldigt många människor...
- ...har förstoppning, ja ja. Men vad vill du *egentligen* Frasse? Med tidningen? Med ditt liv? Bara tjäna stålar på lögner?
- Hörrö lille herr viktigpetter, vad vill *du* då?
Och där fick han mig. För en sekund. Sen var jag tillbaka.
- Ge mig det bästa jobb du har. Jag ska inte göra dig besviken!
Han tittade på mig med ett roat leende. Uppskattande? Kändes nästan som om det var första gången han såg mig.
- Okej, sa han efter en stunds tystnad. Vi har snackat om det länge, en miljöbilaga. Ligger i tiden. Försurning, kemikalier, tungmetaller, rötslam på åkrarna, kärnkraft, havsdöd, besprutning... Finns hur mycket som helst att göra. Och det är VIKTIGT.
- ...och SÄLJANDE! Log jag.

- So what! Sätt igång och skissa med Pelle och Monica. Så får vi se vad du har att komma med. Det ska va JÄVLIGT bra. Avslutade han och lät nästan som sitt gamla "jag" igen.

- Självklart, sånt här slarvar man inte med. Kanske till och med EkollonEXTRAKTET kan få plats... förstoppning som ett resultat av samhällsutvecklingen och vår livsföring.

- Skit i det, kontrade Frasse. Det tar jag hand om.

Jag började nästa gilla Frasse när jag tänkte så här. Men det var ju bara tankar. Det var det som var det jäkliga. I verkligheten rörde jag mig mer mellan polerna kuvad-och-dominant. Allt eller inget. Var jag mano-depressiv? Eller bara rädd, bara blyg...bara...bara? Eller "omnipotent" som Karin sa vid ett av mina besök.

- Omnipotent? Tittade jag oförstående upp på henne. Vad är det för nåt?

Hon betraktade mig granskande. Men efter nån minut öppnade hon faktiskt munnen.

- Det är när man vill ha kontroll över *allt*, över hela universum.

- Ja?

- Och det är ju inte möjligt. Då kan allt vändas i maktlöshet och ångest.

Hon släppte mig inte med blicken.

Skit detsamma! Nåt måste göras. Satt jag hemma och tänkte. Bredvid den tysta telefonen. Och längtade efter livet. Bedövad av tystheten. I den sena storstadsnatten. I det bleka skenet från rislampan över det låga soffbordet som jag kapat benen på. I den dävna lukten från sjögräsmattan som jag vattnat med blomstersprejaren. Orättvist lottad. Av ödet. Med min spegelbild lätt förvrängd i det svarta fönsterglaset. Och Ola Magnells "Nya perspektiv" på skivtallriken.

Det är bara genom dimmor som jag går...alltid dagen efter...nästan alltid lika långt till vår. Inga golv är riktigt plana där jag står, och ingen verkar bry sej riktigt om...Hur man i själva verket mår...

Jag var inte helt knäckt kanske, men... *..om det finns en enda gud som är värd sitt ...namn, för han mig i hamn...om jag går på grund ...*

...satt jag ändå och tyckte synd om mig själv... *men om jag sjunker har man i och för sig, haft en å annan liten flummig stund!*

Ola rockpoeten på Sköna spår med titlar som "När jag dör", "Alla håller masken" och "Tomma tunnor skramlar mest". Bara, SÅ rätt. Satt jag där ensam i den stora världen. Så full av människor. Som hade kul! Jag drog tungt efter andan, och greppade gitarren. Och var plötsligt Bob Dylan... ... inför tusentals människor!

Tills jag insåg att jag inte var det. Jag var inte ens Ola. Inte ens i *närheten* av Ola.

Då drog jag ännu tyngre efter andan.

Vart var jag på väg? Med hela mitt bagage. Frommruset, upproret, flykten, friheten, kollektivet, individen...en lavaström som måste fram. Och hade Artur Janov varit där och satt ett knä i häcken på mig hade jag väl primalskrikit mig till den rätta livsvägen. Nu var han inte det.

Jag lade ifrån mig gitarren och plockade fram papper och penna. Jag skulle sätta livet på pränt. Om det nu inte kunde levas. Jag ville visa folket (där har vi det där predikantdraget igen) verkligheten, jorden, rymden och stjärnorna i ett enda poetiskt handslag. Visa dom livet! Vad nu jag visste om det? Skapa fritt!

Jag började mejsla ut min poesi, när natten var alldeles svart utanför min lilla vindsfönsteralkov...och spökena började glida genom väggarna, stjärnorna blinka samförstånd, eller grått, och mångubben bara le, och le. För att ge folket lite gnista (det verkade dom ju sakna helt). Och som en av folket kunde jag ju behöva lite (mycket) själv. Jag skulle låta SANNINGEN träda fram ur vardagens dimridåer. Fånga vyerna. Strypa alla kortsiktiga tricks. Ge livet mening! (Det är väl inget fel med ambitioner?).

Jag skulle bli den store poeten!

Och det var något åt det hållet jag öst ur mig när vi var fyra stycken som sent en kväll satt runt ett cafébord på Korsika och släckte törsten med billigt rödtjut ur blommiga lerkrus. Det var jag, Maria, tysta Maggan och hennes kille Roffe. Vi hade inte hittat nåt hotellrum, utan skulle snart bli tvungna att treva oss ut på stranden i kolmörkret för att sova där. Då bytte Roffe plötsligt skepnad. Från lättsam snubbe i hawaiiskjorta fick han helt plötsligt horn i pannan.

- Poesi! Fnös han föraktfullt.

Vi tittade alla upp förvånade Det var som om han kastat isvatten på oss.

Roffe var uppvuxen söder om stan i en tvåa tillsammans med åtta syskon (som han fick det att låta), en grätande morsa och en supande farsa. Därmed hade han monopol på livets soptipp. Ingen jävul skulle tala om för honom hur "vanligt folk" hade det.

- Men inget annat tycks ju hjälpa, puffade jag ut med lite Gitanerök och trodde att han skulle nappa på avståndet jag markerade mot vänstergrupperna. "Dom där löjliga skit-tupparna, som trodde att DOM visste nåt".

206

- Vem fan läser poesi? Roffe såg ut som om han skulle spy.

- Nej, jag menar inte direkt dikter, utan LIVETS poesi. Konst, teater, måleri, musik!

Han tittade på mig som nåt katten släpat in.

- Poesi! Uttalat som en loska.

- Vad fan menar du då?

Det här var ett samtal över tjejernas huvuden, män emellan. Och Maggan sa som vanligt ingenting.

- Det handlar inte om det! Fnös han igen.

Och så kom hela historien om barndomshemmet och farsan. Om hur vanligt folk egentligen funkar. Att dom ger fullständigt fan i vad ens ORDET poesi betyder. När dom kämpar för att komma ikapp med hyran, ha mat på bordet och sprit i glasen.

Och då var det meningen att jag skulle fatta att jag bara var en liten jävla överklassbrat som inte hajja' ett skit. Utan bara satt där och yrade. Och inte skulle va så jävla kaxig bara för att jag kunde uttrycka mig. Och va intellektuell. För, det skulle jag ha klart för mig, det skiter folk i! Såna som mig. (Som om jag inte redan visste det).

Och plötsligt gick det upp för mig att Roffe överhuvudtaget inte gillade mig. Vi som tidigare haft så kul. Men här var det plötsligt rätt in i bergväggen. Och jag förstod att vad jag än sagt så hade han viftat med ett hånfullt pekfinger i luften och hävdat rakt motsatt uppfattning. Jag misstänkte att om jag till exempel sagt att "poesi borde förbjudas", sånt borgerligt dravel. Då hade han säkert slagit fast att om det var nåt, stackars utslitna arbetare och alkisar behövde, så var det just lite poesi.

Och inte blev han vänligare inställd när jag sa att jag gillade honom, där i det gråtmilda ruset. Vi hade ju alltså umgåtts alla fyra en hel del under våren innan resan. Käkat middag och spelat fyrmanswhist. Som Roffe stundtals med sin härligt friska humor förvandlat till halva skrattorgier. För han kunde va så jäkla rolig. Men nu hade han uppenbarligen snedtänt, och förklaringen kom krypande mellan raderna. Han tyckte att jag styrde och dominerade, vilket han var allergisk emot. Folk som bestämde över honom. Med avsmak hade han åsett hur jag lurade ut Maria på långa vansinnespromenader, som han dessutom själv varit indragen i till en början, när vi letade badplats. Ingenstans passade det mig. Först en mil längre bort lyckades vi hitta en enslig badklippa i min smak. När man alltså "kunde ligga skönt i SANDEN bara *tio meter* från hotellet". Roffe var charterresenär på semester. Jag var äventyrare (ha ha ha) alltid på väg!

Roffe hade ingen aning om att jag fick ångest av att ligga inklämd och instängd bland tusentals andra människor på en playa. Och jag bara anade hans motiv för motsatsen. Han hade en gång antytt hur han låg hemma i sin lägenhet och primalskrek i sin huvudkudde. För han hade ju läst decenniets smash hit efter "Jack", nämligen "Primalskriket", som påstods vända upp och ner på hela den Freudianska analysen. Åratal på analyssoffan skulle kunna bytas mot några välriktade skrik, från botten av ens existens, sen skulle det liksom vara klart! Och Roffe var långt ifrån så ointellektuell som han ville påskina. Vid sidan av jobbet på posten gick han på målarskola. Han skrek åt morsan och farsan – så klart (analyserade jag). Och ingen djävul skulle få sätta sig på honom!

Och ingen djävul skulle få sätta sig på mig!

Vi var som två stridstuppar med Maggan och Maria som stumma åskådare.

- Poesi! Stötte Roffe upp på nytt. Jag går och lägger mig. Så vinglade han ut i strandbuskagen med sin packning, stöttad av Maggan, som halvt vänd mot oss himlade med ögonen.

***

SNART FRAMME. Några stenar släppte greppet när jag var på väg uppför det sista ynka motförslutet och jag fick spänna mig en aning extra för att inte halka till och komma på fall. Flåset skrämde småfåglarna som flaxade upp här och var omkring mig. Och svetten forsade. Men jag såg "ljuset i tunneln". Som många med nära-döden-upplevare beskriver det. Ja, rent av såna som bevisligen varit döda, inga hjärtslag alls, ingen andning, ingen puls... Men när livräddarna fått fart på "pumpen" igen, så har "liket" börjat se just ett litet ljus långt bort i en tunnel. Och det låter ju härligt.

Men det finns ju också andra redogörelser. Hur jäkla skönt det var att liksom bara flyta booooort...och hur jobbigt det sen kändes att slitas tillbaka! För man vill inte!

Konstigt va?

SKÅDIS

Tillbaka från Korsika i septemberstockholm. Med myllrande gator, strilande höstregn och allt mörkare kvällar. Och i bakhuvudet fladdrade "Bli Lycklig" som en hotfull vampyr. Veckotidningsmurvel, var *det* min

209

framtid? Mitt öde? Och jag kände höstdepressionen dra ihop sig på ett olycksbådande sätt. Och därefter följde vintern. Kanske blåsig, råfuktig och slaskig. Fel också på vintrarna? Sånt kunde man aldrig riktigt veta. Helt klart hade i alla fall Maria blivit allt kyligare. Som en förvarning.

Då – ringde telefonen, äntligen! Det var Hasse från Journalisthögskolan. Han från Vasastan med jättefesten. Den svårdechiffrerade clownen som jag aldrig fått nåt grepp om. Som med sitt Povel Ramel-utseende skojsade och nojsade sig fram i korridorerna. Vart var *han* på väg? Denne lönnfete östermalmslyngel som ägnade mest tid åt studentteatern. Och det tyckte jag i för sig lät kul. Det hade jag undsluppit mig på nån fest när han berättade om vad dom sysslade med där. Alltså, när jag varit tillräckligt full för att ens våga tänka tanken.... att stå på en scen.... inför hundratals människor...därute nånstans i bänkraderna i den mörka salongen.

Så när telefonen ringde lyfte jag ovetandes på luren.

- Tjena, det är Hasse. Tjolaflöjt.

Hasse? Vad fan ringde han mig för? Jag kände honom ju knappast alls.

...jo, en *ny*startad teatergrupp, eller kanske mer utbildning, alternativ till scenskolan (jo, jag tackar). Startad av en känd (!) rumänsk regissör...Branko (nånting...) ...lärare på Dramatiska Institutet. (Aha!). Och nu behövde dom en till. En kille. (Inte lätt att få tag på, läste jag mellan raderna).

- Och då kom jag att tänka på dig! Du är ju intresserad, sa du, sa Hasse som om det var en naturlig tanke.

Jag kände hur det hettade till i ansiktet.

- Har du lust att börja, på prov alltså?

210

Poletten trillade ner. Jag harklade mig. Han ville helst ha svar direkt. Och i så fall vore det bra om jag sen kunde börja nästa dag.

Hade jag lust? Började det flimra febrigt. Att stå på scen och flämta efter luft. Det skulle va nåt för publiken att se. Verklighetens neuros mitt i vitögat. Riktig jävla teater! För bara tjugo spänn biljetten. Slut på slötittandet. Inget jävla Dallas-tjafs. Rätt in i händelsernas centrum bara.

"Men hjälp honom då!!! Ring efter ambulans!!! Finns det nån läkare här?? Ser ni inte att han är sjuk!!!" Står kärringarna upp och skriker i sina minkpälsar (dom som bär upp kulturen).

Skulle jag kunna utsätta mig för det? Och, ännu värre (kanske) – skulle jag kunna utsätta en hel grupp för det? Och sen en hel publik?

Men samtidigt, tanken att skapa fritt, i grupp, att satsa. Våga. Inget intellektuellt skitsnack. Där var vi lite lika Roffe och jag (igen). Praktiskt arbete. Grupp-poesi! Hur många såna här "erbjudanden" skulle jag få i mitt liv? Och vad är det att leva? (om man aldrig vågar). Alla dessa tankar forsade genom mig, samtidigt som det kändes som om nån fått in en fullträff i solar plexus. Jag satt dubbelvikt med luren mot örat. Drog efter andan och försökte få det att låta normalt.

- Hasse, viskade jag, jag kommer!

Dagen efter tog jag tunnelbanan ut till Björkhagens skola, i kanten av Nackareservatet, där "teatercentrum" hyrde in sig i några tomma klassrum. Och innan jag visste ordet av stod jag ombytt i träningskläder tillsammans med tolv tjejer och fyra killar. (Var det såna som jag?). Och jag behövde knappt presentera mig innan vi var igång med kullerbyttor i slow motion samtidigt som vi rabblade ramsor (total control!) och sen välriktade sparkar på bambukäppar ackompanjerade av stridstjut som i den värsta japanska kendoträning. För att vi skulle bli fria, förklarade Branko. En liten satt man i 50-årsåldern med stort gråsprängt skägg, åtstramat hår i en hästsvans, varma bruna ögon, kulmage och slitna blåjeans. Och så var han igång:

- Everyone can act! på sin vänligt brutna öststatsengelska och lät blicken svepa över sina adepter, som Jesus över lärjungarna. Vi var snart beredda till vad som helst han manade oss till. Och inom loppet av ett år skulle han ha nedlagt halva den kvinnliga ensemblen.

- The problem is NOT to act!

Just det, nickade jag. Jag som egentligen aldrig tidigare gillat teater. Det var för tillgjort och överdrivet, för mossigt och gammalmodigt (så vad gjorde jag då här?). Om man bortser från Keve Hjelm, förstås. Han spelade inte. Han bara var.

- Swedish theatre is shit, förklarade Branko.

Bara prat- och låtsasteater, var vad han menade. Dramaten, mest en dammig föråldrad institution. Just det, nickade jag igen (så att jag snart fick ont i huvudet). Nej, *vi* skulle göra nåt helt annat, sa Branko.

- Real theatre, like Peter Brook and The Living theatre (skolan som fostrat stjärnor som James Dean och Marlon Brando - nu började det likna nåt!)

Branko hade jobbat med båda, eller åtminstone fått vara med och titta på. Hans roll var oklar. Bortsett ifrån att han var en regissör med internationell ryktbarhet (som det viskades i gruppen).

Och snart älskade vi alla Peter Brook. (Vem det nu var?) För nu skulle vi bli Sveriges bästa teatergrupp. Inte bara sitta och låtsasprata i gamla plyschsoffor. Och inte peka ut lösningar för folk som redan tycker likadant. Som Fria Pro (jag sa aldrig att jag gillade dom). Nej fram för

212

oss och den fysiska teatern, i närkamp med verkligheten. På huvudet, händerna, axlarna, i brygga, i volter och rullandes kullerbyttor. Helst top-less om Branko fick bestämma. Med energi. Utan blockeringar. Med mustigt kroppspråk. Leve Shakespeare! (honom hade jag aldrig gillat).

Vi skulle, kort sagt, *leva* på scenen. I vår *sceniska verklighet.* Även jag då. Naturligtvis. Var det tänkt. Att jag knappt levde överhuvudtaget verkade ingen riktigt märka (så egentligen var jag kanske en förbannat bra skådis). Vi lärde aldrig känna varandra. Bara låg med varandra. Dom andra hade ju (väl?) sig själva att tänka på.

Vi bara "ville". Och viljan kan ju försätta berg, som det heter. Så i gruppen snackade vi bara om hur jävla bra vi skulle bli (egentligen redan var!). Och den som skulle segla denna fantastiska skuta var alltså Branko. Sverigeees Peteeer Brook!!!

Det var då han stack. Bara uteblev. Utan ett ord. Den jävla skiten". Lämnade han oss – ensamma. Med alla våra energislukande blockeringar. Vi som hade så svårt att stå på ett ben och rabbla ramsor. Sjunga visor under dom där slow motion-kullerbyttorna. Säga "ja" i improvisationer istället för "nej".

Vi gjorde aldrig vår sprakande entré i det svenska kulturlivet. Vi hittade aldrig den rätta pjäsen. Som var tillräckligt bra för oss. Så satt vi där på slutet och resonerade. Dagarna i ända. Och slutade att träna.

Och vid det laget hade jag blivit en av de riktigt tunga rösterna i gruppen. En av dom som verkligen ville nåt. Nu när jag insåg att jag inte löpte risken att behöva spela, *då* blev jag uppriktigt besviken.

I maj flyttade vi ut "träningen" till Djurgården. Där vi låg och tuggade grässtrån, slog lite volter (så bra att folk nästan stannade och tittade) och lät drömmarna lyfta mot skyarna. Med dom gamla kraven och dom nya planerna. Vi splittrades i nya konstellationer. Jag började öva sketcher hemma hos Hasse, med honom och två tjejer från gruppen, Bella och Titti. "Stanniolmannens öden och äventyr"! Vi bandade dom på Hasses kasettspelare och skickade in dom till radion. Som vi sen aldrig hörde av.

I augusti tvingades vi lämna våra frestande lokaler på söder med sneda tak, nylagt sviktande golv, takbjälkar och vitkalkade väggar. Där vi under en månads tid (efter Brankos anvisningar) restaurerat en liten industrilokal högst upp över gården till en riktig teatertränings-*studio*. Nu intogs den av en annan nystartad grupp.

Med en tår i ögat överräckte vi nycklarna.

Jag drog mig tillbaka till mina papper. Och klagade över den nya regeringen (jag hade också klagat över den gamla). Och över hur folk kunde vara så korkade att dom föll offer för den privata framgångsmyten. Och löften om sänkta skatter, och fler snutar, och... Jag var nästan beredd att *överge* folket, som ändå bara röstade på sossarna, eller borgarna. Men som en av folket var det ju lite svårt. Jag fortsatte min privata strid (nånstans där högst upp i en vindskupa på Linnegatan). För lyckan. Lika maktlös som alla andra små skitar. Men jag hade målet klart för mig – min vy.

Så folket: Here I come!!.....ekade det ut över nejden när det nu drog ihop sig till spurten. **TIO KILOMETER**. Jag vek av på en liten lerig stig upp mot grusvägen bort till badhuset. Några hala rötter höll på att få mig på fall. Men jag svarade med ett skutt, växlade om till två korta, så ett låååångt igen, och jag var äntligen där -

214

uppe på den avslutande grusvägen. Tvåhundra meter lättsprungen plan väg. Rena spurtrakan! Jag tänjde på steget. Sköt fram bröstkorgen. Fjädrade på tåspetsarna. Dom höga furustammarna som kantade vägen vek sig snett bakåt och bildade plötsligt läktare, med ens till bredden fyllda av entusiastiska åskådare, som nu reste sig upp när dom såg mig lösgöra mig ur grenverken längre bort. Jublet började stiga, som snart växte ut i mäktiga ovationer. Och ur dessa trängde sig nu en kommentators ekande högtalarröst: *"Tompa Björk kommer ut på upploppet i ensamt majestät, INGEN annan syns bakom honom."*

Mitt plågade ansikte sprack upp i ett soligt leende. Jag höjde armarna i luften. Hjärtats dunkande försvann. Den tunga andhämtningen var som bortblåst. Jag vred huvudet åt båda hållen, med min lyckliga blick, och mitt bländvita leende och såg ett myller av ansikten jag kände igen. ALLA jag kände igen! Alla jag bett aftonbön för hela barndomen. Som jag bett Gud bevara. Mamma, Eva. klassen, kompisarna, Roffe, farbror Preben! Och så: Journalisthögskolan, Frasse! Branko! teatergruppen.... "Heja, heja, heja", skanderade läktarna. Och tankarna virvlade som ljumma sommarvindar. Där jag flööög fram. Var det så här livet var? Värme, generositet, öppenhet och glädje? När jag i ett regn av konfetti likt en ny Gunder Hägg sprängde målsnöret! Framme! Hel, frisk, stark, och - en del ....av folket! Som ÄLSKADE mig. Och som JAG älskade tillbaka! Det var ju mina vänner, för fan!

Visst, det hade börjat otäckt. Och grundproblematiken var ju om jag ens skulle överleva? Men jag tog mig igenom. Plågade mig fram meter för meter. Som Zatopek, Jernberg, Nurmi, Hakulinen...Chaplin? Fram till

215

belöningen – folkets omfamnande jubel! Jag slog leende av på farten. Sänkte armarna. Stannade upp. Och fällde överkroppen framåt. Det hade trots allt tagit lite på krafterna.

Och när jag kort därefter höjde på huvudet igen var scenen förbytt. Solen hade nu definitivt gått ner bakom trädtopparna och det hade nästan börjat skymma. Läktarna var som bortblåsta. Konfettin hade förvandlats till vissna löv och lite kringblåst skräp. Snart skulle gatlyktorna tändas och kasta sitt gula sken genom grenverken mot de färgsprakande löven. Två tjejer i joggingdresser kom springande mot mitt håll. Längre bort stod en yngling och stretchade vader och lår. Några nybadade killar med väldiga trunkar försvann bort mot parkeringen.

Blodet dunkade i tinningarna. Svetten droppade. "Andas ut...andas ut...det är ju det det handlar om (intalade jag mig för vilken gång i ordningen), inandningen ska gå av sig själv." Omvärlden började gunga. Jag ruskade på huvudet och försökte fästa blicken på nåt... som borde hålla sig stilla. Hade jag övertrasserat syreskulden? Vem fan trodde jag att jag var? Ögonen fuktades. Två hundra meters spurt! Inför läktare, fyllda av vänner? *Men - lägg av! Vadå vänner? Började rösterna väsa inifrån. Hur har du det med verklighetsuppfattningen? Bara så jävla orutinerat! Fattar du ingenting?*

Och existensens ödslighet svepte iskallt genom mig. Hela det svarta gränslösa universum. Inte en enda ynklig läktare. Bara jag. Alldeles ensam. Och den ende som kunde hjälpa mig var ju jag själv. Kunde det bli mer skrämmande?

216

"Mår man taskigt i Stockholm, mår man taskigt i Paris", sjöng Robban. Och jag hade (naturligtvis) gjort en sju-åtta egna låtar på samma tema.

Jag tittade på klockan. Torkade bort imman från glaset. Strax under fyrtiofem.

Under fyrtiofem! Jag spärrade upp blicken. Jag som trott det tagit minst en timme..

Tiden kastade mig tillbaka upp på land, som den värsta Robinson Kruse, i ett trassel av lyckokänslor. Jag hade ändå överlevt, försökte jag balansera tankarna. Så springer väl ingen döende? Och Marias ord från Sörmlandsleden kom ringande, "hur kan du ens tro att du är sjuk? Inte många skulle klara så mycket som du."

Jag rätade på kroppen. Lite kaxigt. Nysotade rör. Lite jävlar anamma! Kastade en blick runt omkring mig. Stod det nån här som fattade att dom hade en "vinnare" framför ögonen? Nej, det var lite tunt just nu. Jag sträckte armarna över huvudet. Tänjde åt sidorna. Fällde överkroppen framåt (igen) och körde några försiktiga "väderkvarnar". Funkade. Allt verkade va på plats. Och jag började sakta röra mig bort mot entrén där ett trettital cyklar flockades utefter den röda tegelfasaden. Jag rufsade om dom våta hårslingorna. Träningsoverallen hade börjat stelna.

Ett gäng tonåringar släntrade nedför entrétrappan i bulliga nylonpajjer och anoraks. Skojande och bråkande. Såg så satans bekymmerslösa ut. Som drömbilder av amerikanska high school-ungdomar. Levis, basketskor, collegetröjor, coca cola, hamburgare, milk shakes...

Bakom pannloben hackade mina egna minnesfilmer från uppväxten igång: Eva, moppen, hennes morsa, Fredrik, min svett och all jävla rädsla... Vad fan visste dom här kidsen om "Bli Lycklig"?

217

Och revolutionen!

Jag gjorde mig redo att möta omvärlden, drog upp axlarna, spände ut överkroppen och trängde mig upp emellan dom. Där dom skrattande knappt lämnade mer än en smal glipa mellan sig. Märkte dom mig ens? Jag visste inte om jag skulle bli förbannad eller om jag önskade att jag vore en av dom. Förmodligen båda delarna. En av tjejerna var dessutom väldigt snygg. Hann jag notera. Och jag slogs av att det var lördag. Att jag fortfarande var vid liv. Ja för tusan, och att jag överlevt hela ungdomen.

Jag drog upp dörren och steg in i entrévärmen. Jag var redo!

KATHARSIS

En doft av klor slog emot mig i entréns ljumma inomhusluft. En omisskännlig badhuslukt. I det fortfarande moderna badhuset som tillhörde GIH (Gymnastik- och Idrottshögskolan). Ett typiskt 60-talsskolhus. Tegelväggar och en bred luftig stentrappa. Kassan till höger med en hygieniskt vitklädd receptionist. Och rakt fram glasade dörrar in mot själva simhallen, som skapade rymd, men inte var avsedda att användas mer än som nödutgång vid katastrof, och mer vardaglig snabbpassage för personalen, badvakter och vaktmästare.

Jag skulle just börja gå uppför trappan när jag stannade upp och blickade in mot hallen med det blåskimrande vattnet och dom gigantiska panoramafönstren ut mot den omgivande naturen på andra sidan. Dom höstliga träden, med allt kalare grenar. Den fortfarande lika intensivt

218

gröna gräsmattan med drivor av eldfärgade lönnlöv. Och innanför längs bassängkanterna masade sig dom vitklädda vakterna (ordningspoliserna?) fram med visselpiporna hängande runt halsen. Jag var på väg in mot verkligheten. Från löpspårets ensamhet till det gemensamma badet. Där avklädda kroppar anpassade sig till, ja nästan snuddade vid varann. I den stora gemensamma baljan som bassängen utgjorde. Där skulle vi sammanstråla och samsas. Vara tillsammans. Skratt och glada tillrop anades genom glaset.

Utan att egentligen tänka på min andning just nu, lät jag blicken svepa runt hallen i jakt på nån jag kände. Det fanns en hel del som skulle kunna befinna sig här nu. Och en del av dom har ni redan hört talas om, Björne, Torra, Hasse....kanske till och med Fredrik eller - Frasse (hemska tanke). Just det, en del att akta sig för. Som jag absolut inte ville träffa en sån här dag. Och överrumplad bli stående i ett samtal. Utan nåt att säga.

Eller, så klart, motsatsen, möjligen nån att bli glad över att se (jag kunde inte komma på nån). Eller, nån som kanske gärna velat få syn på mig, ur ögonvrån, för att sen kunna akta sig själv...och av nån anledning gled tankarna in på första gången vi träffades i "skapande dramatik"-kursen. När vi var nitton stycken som skulle blunda och gå runt och säga "aaahh" och "väsa som vinden", med händerna framsträckta som tentakler för att söka kontakt och känna och ta på varann. Med mina kallsvettiga händer tyckte jag hela tiden att dom som redan snuddat vid dom undvek mig. Blåste iväg "som vinden" så fort dom hörde mitt "aahhh".

Och Karin (terapeuten) högg självklart som alltid ett sånt upplagt bete:

- Varför tror du det?
- Vadå, varför?

219

- Ja, hur tyckte du att dom andras händer kändes?
- Dom.....kändes ju bra. Så där som normala händer är.
- Så det var bara dina händer som avvek?

Men nu fick hon väl ta och ge sig! Som om det här handlade om mina fantasier. När jag gick runt där och "väste" och kände mig alltmer isolerad. I denna inledande kontaktövning. Där jag snart naturligtvis började undvika dom andra vindarna. Liksom tonade ner mitt "aahh", vred på huvudet och fintade åt andra håll.

Och medan jag cirklade runt som en vilsen tornado började jag fundera på hur länge man skulle hålla varann i händerna sen man väl fått "kontakt". Vad innebar egentligen att "känna" och "ta", att "mötas"? Kanske var det bara naturligt att dom andra släppte mina så snabbt. Just som jag skulle börja "undersöka och smeka". Smeka? Kanske var det mest det dom oroade sig över. Över den där vinden som inte riktigt visste var gränsen för kontakt gick".

Fast när jag tänkte efter, så var det ändå alltid jag som släppte först. Innan *dom* började bli för närgångna och känna och ta jag-vet-inte-var, så att *jag* också skulle bli tvungen att känna efter "både här och där". Och sen vet man ju aldrig var det skulle kunnat sluta. Vi talar ändå 70-tal. Med allt vad det innebär av intima utlevelser. Det var, som ni förstår, jävligt komplicerat, där jag alltså gick runt och tänkte så mycket att jag knappt kände nånting...

När vi väl kommit över dom värsta kontaktövningarna började jag få riktigt bra kontakt.

Det fanns ingen jag kände igen i bassängen. Och ett plötsligt sting av ensamhet brände åter till när jag vände mig bort från glasdörren. Ni vet den där storstadskänslan av att man plötsligt kan falla ner död, på offentlig plats, utan att nån har en aning om vem man är. Det tar en jävla tid innan dom lyckas identifiera en. Kanske veckor. Tills ens närmaste anmäler en saknad. Och det kort därefter ringer från bårhuset:

"Jodå, vi har ett lik här, om ni vill komma och titta."

Lik?

Och som så ofta trängde sig Karins tankar in som från ingenstans.

- Sånt där behöver väl inte du bry dig om när du ändå är död, flikar hon in. Och jag ryser vid tanken på hur oempatiskt hon emellanåt uttrycker sig. Eller hur? När man betänker hur dom gamla faraonerna lät döda arméer för att få sällskap och skydd i dödsriket. Medan man själv ligger där, utan ett endaste identitetskort!

Jag rätade på mig och började masa mig uppför dom tjugo trappstegen mot omklädningsrummet, och min *hytt*, som jag alltså av nån underlig anledning förärats. Och inte bara ett vanligt skåp. Kanske ville dom helst att jag bytte om så att ingen såg det?

Fast därinne var det nu nästan helt tomt. Sånär som på en rundmagad 40-åring eller nåt i den stilen som stod och pillade med vikterna på Stathmosvågen. Precisionsvågen på alla seriösa badhus och träningshallar. Och där intill stod en annan, mer i min egen ålder, och jobbade framför spegeln med den väggfasta hårtorken, lätt bakåtlutad med blicken fixerad vid den egna anblicken. En tredje satt hukad över skorna på en av dom långa gympabänkarna i mitten av rummet vid raden av kläd*skåp*. Leende slank jag in i min HYTT.

Av med dom genomsura träningskläderna. In med strumporna i dojjorna som stank efter alla mina rundor. Glömt att tvätta dom! Borde jag inte köpa nya? Tänkte jag - varje gång. Och undrade om det berodde på min snålhet. Präglad av en uppväxt där allt gott var

221

mängdbegränsat. Två äpplen om dan. En apelsin. Bara sex bergismackor, med *en* skiva ost på. Ska man misstänka att hela mitt tillstånd emanerade ur ett struptag i analstadiet (det var sånt jag ville fråga mamma om)? Så att jag aldrig mer gav ifrån mig nåt frivilligt. Och höll i det (lilla) jag fått med näbbar och klor. Till exempel syre? *Det* borde jag kanske ta upp det med Karin. Även om jag visste svaret redan innan: "Vad tror du själv?"

Naken sånär som på handduken runt höfterna, och med badbrallorna och schampot i handen låste jag hytten och anträdde den inoljade ritualen. Vågen var nu ledig. Jag ställde mig på dom två blöta fläckarna på vågplattan. 74,2. Idealiskt för en man på 184 cm. Fyra kilo mer än i lumpen. Men på behörigt avstånd från 80, min panikgräns, och snudd på "snara från taket". En gänglig typ som jag fick absolut inte bli överviktig. Då var livet slut!

Så fortsatte färden ut ur omklädningsrummet och in mot BADET. Genom den smala kaklade gången med alla krokar för handdukarna. Där hängde jag upp min handduk och badbrallorna.

Duschrummet var varmt och fuktigt. Det ångade om båsen. Vitt kakel överallt. På golvet ljusgrått klinker. Vid fottvätten i mitten hukade några nakna kroppar över tvålapparaterna och fotducharna. Längs bortre väggens smala bänkar satt några äldre män och såg ut som rödmosiga varningstecken. Lördagens seniora herrbastumöte?

Och så var papporna där med alla barnen. Som älskar att bada, men inte att ta av sig badbyxorna. Dom vuxna knallar ogenerat runt nakna. Som om ingenting. I Guds egen hage. Men barnen, som ju ska va så naturliga, dom har jämt byxor på. Utom dom minsta förstås, som klänger runt pappornas ben inne i duschbåsen. Men dom blygaste, från tio år och uppåt, som har kompisar med sig, dom behåller brallorna på också *inne i bastun*! Där det är förbjudet! Och där badvakterna med jämna mellanrum gör veritabla razzior. Vitskjortade, med visselpiporna ("skjutklara") smyger dom in. Slår till och spärrar av flyktvägen. Ungarna är fångna som råttor. Helt enkelt inte riktigt fair. Men för vakterna verkar badbrallor inne i bastun lika "hot stuff", som för kidsen. Brallorna får helt enkelt inte vara på!

Efter en snabbdusch tog jag mig in i det dunkla tropikrummet och gled ner på en av dom skållheta avsatserna. Och när baken väl neutraliserat känslan av spisplatta, öppnade en liten flicka högt munnen, helt i strid med den bibliotekstysta bastuetiketten, och frågade sin pappa:
- Varför badar inte farbröderna och tanterna i samma bastu?
Hm, intressant fråga, tänkte jag. Som en av fyra till synes ointresserade åhörare där inne.
Pappan tittade ansträngt på dottern.
- Jaaa...., drog han ut på svaret, med en röst som lät överdrivet naturlig. Joo... det var några som för länge sen ....bestämde att det var bäst så.
Han gav dottern en blick, som för att utröna hur svaret tagit. Och så tillade han:
- Farbröder och tanter vill inte alltid bada tillsammans. Det kan vara skönt att få vara ifred ibland. (Ja, visst kan det!)
Och så lutade han sig en aning bakåt. Flickan satt tyst. Kanske nöjd med förklaringen. En pappa är ju ändå en pappa. Men så sa hon bara plötsligt:
- Jag vill ut till vattnet nu.
Pappan vred plågat på huvudet.

223

- Men vi har ju just kommit in. Pappa tycker att det så skönt här inne.

Hm? Tänkte jag (igen). Inne i ett litet halvmörkt rum där det är så hett att man bränner sig när man sätter sig ner, och bränner sig när man andas genom näsan. Där alla sitter nakna, tysta och sammanbitna medan svetten tränger ut och börjar glittra på huden. Nästan helt blickstilla. Jättelänge. Tills man inte står ut längre.

Efter en halv minut reste dom sig och gick ut.

En (alltid redo) scout med svajande jättebanan reste sig strax efter och följde efter. Tre nya män kom in som på led. Utan att med en min förråda om dom kände varann.

En äldre herre satt lutad mot bortre väggen. Som om han satt sig ledigt tillrätta på playan och tänkte stanna fram "till lunch". Kanske var han sjutti. Senig och brunbränd (från nån Kanarietripp? Nu när han har tid som pensionär). Skinnet och musklerna (eller vad man nu ska kalla det) hängde trött utefter armar och ben och blottlade hela revbensgalleriet. Inget överflödigt fett där inte. Ingen hängbak skulle nånsin få titta fram under hans badbyxor.

Plötsligt, när jag hade blicken i en helt annan riktning, började det smälla från hans håll. Blixtsnabbt vred jag på huvudet. Det bör man ju heller inte göra, men det lät otäckt. Hade han rasat omkull eller nåt? Då fick jag se hur han börjat piska sig med sin våta handduk. På bara några få sekunder hade hans rödbruna kropp antagit en blåröd färg. Medan han utstötte ljud som fick mig att tänka på en tandlös med avhuggen tunga som bad för sitt liv (typ, gamla testamentet). Tills han några sekunder senare benådade sig. Knuffade upp skelettet på fötter och skramlade iväg mot dörren. Jag tyckte mig uppfatta en belåten blick. Eller om den bara var tom. Eller om det var min blick som var tom? Intetsägande. Eller sa den för mycket? Av allt det där som inte får sägas, avslöjas. För

"DET" fick inte märkas. Jag måste verka normal. Vet inte varför. Varför det inte fick märkas att jag satt där och hade svårt att andas. Inte så farligt just då, men det kunde när som helst blossa upp. Utan förvarning. Ett tecken (ett brännmärke) på svaghet, underlägsenhet, onormalitet.

Men att känna så, inne i den där klaustrofobiskt ugnsheta katakomben, var kanske ändå "rätt normalt". Kanske var jag rent av lite överdrivet normal? Och välanpassad. Helt enkelt rigid. I avsaknad av lite jävlar anamma bara! Och glimten i ögat.

Men, att basta är ändå ett problem! Det visste jag ju redan innan. Och hade egentligen inte nån lust att gå in i dit över huvud taget. Till all den där kvava, unkna, heta luften. *Därför* gick jag alltså in dit! Kontrafobin, ni vet. *Tvånget* att alltid agera emot sina känslor.

Och jag vinnlade mig redan från början om att slappna av, att sitta bekvämt (som benranglet nyss vid bortre väggen) och tänka på nåt helt annat. Nåt positivt! Jag hade ju trots allt sprungit en mil. Vilket innebar en syreomsättning mångdubbelt stor mot stillasittande. Så vad fan hade jag egentligen att oroa mig över? Just det!

Ändå kände jag snart hur jag fick alldeles för lite luft. Trots att jag bara satt där! Hur det nu var möjligt? Men sen, just när jag höll på att svimma, så lyckades jag dra mitt första befriande djupa andetag. Och i "samma andetag" fick jag ner hela svetslågan av bastuluft i lungorna. Och tänkte genast, "det där får jag inte göra om". Det måste ju bränna sönder nåt därnere. Flimmerhåren, eller lungblåsorna?

Jag sööög in nästa djupa andetag. Nästan som om jag *lurade* luften. Drog långsamt, och ändå djupt. Liksom gäspande. Med händerna tvinnade framför mig. Som om jag kråmade mig. Där jag satt bland alla dom andra som

225

bara verkade andas genom näsorna! Och inte alls tycktes uppmärksamma mitt beteende.

Svetten låg redan som en pärlande daggmatta över huden. Förutom benen. Och där stod nu striden, måste också dom bli svettiga innan jag ansågs ha bastat klart? Jag inväntade svar från kontrafobin. Det var väl ingen riktig flykt att glida ut med bara halvfuktiga ben.

- Så du tror att det var för att du varit på fest dagen innan som du kände dig så där? Säger Karin stilla tillbakalutad i sin terapeutfåtölj.

- Nja, suger jag eftertänksamt på svaret, självklart inte bara. Men det förstärker, det är precis som om min kropp inte alls längre klarar av att jag dricker en flaska vin då och då. Och röker.

En fluga surrade nånstans. Klättrandes bakom gardinen. Små dunsar mot det (för en fluga) obegripliga glaset.

-... och jag vill inte sluta med det bara för att min kropp *tvingar* mig.

Jag kastar en snabb blick på henne. Innan den hastigt flyttas tillbaka till mina flammiga händer, där jag sitter och pressar fingertopparna mot varandra.

- Ska jag sluta, ska jag göra det för att jag själv vill. Om jag är tvingad känner jag mig instängd. Kvävd. Livet blir så begränsat. Och då börjar hjärtat dunka i bröstet, i värsta fall dubbelslag, och jag får svårt att andas. Och blir helt övertygad om att jag håller på att dö. Det spelar ingen roll hur många läkare som hävdar motsatsen. Nånting måste dom ha missat. Jag vet ju själv bäst vad jag känner. Inte sant. Nåt kemiskt, nåt elektriskt, nån liten förändring som snedvrider balansen i hela kroppen. Sånt som man läser om i tidningar. Hur folk i åratal går till läkare, som bara säger att det är nåt psykiskt. Tills dom plötsligt bara dör.

226

Jag tittar på Karin för att se hur det tog. Hennes nollställda ansikte är som alltid perfekt för poker. Jag driver vidare:

- Eller tills dom *slutligen* träffar en läkare som *förstår*, och gör dom *rätta* undersökningarna, tar dom *rätta* proverna och – hittar felet!

Jag drar efter andan.

- Men vad är det du *känner?* Bryter Karin sin kompakta tystnad.

Jag rycker till och tittar upp på henne för att se om jag hört rätt.

- Känner?

Hon möter min blick. Utan att vika undan. Samtidigt som hon byter ställning och lägger höger ben över det vänstra. Händerna vilar lugnt i skötet.

- Men det är ju för fan det jag sitter här och berättar!
- Jag menar vad du *egentligen* känner.
- Vad?

Frågan flaxar ut i rummet... tills hon säger:

- Du misstänker inga andra grunder till dom här ångestreaktionerna?

Orden når mig som en utkastad livboj, som jag genast kränger runt mig.

- Så du tror att det är ångest då i alla fall? Snor jag mig ur hennes grepp, när jag låter min hoppfulla motfråga studsa tillbaka.

Och hon svarar!!!

- Allt du beskriver är typiska kända ångestsymtom. Och så tillägger hon: Du har ju undersökt dig.

Jag granskar henne och får intrycket att hon inte verkar det minsta rädd att jag ska dö där, framför hennes fötter. Snarare får jag en oväntat vag känsla av att hon kanske har rätt. Jag lutar mig bakåt i fåtöljen. Drar en hand genom håret. Vad är det jag *egentligen* känner? Bilder

227

dyker upp. Korta associationer som huggs av, förkastas, och ger upphov till nya... "den tysta lägenheten", "den misslyckade festen", "den döda telefonen", "det överfyllda arbetsbordet", "den gulnade telefonlistan till teaterkompisarna"... dom överhängande hoten, rädslan att försvinna, den ständiga kampen, längtan, tröttheten...

En film... om mitt liv. Det som ju lär spelas upp precis innan... man dör. Jag rycker till och rättar mig hastigt upp i stolen. Men det är ju det som är...jag...är det det vi ska prata om? Och var börjar man i så fall? Kanske när man vaknar upp en lördagmorgon efter en fest....och en lång ensam kravfylld dag öppnar sig framför en...som ett universums svarta hål...vandrar tankarna vidare. Medan Karin bara sitter där. Tyst. Som om hon sitter inne med hela sanningen, och nu bara väntar på att *jag* ska tala om den för *henne.* Vad fan säger hon inte som det är för? Förklarar vad det är för fel? Och förklarar vad jag ska göra! Kom igen för fan!

- Jag vet inte riktigt vad jag känner, mumlar jag.

Jag lutar mig framåt och gömmer huvudet i händerna.

- Allt är så jävla rörigt, försöker jag driva på mig själv. Visst finns det mycket skit... mycket jag skulle vilja... men det går inte... det är fan ta mig omöjligt....

Sitter jag där och tänker mumlande...att jag skulle kunna berätta allt det här som jag nu berättat för er. Vad nu det skulle tjäna till? För allt det där vet jag ju redan. Och dessutom blir det ju alldeles för mycket. Jag är ju bara här på 45-minuterspass en gång i veckan.

Och Karin säger ingenting. Vad fan är hon ute efter? Min blick fastnar på hennes tunna läderstövlar. Jag upptäcker att det finns ett litet hål vid vardera stortån. Har hon långa oklippta naglar? Eller för små stövlar? Varför köper hon inte nya? Hon måste ju tjäna bra med stålar.

228

Jag tittar upp och möter åter hennes lugna… vackra(!) ögon. Vem är hon egentligen?

Fast det är ju inte det jag är här för att ta reda på.

Två gånger har jag fått henne att brista ut i skratt, slagit hål på den ogenomträngliga muren. Vilken lycka - när hennes ögon börjar tändas och mungiporna rycka. "Du tar inte dig själv på allvar", säger hon då. Gör inte jag! Tänker jag, och blir osäker på hur mycket hon egentligen kan

Men nu sitter vi här. Hon tyst, och jag fåordig. Och frågan som hänger i luften är "vad jag *egentligen* känner?".

Och plötsligt är vi tillbaka på ruta ett. Igen!

-…. det kan ju inte vara såna saker som gör att jag inte får luft.

Men Karin låter sig inte luras till att säga något.

-… för om det är ångest, fortsätter jag lirka, och jag inte håller på att dö, då borde jag väl lärt mig det för länge sen…och inte bli lika panikslagen…varje gång? Eller hur?

Tystnaden blir om möjligt ännu mer kompakt.

"Vad fan gör jag här?" tänker jag och tittar på klockan. Just det, bara fem minuter kvar. Ingen idé att börja när det nästan är slut. Idag. Som förra gången. Och gången innan dess.

Då! Bryter Karin plötsligt tystnaden. (Jag tror jag dör)

- Eftersom det bara är några minuter kvar skulle jag vilja ta upp några saker.

- Ja? Säger jag andlöst och rätar på ryggen. Så glad över att för en enda liten gångs skull slippa det där satans initiativet. Som jag alltid avskytt. (Är det det som är problemet?)

- Vad tror du att du ska få på sjukhuset?

Nä men, herregud!

- Hjälp....så klart! Stammar jag, nästan generad å hennes vägnar.

Hon tittar på mig precis som om jag svarat fel.

- Vad skulle du själv vilja ha när du håller på att kvävas? Tillägger jag eftersom hon tydligen fortfarande inte fattat vad det handlar om.

- Men du håller ju inte på att kvävas.

Hon betraktar mig stadigt. Och tillägger:

- Eller, om du nu *är* dödssjuk, varför kommer du då hit?

Vad fan är det med henne?

- För att få hjälp, så klart. Det är hit alla experter sagt åt mig att gå.

- Hur känns det när du inte får det då? Svarar hon plötsligt snabbt!

- Skittaskigt.

- Blir du inte arg?

- Arg? Nej...

Svarar jag innan hennes ord landat.

Hon tittar på mig. Och nu tar orden lite mark...

-...nja...kanske lite sur...blir man ju. Besviken.

Så för helvete hjälp mig då! Kraxar det till i huvudet och den loja artigheten rinner av mig. Och orden som kommer har plötsligt ett helt annat tonfall:

- Jag måste ju för fan bli bra! Så här kan det ju bara inte fortsätta!

- Och då kommer du hit och vill att jag ska hjälpa dig....att bli frisk. Hennes ord kommer snabbt nu. Vad känner du när du inte får det?

Så blir det tyst igen. Som om det ligger en avvaktan i luften. Jag håller nästan på att ta vasen som står på bordet och vräka den ut genom fönstret.

Fast sånt gör man ju naturligtvis inte.

- Tänk på det till nästa gång.

Hon reser sig upp och sträcker fram handen. Klockan är exakt fyra. Alltid så jävla korrekt och punktlig, hur viktiga saker man än pratar om, som om man inte betyder nåt alls... nåt viktigt... inte är nån alls, eller bara en i mängden, vem som helst. Alltid sätter tiden sitt obevekliga slut, verkar dom vilja få en att fatta.

Karin ler när vi tar varann i hand och säger "hejdå". Och i samma ögonblick känns det nästan som om hon lägger sin varma hand på min kind i stället. Och just då inte är terapeut. Utan bara Karin. Som ler mot mig, som om hon ändå tycker om mig. Som om jag ändå är speciell. Ett förbund? Jag är ju ändå Tom Björk. Och vi är ju två helt vanliga människor. Nästan. Jag grips av lust att fråga om vi inte kan äta middag tillsammans. Ute nånstans, på restaurang, och sen ....

- Hej då, ler jag och nickar. Då ses vi nästa vecka.

Och Karin ser nästan flickaktig ut där hon står i sina uppvikta manchesterjeans, sin diskret blommiga Mahjong-överdel och stövlar med hål i. Och rodnar hon inte lite på kinderna?

Ute i väntrummet viker nästa patient ner en Damernas värld och nickar mot mig. Jag tar trappan ner i stora kliv. Fattar inte riktigt varför. Jag som knappast orkat uppför den på väg dit.

Men nu satt jag alltså där i GIH-bastun, det lilla rummet med sin svaga belysning, sina gulbruna furubräder och sitt gråvita klinkergolv. Visst hade svetten börjat lacka. Men inte tillräckligt! I det här kriget smiter man inte ut innan det också rinner om benen.

Den enda punkten jag kände mig helt trygg med var låsmekanismen i dörren! En detalj jag numer alltid kollar innan jag går in. Att det är godkänt.

Så att inte dörren kan gå i baklås.

Som när kvällstidningarna året innan gottade sig åt nyheten om badgästerna som förkolnat i en offentlig bastu i Göteborg. I ett badhus. Dörren hade just gått i baklås. Utan att personalen märkt nånting, utan bara släckt och gått hem. Panik utbröt i bastun. Och i tidningarna dan efter kunde man följa händelseförloppet via välgjorda teckningar. Hur badgästerna kastat sig mot dörren, klättrat på väggarna, krupit på golvet...svimmat... grillats....

Först nästa morgon hittades resterna av gårdagens kvarglömda bastugäster.

Och jag drar mig till minnes hur jag kort senare badat hemma hos Fabian. Han *levde* nästan i deras lyxigt inredda källar-spa med glas, klinker och asiatiska trädslag. Och så swimmingpool i trädgården förstås. En liten skitpöl på 10 x 4 meter, men ändå.

Så det var ju (nästan) en naturlig sak att ta upp det där med låsen när vi satt ensamma där på sena kvällen i Fabbes bastu.

Men, nej, nej, deras dörr kunde absolut inte gå i baklås, försäkrade han, med ett leende. Som i mitt tycke kändes aningen lättsinnigt.

Så, varför inte det då? Replikerade jag som ville ha en uttömmande förklaring. Inga svepande förenklingar.

Och då drog han hela serven kring bastulås, vilka som var godkända och vilka som inte var det. Och, mycket riktigt, då visade det sig att deras *inte* var det. Utan deras hade nåt slags kula med fjäder, som naturligtvis mycket väl skulle kunna haka upp sig vad jag förstod....men, garvade Fabbe (som om det här handlade om nåt roligt), om dörren skulle gå i baklås så kunde han stänga av värmen där inifrån.

Jag hissade upp mungiporna till en sned grimas. Något som Fabbe inte tycktes notera när han återigen slog ett slag med Fiatärningen. Vi spelade alltid Fia i deras bastu. Helst skulle man vinna ett parti innan man fick lämna. Annars var man ju ingen riktig "man". Och den som till slut fortfarande var vid liv kunde kora sig till segrare.

Jag gav upp.

Nej, nu är det nog ändå dags för en dusch, sa jag så cowboysegt jag förmådde. Tog sikte på den icke-godkända dörren och låtsades som ingenting när jag tryckte upp den så att den nästan lossnade från gångjärnen och jag höll på att halka omkull på golvet.

Inifrån bastun hördes Fabbes skratt. (Nån humor har han alltså aldrig haft).

NU - forsade svetten även på dom motsträviga benen. Det är ju så kroppen fungerar. Det autonoma nervsystemet, det måste man närmast vara en yogi för att rå på. Den vet vad den tål. Alldeles av sig själv. Där dom mikroskopiska dropparna växer till små pärlor, tills ytspänningen ger vika och de strömmar neråt i små rännilar. Då är klockan slagen. Rödljuset slog om till grönt. Jag reste mig upp, fick lätt svindel, och tog mig ut genom den låsgodkända dörren.

När jag var yngre (och trodde att livet varade i evighet) rusade jag alltid rätt in i duschen och satte snurr på den iskalla kranen. Precis som Gunnar Wigelius och alla dom andra killarna på Singleton, böcker om svensk kille i en engelsk public school på 1930-talet. Som jag älskade. Som ramade in ord som "härda" och "späka" med glorior i ett närmast bibliskt motljus. Hur killarna kom rusande från *iskalla* sovsalar över *iskalla* stengolv in i *iskalla* duschar! Danande för själen. Visst tog det emot i början när visselpipornas väcksignal skar genom korridorerna,

233

och dom måste kasta av sig täckena. Men sen, med åren, lärde dom sig att älska sin gamla skola (ungefär som lumpen). Och alla hedersnormer. Dom som smet eller fuskade (brackorna alltså) fick naturligtvis ett digert antal rättvisa rapp över baken. Dessvärre fick också dom renhjärtade det, när dom lurats av brackorna. Världen är inte rättvis, man måste kämpa mot brackorna, livet igenom, som redan i epigrammet får sig en rejäl snyting: *"Vilken bracka som helst kan vinna en tävling, men det krävs en gentleman för att förlora!"* Dom böckerna älskade jag.

Men nu hade jag också hunnit läsa en annan 70-talsbibel, Harald Ofstads "Vårt förakt för svaghet", och dessutom en rad tidningsartiklar där läkare varnade för "hastiga temperatur- växlingar om du är i riskzonen (just det!), "hjärtat kan stanna" och "det finns inga belägg för att det skulle vara nyttigt".

Inte nyttigt? Att härda sig?

Mesarna hade börjat kladda på min världsbild. Jag började duscha ljummet.

Jag tryckte in knappen på duschen och munstycket började strila en programmerad skur. Avvägd till såväl temperatur som tidslängd. Ett folkets medelvärde. "Normalt" skulle man väl kunna kalla det. Som varken passade alla eller retade nån (till vansinne). Som en svagt gråspräcklig standardtapet i en nybyggd 60-talslägenhet.

Jag böjde huvudet bakåt, strök håret ur ansiktet och lät vattnet strömma ner över kroppen. Då sinade strålen plötsligt och strax efter dog den. Och jag blev tvungen att trycka på nytt. Inget att uppröras av, visst, men ändå. Så att inte det ouppfostrade folket glömmer att vrida av, så att vattnet står och strilar dygnet runt. Naturligtvis var det inte vakterna som kläckt idén om automatavstängningen, men självklart måste dom ju tycka att den var jävligt bra. Dom arbetar ju i samma anda. Att hålla ordning på folket.

Ja, ni har naturligtvis räknat ut det för länge sen, att jag aldrig gillat vakter. Maktens lakejer. Glädjens bödlar. Internaliserade normer, samma sak. Alltsedan vaktis i plugget "och vad tror ni att ni håller på med då, grabbar?" till vaktis på idrottsplatsen "nä, nä, nä, grabbar, över till grusplanen!" Bara för att man varit så sugen på gräsplanen. Dom har en tendens att ta sina uppgifter alldeles för högtidligt. Och ge sig själva befogenheter som egentligen ingen annan än dom själva är intresserade av. Dom sabbar livet, kort sagt. "Hur skulle det se ut om *alla* duschar började strila *lite som ville*....(grabbar)?" Och så tittar dom på en så där klurigt att man hajjar att det inte var en fråga dom ställde.

Då backade jag in i båset och tryckte in knappen med ryggen. Gav den ingen chans att krypa tillbaka! Men tyvärr verkade vakterna ha räknat med att nån skulle köra en sån variant. Strålen var riktad så att jag då bara fick lite vatten på huvud, axlar och skuldror. Medan korsrygg och bakben förblev så gott som torra. Helst skulle dom väl velat rikta strålarna rakt ut i rummet. Men nåt hade tydligen fått dom att hejda sig och inse att det inte riktigt hade med deras jobb att göra. Folk måste ändå få duscha - i ett duschrum. Och att duscha betyder att man ska få vatten på sig.

***

Jag sköt upp dörren till simhallen, den folkligt renande slutfasen, och en värld av rymd, ljus, plask och skrik slog emot mig. Ljuden skar och studsade mellan panoramafönstren, det höga taket, det vita kaklet och skvalpiga vattnet. Jag satte händerna på räcket uppe på

235

trappavsatsen och studerade det badande folket. Såg hur långpendlarna låg och nötte fram och tillbaka. Som fantomer med minibrallor och simglasögon. Massor av föräldrar också, så klart. Med ännu fler barn. Som dök, hoppade, plaskade, stänkte och fan vet all skit dom hittade på. Och som dom lät! (Jag kanske borde bli vaktmästare?) Som människor låter när livet fortfarande är kul, innan dom hunnit lära sig en passande ton. Dom får man se upp med när man som jag bröstar sig fram i vattnet. Så att man inte får nån rätt i skallen. När dom kommer farande ut över kanten. Innan vakterna hunnit slå klorna i dom.

Och slutligen den mer diffusa gruppen badgäster som varken simmade, hoppade eller plaskade. Dom som bara *går* i från stegen och sen glider en eller två längder för att njuta den sensuella känslan av vatten mot bar hud. Utan nån riktig planering. Många dessutom i par som ofta efter en kort stund gärna hänger sig vid kortändarna och tar upp plats. Snackandes, skrattandes, ibland till och med kyssandes! Vissa av långpendlarna har uppenbara problem att finna vändutrymme för sina hemmagjorda vändvolter mot kaklet.

Det var alltså bland alla dom här jag skulle framleva den närmaste tiden av mitt liv.

Hundra osynliga ögon att imponera på. (Varför det?) Där jag nu stod på bassängkanten. Blottad. För iakttagande blickar. Varför inte? Jag spanade ju på dom. Jag lät omärkligt en hand dra den våta luggen snett bakåt (brukar bli bra). Hur satt badbrallorna? Dom där fladdriga jag använde för att ge intryck av att jag skiter i hur jag ser ut. Jag drog upp dom en aning. Sen ner en halv centimeter. Framtill. Hur rörde jag mig? Jag hade börjat en oerhört långsam promenad längs långsidan utmed glasväggen. Och anlade min vanliga lätt plågade Clintan-grimas (hjälten-på-väg-att-utföra-det-otroliga) vilket jag anser skulpterar anletsdragen på ett läckert sätt. Kindknotorna vässas, hakan blir skarpskuren, ögonen som streck och munnen bara en bistert glipad fåra. Det gäller ju att verka normal. Och attraktiv, snygg, spännande, hård, djärv... jag hade gjort entré! (som om jag hade jävligt ont nånstans). Och hade man det inte tidigare, så får man det snart. Kring ögonen eller i nacken. Och blir yr. Och undrar varför. För man har glömt bort den där minen. Som blivit ett naturligt inslag i ens liv.

Samtidigt som man dras dit. Till anonymiteten i massan. Motvilligt tjusad av storstadens brusande puls och myllrande aktivitet. Där vill jag vara med, trots allt. Utsatt för alla möjligheter. Där "hon" kanske bara plötsligt dyker upp. Strålande och skrattande. Med solen lekande i håret och den lätta brisen i kjolen. Som på bio! Till musik!

I smyg sökte sig handen till handleden där pekfingret liksom förstrött letade fram dom små dunkande pulsslagen. Alltmedan blicken panorerade upp mot klockan ovanför vaktmästarbåset med den stora tydliga sekundvisaren, för dom som klockar längdtider i bassängen.

Tjugoett slag... på 15 sekunder. Fyra gånger 21... blir... 84! Jag stelnade till. Borde ju... väl... vara betydligt lägre. Jag hade ju knappt gjort nånting den senaste halvtimmen. Mer än suttit i bastun. Aha, ja bastun! Där ju halva finska befolkningen dör av hjärtslag. Så klart! Ett leende krusade läpparna. Hög puls förvisso, men jag var ändå fortfarande vid liv. Utan vare sig extraslag eller strålsmärtor i vänsterarmen. Jag släppte klockan med blicken. Och lät den svepa runt över hallen igen, som om "det inte var nånting". Och det var det ju inte heller. Men plötsligt var det ändå som om jag tappat fotfästet och halkat till. För *hur* säkert man än vet, så vet man aldrig *riktigt* säkert! Jag beslutade att ta det lite lugnt och hålla uppsikt över slagen. Inte helt fel. För att sen kunna ställa en mer fullödig diagnos. Alltså, ingen hastig avkylning. Inte direkt i plurret och sjunka till botten som en sten. För att sen bli uppdragen av nån av dom där jävla badvakterna, som naturligtvis skulle göra sitt yttersta när nån ligger utslagen i *hans* bassäng! Och han har chansen att dagen efter hamna på kvällstidningarnas löpsedlar som bragdhjälte. Ja, trots att jag säkert skulle ha goda möjligheter att överleva tack vare honom föredrar jag att ta det lite lugnt framför att känna hans vältränade, alltför hårdhänta nypor runt mina livlösa lemmar. Om ni förstår.

Jag rätade på kroppen. Det knyckte till i höftleden. Och ett revben tycktes inte alls fatta att kroppen plötsligt rörde sig. Det hade fastnat. Jag lossade handen från höften. Det stramade mellan tummen och pekfingret. Jag började åter glida långsamt runt poolen. Som en spänd eldgaffel. Hur nu en sån ser ut? Jag tittade i smyg mot panoramafönstret när jag gled förbi, det hade nu definitivt börjat skymma utanför. Och, jodå, en tämligen hyfsad mansfigur speglades i glaset. Och gled vidare. Bort mot läktarna, eller dom där underliga små trappstegen där man kan sitta. Hur det nu är tänkt?

Så...blicken åter mot klockan. Fingret omärkligt mot handleden. Det hade ju nu gått flera minuter. Borde jag vara nere under.......75, väl?

Ja, ja, ja, visst är det nervöst. Karin har inte sagt nåt om det än, men jag fattar vad hon tycker. Skit detsamma. Jag *måste* kolla.

Och plötsligt var den där jävla rösten tillbaka igen, och väste: *Tänk efter (din lille skit). Pulsen hänger ju ihop*

238

med hjärtat. Och hjärtat med lungorna. Att ta pulsen är
ju som att ta tempen. Visar ju vilket tillstånd man
befinner sig i. Så – hur snabbt slår hjärtat... kom igen nu!
...när lugnar det ner sig? Det är ju sånt man vill veta, så
dit med fingret nu!

Jag log befriat åt rösten ("coachen"?). Hade inte kunnat
uttrycka det bättre själv.

- Jag hade glömt bort pulsen, säger min kompis Johan,
och lite av gängets ledare i tonåren. Vi är på resa i
syditalien med våra respektive, Klara och Maria, i en
liten fashionabel badort som kryllar av utspökade
Fellinityper. Männen i mörka solglasögon och kvinnorna
målade som tropiska fåglar. Siroccon ligger på från
Afrika! Tjejerna sitter i skuggan under markisen på ett
café och dricker Pellegrini. Johan ligger utslagen och
"bromsar" under zenitsolen. Luften dallrar. Jag mår som
jag brukar. Johan brottas med en, som han säger,
matförgiftning.

Jag har just kommit upp ur det turkosa
medelhavsvattnet och lagt mig tillrätta på dynan som jag
hyrt av Flavio som förestår just vår playa. Stödd på
armbågen smyger jag mig till en liten pulskoll (som om
jag gör nåt brottsligt). (Jag förstår om det blir tjatigt, det
är bara det att jag *lever* med det här. Så jag ber om
tålamod) Och hur som helst, ligger Johan där och blundar
mot solen med en tydlig rynka mellan ögonbrynen. Och
själv känner jag mig obehagligt matt i den fuktiga hettan.

Jag räknar till 15 på 15 sekunder. Fyra gånger 15. Lika
med sexti! Det spritter till som av eufori inom mig. Sexti
under såna här omständigheter är ju detsamma som
"friskförklaring av professorn själv". Elitidrottsman.
Tydligen har jag känt helt fel. Man kanske inte kan känna

riktigt jämt hur man mår. Eller så är det vattnet som svalkat ner mig...

- Konstigt det där, börjar jag, och vänder mig mot Johan, hur pulsen verkar sjunka när man badar.

- Pulsen? Han öppnar ögonen och håller en skuggande hand för solen. Men rynkan har snarast fördjupats.

Han har ju ingen aning om hur mitt liv är upphängt på en skör tråd av pulssiffror.

- Ja, har du inte känt hur pulsen kan öka (skena, vill jag nästan säga, men hejdar mig) när man ligger och steker i sån här hetta?

Han tar sig upp på armbågen, som om han har väldigt ont nånstans. Och det har han ju också, i magen.

- Nej...det har jag aldrig tänkt på.

- Men om man badar så verkar den sjunka igen.

Han tittar underligt på mig.

- Jaså...

Nu handlar det här inte bara om vanlig enkel pulskoll på hemmaplan. Här befinner vi ju oss på främmande mark, omgivna av människor som pratar vackert men obegripligt, knappt nån vet vad engelska är, och hur mycket man än förklarar är dom övertygade om (vänligt leende med hela ansiktena) att Sverige ligger i Schweiz – och så finns det ju inget sjukhus i närheten, knappt ens nån läkarmottagning. Och om nu nån utger sig för att vara läkare, kan man verkligen lita på det?

Nu är Johan normalt en "glad lax", en mjukmachotyp som en magnet för det motsatta könet. Och som definitivt inte tror att han ska dö så fort han känner sig hängig. Matförgiftning botas bäst med gin och tonic, som britterna gjorde i Indien, och Johan har redan hunnit med en. Ändå noterar jag hur rynkan i pannan djupnar och blicken får något stelt över sig där på Flavios solmadrasser.

240

- Man kanske skulle göra en koll, ler han matt.

Jag ger honom en instämmande blick.

Han sätter sig mödosamt upp och börjar leta efter ådran på handleden. Det tar en stund. Han har ju inte min rutin. Men så finner han den och sitter stelt räknande.

- Nittitvå, säger han, sen han gjort några omtagningar.

Djävlar! Rycker det till inom mig. Vad gör man?

- Pröva ett bad, föreslår jag, så får vi se.

Jag behöver inte upprepa mig. Han är redan på väg ner i dom blågröna medelhavsböljorna. Med sin lätt febriga kropp. Gin och tonicen kanske inte har börjat verka ännu.

Några minuter senare är han tillbaka igen. Tyst sjunker han ner på dynan, och börjar räkna, med ena ögat stint fäst på klockan.

- Nå? Säger jag när han tittar upp.

- Åttiåtta.

- Vad var det jag sa! Säger jag uppmuntrande. Och vågar inte tänka på om det gällt mig själv. (Jag med mina sexti. Hade hunnit med en smygkoll till medan Johan var i badet.) Tänk vad ett svalkande bad kan göra.

Han tittar underligt på mig.

Nästa kväll mår Johan bättre igen. Sen tarmarna jobbat intensivt. Och så några GT på det, så är han åter i god form. Vi sitter på ett café och läppjar ytterligare en (för säkerhets skull), när Johan plötsligt säger:

- Obehagligt det där med pulsen.

- Obehagligt?

- Ja, jag hade glömt bort den.

Jag ler lite.

- Hade du?

- Men igår när du började prata om den var det plötsligt som om det var en fråga om liv och död.

241

Och i badhuset räknade jag nu till åttitvå. Två mindre än för tre minuter sen. Vid sidan av tidtagaruret satt en av vakterna i det inglasade båset, vitklädd som på det värsta sjukhus. (Tänk Gökboet och syster Ratched.) Utbildad på konstgjord andning. Mun-mot-mun! Kanske behövde jag inte oroa mig. Min kurva pekade ju ändå neråt.

Jag var så gott som torr nu. Sånär som på badbrallorna som våta och kalla klistrade sig lätt obehagligt mot låren. Och den svala halluften gjorde mig huttrig. Jag tänjde armarna över huvudet och kände samtidigt hur luften strömmade ner skönt och djupt i lungorna. Det medförde att kroppen slappnade av två-tre snäpp. Och kontrollen svarade att allt nu verkade lugna ner sig.

Åtti.

Bassängen såg i det här läget föga inbjudande ut. Skulle jag verkligen kasta mig ner i det där kalla vattnet? Det var alltid kallt i GIH-badet. Knappt 20 grader. Vad skulle det vara bra för? (Jo, mot bakterierna förstås, men ändå.) Och så hade jag ju redan sprungit. Kunde inte det räcka?

Skulle jag skita i bassängen? Kanske bara nöja mig med duschen. Ja, kanske rent av skita i den också. Jag var ju torr nu. Och ren.

Fråga mig inte var såna tankar kommer ifrån! Jag bara kände en djävulens andedräkt och det knottrade sig inom hela mig. Och jag tänkte på hur Jesus frestades ute i öknen. Ja, det är sånt vi utsätts för, och sånt vi måste bekämpa. Hur skulle det se ut om man bara drog på sig ett par badbrallor, spänt gled runt bassängen, satt på "läktaren" och tog pulsen - och sen bara ut igen! Inte för att jag direkt bryr mig om hur det ser ut. (va?). Och inte för att nån skulle ha sån koll på mig. Vem tror jag att jag är, egentligen? Men, jag hade ju trots allt betalt för att bada. Skulle jag verkligen slänga dom surt förvärvade pengarna i sjön?

242

Sjuttiåtta. Jag satt bara bättre ju längre jag satt. Det är just byten jag har svårt för. Omställningar. Förändringar. Och det var naturligtvis Karin på mig om.

- Sa du....att du inte bryr dig om...hur det ser ut? Säger hon oväntat och samtidigt så där dröjande insinuant. Och som jag förstått är det alltid nåt lurt så fort hon öppnar munnen.
- Njaaa..., drar jag ut på svaret.
Då biter hon av.
- Hur känns det att alltid vara så beroende av andra?
Och frågan studsar direkt mot förnekelseplanket
- Va? Det är jag väl inte?
- Inte?

Jag ångrade mig redan i luften. När fötterna redan lämnat kaklet. Och jag för några sekunder hängde där i luften. Innan fingertopparna klippte sig igenom vågorna. Då, när jag redan gjort mitt val. Varför? Utan en chans att vrida händelserna tillbaka. Fångad!
Kallvattnet kom rusande emot mig och kastade sig plötsligt som en fiendearmé över hela min huttriga kropp. Jag skar ner genom ytan. Fladdershortsen släppte taget, väldigt risigt resår, och lämnade midjan. Med en ren reflexräddning lyckades jag fånga upp dom, just som dom var på väg förbi knäna
Uppe vid ytan igen slängde jag sen håret tillbaka och tog några snabba simtag. För att distrahera känslorna. Så att jag slapp känna, alltför mycket. Jag sträckte ut kroppen så att det stramade i varje sena och muskel. Vattnet veknade. Jag var där! Och det var nästan skönt.
Jag tog resten av längden i ett slags hemmagjord crawl. Vilket brukar få folk att vika åt sidan och ge mig fri väg. Vid kortsidan hittade jag en lucka, bland dom "häckande"

paren (man vill ju ändå vända mot kaklet!) och sköt ifrån
åt sidan, för att inte krocka med en långpendlare som
plötsligt låg mig i hasorna, och höll sånär på att stämplas
av en liten skithög som kom farande ut över
bassängkanten. Jag snurrade runt på rygg och tog några
vilsamma ryggtag. Med risk för att braka samman med
nån sån där långrännare med fantomenbrillor som bara
har koll på den svarta linjen bottenkakel. Kort sagt, dom
som trodde att dom köpt hela bassängen när dom betalade
sina sex spänn i kassan. Dom har alla problem med. Har
inte dom särskilda träningstider mellan sex och sju på
morgonen? Nu var det ju "allmänhetens" simning.

Efter två längder hade jag fått in ett fint bröstsimstempo
och mötte snart samma människor på nästan samma plats
för varje längd. Där vi var ett gäng som låg och
glidsimmade fram och tillbaka. Uppifrån måste det sett
väldigt meningslöst ut. Men därnere hade vi alla våra
meningsfulla motiv. Jag spanade till exempel in en tjej
med vackert blött hår varje gång vi passerade varann.
Sökte hennes blick. Beredd på att avlossa ett leende. Men
hon bara stirrade tomt framför sig, som om hon hade
tankarna på helt annat håll. Kanske såg hon inte mig.
Eller så hade hon gjort det och var noga med att markera
sin uppfattning. Ungefär som jag själv bara några simtag
senare stötte på den där andra tjejen, på andra sidan, hon
som klistrade sin blick på mig. Då stirrade *jag* rakt fram.
För hon var inte den andra. (rena tjechov-pjäsen).
Samtidigt som en lite äldre gubbe, för vilken gång i
ordningen, kom simmande rakt emot mig. I *mitt* spår,
utan att göra en min av att väja. Vilket man väl
åtminstone kunde göra varannan gång. I ett rättvist, fritt
och demokratiskt land. Om man nu envisas med att plöja
fram i samma fåra. Själv hade jag ju ett visst intresse av
att ligga där, bredvid *hennes*, kanske skulle hon vekna

244

med tiden, eller vakna upp och se sig omkring, och då! Hade han samma intresse? Slog det mig då. En gammal snuskhummer? Eller hade han bara fått för sig att han var här först. Och att jag nu kom och inkräktade och att han därför vägrade att vika ner sig. Eller... tänkte han inte alls. Helt tom i bollen. Urblåst? Bara avslappnad? Eller så tänkte han på viktiga saker (vad det nu kunde vara?) helt ointaglig för omvärlden. Skulle han rent av rycka till och be om ursäkt om jag sa till honom "att nu fick det väl ändå vara nog!" Jag drog mig lite åt sidan, men inte mer än att vi nästan krokade i varann när vi hastigt möttes. Och där – kom hon igen! Just som jag kände gubbens ena fot sprätta till emot min. Jag hann precis samla ihop mig och gjorde mig beredd på ett leende. Men hon simmade bara lugnt förbi. Igen! Tänk hur konstigt det kan vara. Ibland vänder alla bort blicken, och ibland går man som på cat-walk i blickarnas rampljus. Som regn och solsken. Utanför ens kontroll. Vad är det för krafter? Som behandlar en som ett rö för vinden. Kan man aldrig göra nåt åt dom?

Skulle jag kanske säga "hej!" nästa gång vi möttes? Eller byta rytm så att vi kom att simma bredvid varandra? Styra in ett samtal om puls…?

Och jag simmade vidare med pannan i filosofiska veck. Vände mot kaklet och nådde halvvägs på nästa längd, när jag plötsligt spärrade upp ögonen. Gubben (yogin, kärnfysikern eller vad han nu var) låg nu vid kortändan och pratade med henne, hon den vackra. Och dom skrattade. Det var inte möjligt! Kanske var han inte så gammal. Eller...? Pappa? Bara sliten? Jag hittade en lucka vid kaklet och vände med ett kraftigt frånskjut. Så att det skvätte. Jag var ju ändå där för att simma!! Då ligger man inte nojsar i vägen för andra. Varför är aldrig nåt som man tror? När jag vände på nytt var dom borta. Ur mitt liv.

Efter tio längder, eller tolv, eller... jag brukar alltid tappa räkningen och tror därför att jag simmar några längder för mycket. Fast kanske är det tvärtom, att jag omärkligt lägger till några. Tänkte jag när jag nu sneddade mot stegen, och sen fick ligga och trampa vatten medan en tjock kärring stod och blockerade stegen på ett sätt som om hon inte visste om hon skulle i eller upp. Jag gav henne ett irriterat ögonkast. Vilket resulterade i att hon kastade sig i, så att jag fick en ofrivillig kallsup av dom våldsamma svallen. Men tack vare ett hastigt grepp om handräcket lyckades jag häva mig upp ur vågornas käftar på ett smidigt elegant sätt. Så att hon som stod däruppe, beredd på sin tur, knappast behövde vänta alls. Vi växlade ett samförståndets leende.

Så stannade jag upp. Som om jag inte alls hade bråttom längre. Lät blodomloppet varva ner och tänjde lite löst armar och axlar. Under den fasta huden kände jag musklerna röra sig smidigt. Jag svankade lite med ryggen, och fällde sen överkroppen en aning framåt. Drog ett avslappnat andetag och lät axlarna sjunka ner. Framför mig, ovanför trappan, på andra sidan den mjölkiga glasdörren, väntade duschrummet med varmt strilande vatten, mjuk tvål och löddrigt doftande schampo.

Jag stod sen länge i duschen och bara njöt av vattnet som strömmade ner över min nakna kropp. Utan att bekymra mig om tryckandet. Blundande vände jag ansiktet uppåt och lät strålarna regna över ansiktet. Medan schampot sköljdes bort.

Med ett leende lämnade jag sen över båset till den tryckberedde killen utanför, som såg ut som om han fått vänta länge. Eller så var han bara samlad inför mötet med knapparna.

Jag hakade av min handduk ute i förrummet och började gnugga håret, medan jag oavbrutet spanade i spegeln. Tills en annan man kom in och jag (tyvärr) inte kunde iaktta mig lika intresserat längre. Men jag hade redan hunnit få håret hyfsat på plats (det är nämligen viktigt, så att det torkar på rätt sätt) och var redan på väg ner med handduken över benen och fötterna. Med god fart. Jag är nämligen inte en sån som står och torkar mig i all evighet. Nej, snabbt ska det gå. Fast inte stressat, utan bara ett *normalt* tempo. Och det kan jag sen diskutera i oändlighet med andra som tycker att ordet "normalt" nästan kan betyda vad som helst, så som jag använder det.

När jag återvände till omklädningsavdelningen gick jag raka vägen fram till vågen. Den står liksom, nästan i vägen. Ja, i alla fall ganska nära dörren. Vägde jag nu mindre än innan badet, alltså hade jag förlorat vikt inne i bastun, ville jag veta! Som han Ivar Johansson som i Los Angelos-OS -32, sen han vunnit mellanviktsguld i brottning, bastade ner sig till bantam och tog guld där också. Fem kilo bastade han bort, legenden från IK Björnen. Själv kunde jag notera ett halvt kilo mindre. Inte så illa det heller. Jag skulle ju inte ut på OS-mattan. Utan min väg låg utstakad mot hytten. Jag klev ner från vågen, gled runt hörnet, drog nyckelgummisnodden av handleden och låste upp.

Jag var mogen att klä på mig. Mogen att dra kläderna på den kropp som plötsligt, och allt tydligare insåg att den var nåt – att verkligen dra kläder på. Med prestationerna dinglade som skalper runt midjan. Ja, som plötsligt mådde så bra att den skulle kunnat dansa fram till hytten. Om jag varit säker på att ingen skulle sett mig.

247

Kanske rent av sjungande. Om jag varit säker på att ingen skulle hört mig.

Borta – nånstans! - var eftermiddagens våndor. Bara borta!

Jag är frisk igen! Skulle jag kunnat skrika. Om jag varit säker på att ingen hört mig. Stuckit fram ett häpet ansikte och undrat hur det egentligen stod till. Borta var våndorna på pinnstolen med gitarren, då krampen sugit i mellangärdet. Då minuter känts som timmar. Då nyttighetsfrukosten tagit evigheter att få i sig. När arbetet låg på hög som en ilsken stoppsignal. Den rödflammiga telefonen stod vaccumtyst. Då allt var svart, tungt och svårt. Då solen strålat hög och klar från den där alldeles blå himlen och antytt en reflex över parkettgolvet. Och Strandvägskajen för mitt inre vimlat av omslingrande par, barnvagnar, kisande och leende människor.

Var fanns dom svårmodiga känslorna nu? Vart fan tar känslor vägen egentligen? Och varifrån kommer dom? Vad ÄR känslor?

- Ja, jag förstår att du undrar, hör jag Karins röst säga. Det ligger liksom i sakens natur.

Och jag rycker till. Pratade hon? Nej, det gjorde hon väl inte, för nu sitter hon bara där lika tyst som alltid. Med sina stora ögon och perforerade stövlar.

- För mig är känslor nåt som bara finns där. Eller inte finns, som bortblåsta. Som kommer och går. Utan att man har nån riktigt koll på dom.

- Jaså?

Ett litet ord uttalat som en överseende klapp på huvudet. Eller kanske avsett som ett uppmuntrande finger under hakan. Där ville jag inte ha det.

- Det är ju det som är så läskigt, att man aldrig vet vad som väntar, säger jag och ger henne en vädjande blick.

248

Men när jag inte kan utläsa minsta gensvar fortsätter jag bara som om jag tänker högt.

- Alltså, det är klart man blir förbannad om nån är taskig. Eller ledsen, eller sur. Och glad om nån är bussig. Försöker jag gå hennes krävande tystnad till mötes. Utan nån reaktion.

-...det fattar ju vilken idiot som helst. Men att bara "må taskigt", vara obeskrivligt trött och inte få luft, det är ju nåt helt annat!

- Jaså? Kommer det plötsligt igen.

- Ja, det borde väl du veta som är utbildad på sånt här.

Hon nickar inte instämmande, som man kunde förvänta sig, utan bara sitter där tyst och avslappnat orörlig. Och om inte allt ska avstanna helt (noll grader Kelvin) så är det upp till mig. Att fortsätta, vidare, alldeles själv – som både patient och doktor i en och samma person.

Men vi släpper Karin, hur som helst var svårmodet borta. Gone with the wind! Så varför grubbla?

Nu slog åter hjärtat lugnt och normalt, kände jag. Det vill säga, kände jag egentligen inte alls. Men tog för givet. Varför skulle det inte det? På en ung och hyggligt vältränad yngling. Med gott om plats i lungorna. *Det* kände jag. Utan att behöva dra ner luft med viljekraft, bara för att bevisa det. Och göra mig övertygad. En jävla massa luft i onödan bara.

I själva verket kom jag nu inte ens ihåg hur det känts hela dan.

Jag gnuggade mig torr med ännu en handduk som jag plockat upp ur väskan. Snustorr och sval. Hakade av t-shirten från kroken och drog den över huvudet. Sen den rutiga flanell-skjortan. Och kalsongerna, dom rentvättade jag tagit med. Och strumporna. Och dom slitna, läckert utsvängda jeansen.

Aaahhh! Jag kände mig snygg. Jag *var* snygg. Där jag kammade håret framför spegeln. Med ett ansikte som nu bara andades självtillit. "Titta på mig. Se mig i ögonen. Såja. Inte ner i golvet. Eller åt sidan. Och bort med handen från näsan. Sluta klia dig i håret. Måste du dra dig i örsnibbarna? Ja ja, jag vet, det blir lätt en ovana. Det kan du sluta med nu. Behövs inte".

Jag började vissla. *Det* kan man nämligen göra offentligt. Medan jag blinkade mot den där fräscha, pigga uppenbarelsen som blinkade tillbaka mot mig från spegeln. Den där pigga. Pigg på nya uppslag alltså. "Alla förslag till beaktande. Några ska man väl alltid hinna med. Om man ger järnet." Jag var beredd att göra det nu. Jag kände mig som Jack Nicholson. Jag såg ut som Gary Cooper.

Konstaterade jag innan jag stoppade ner dom svettiga kläderna i axelremsväskan, tog på mig min slitna skinnjacka (begagnad från Impo) och slängde väskan över axeln..

Några avspända lejonsteg förde mig ut ur ombytesrummet, ner till entrén, där jag nickade glatt mot tanterna bakom kassaglaset, medan jag låtsades kasta ner min fuktiga handduk i "störten" för att sen som en trollkarl smuggla med mig den hem. Alltid bra med en extra vit och fräsch luddig handduk. Och dom log tillbaka. För dom är så snälla.

Och hälsa vakterna! skrattade jag inombords. Mina polare!

Och så avrundade jag det hela med ett par ledigt halkande steg nedför trappan till uppfarten där min trogna gamla "skrothög" stod låst. Och väntade. Gamle Svarten, belåtet smackande på den sista havren.

Med en elegant handrörelse, som om jag varit en dirigent, drog jag fram nyckeln ur jackfickan. För att sen

250

sätta fart på klarinetterna medelst en ännu vidare armrörelse, innan jag slutligen satte punkt för konserten genom att sticka taktpinnen i nyckelhålet. Där låset gick upp nästan som av sig självt. Medan jag stod där framåtlutad så att fracken sprack och tackade för dom dånande applådåskorna. Det kändes som om ingenting var svårt längre. Så skit i fracken!

Jag slängde benet över ramen, satte mig skönt tillrätta och rullade långsamt iväg.

Det hade hunnit bli riktigt mörkt nu. Och kallt. Och klart. Solen hade gett sig iväg mot USA, och sen Australien. Och på himlen över Stockholm började stjärnorna tindra och blinka. Och jag blinkade tillbaka. Och tänkte inte alls på jobbet hemma på arbetsbordet. Som ju skulle lämnas på tisdag, och att det därför småbrann lite i knutarna. "Dom kan ta sina sketna papper och stoppa upp i häcken!" (Just det! Så ska det låta.)

Nej, jag tänkte på vad jag skulle hitta på nu. Om jag skulle sticka hem till nån "på raken". Eller om jag skulle dra hem först och lämpa av grejerna och passa på att slå en signal till nån.

Håkan, Berit, Kicki, Hasse...eller rent av Maria. Ja, varför inte Maria? Som jag inte sett på flera månader. Det var ju definitivt slut nu. Maria hade omsider tröttnat på att vara min stötta i tillvaron (som hon uttryckte det) och funnit glädje hos nån annan. Nån annan! Glädje?

- Du är för negativ, hade hon sagt sista gången vi sågs. Du ser bara allting i svart.

- Det är väl inte mig du snackar om...Maria? Skulle jag förvånat, lite retsamt kunna svara nu denna kväll. Fylld av iver och vitalitet.

- Det är bara falsk glädje, skulle hon kontra. I morgon mår du lika dåligt som vanligt.

Det hade hon kanske rätt i. Men det var inte i morgon nu!

- Jag mår som fisken i vattnet.
- Bra, fortsätt med det.
- Varför så snarstucken? Lirkade jag. Har vi inte haft det bra tillsammans?
- Du vet hur vi haft det tillsammans. Och nu vill jag inte vara med på det längre. Jag måste börja tänka lite på mitt eget liv nu.
- Men det är ju självklart.
- Varför har du inte visat det tidigare då?
- Men det har jag väl! Snarstucket. Har jag inte till exempel... (och så minst tio exempel).
- Tom, jag går nu. Hoppas att du hittar ett bra sätt att leva ditt liv på. Jag vet ju att du försöker. På ditt sätt.
- Maria!

Ja, Maria skulle jag kunna ringa upp. Och "lattja" lite med hennes nya kille. Vi skulle kunna göra nåt alla tre. Och sen skippa honom. Så att Maria och jag kunde dra hem till mig igen. Där hon ju trots allt hörde hemma. Hon kunde ju inte ha glömt allt. Hur vi var gjorda för varandra. Livet ut. Som vi konstaterat så många gånger.

Det drog ihop sig till lördagskväll. Klockan var bara lite över sex. Och det var en fin höstkväll, med en svart stjärnbeströdd himmel. Jag satte fart på pedalerna, utefter den lilla, illa upplysta vägen längs Stadion. Och snart lekte jag mig fram mellan sprickor och gropar som om jag vore den värsta Ingemar Stenmark. Och "Plex" hetsade upp sig i kommentatorshytten: "han har fått in en härlig rytm nu!"

Och det hade jag verkligen. När jag med en elegant gir rundade refugen vid Valhallavägen för att vräka mig ner på Sturegatan. Rätt in i lejonkulan. Fullt ös i

252

nedförslöpan mot Stureplan. Utan lykta. Med den blonda kalufsen som en sky runt huvudet. Mitt bland folket. Lördagsfolket. Krogfolket. Biofolket. Parsamhetsfolket. Rasta-hundenfolket. Hem-till-vänner-på-middagsfolket. Då släppte jag styret, sträckte upp armarna i luften och skrek:

- Tjenare folket! Hur är läget?

Tack till:
Per som fick mig på banan igen.
Marianne Sällström för all pep och push.
Erik Grundström för "tvätt".
Mette för korrektur.
Hugo för omslag.
Och alla skrivvänner för läsning och synpunkter.